CORY ANDERSON

QUÃO BELA E BRUTAL É A VIDA

TRADUÇÃO DÉBORA ISIDORO

astral
cultural

Copyright © 2021 Cory Anderson
Título original: What Beauty There Is
Publicado originalmente em inglês por Roaring Brook Press
Tradução para Língua Portuguesa © 2022 Débora Isidoro
Todos os direitos reservados à Astral Cultural e protegidos pela Lei 9.610, de 19.2.1998. É proibida a reprodução total ou parcial sem a expressa anuência da editora. Este livro foi revisado segundo o Novo Acordo Ortográfico da Língua Portuguesa.

Editora Natália Ortega
Produção Editorial Esther Ferreira, Jaqueline Lopes, Renan Oliveira e Tâmizi Ribeiro
Preparação Livia Mendes
Revisão João Rodrigues e Alessandra Volkert
Capa Marcus Pallas
Foto da autora Heather Nan

Dados Internacionais de Catalogação na Publicação (CIP)
Angélica Ilacqua CRB-8/7057

A561q
    Anderson, Cory
        Quão bela e brutal é a vida / Cory Anderson ; tradução de Débora Isidoro. -- Bauru, SP : Astral Cultural, 2022.
        320 p. : il.

    ISBN 978-65-5566-232-0
    Título original: What Beauty there Is

    1. Literatura infantojuvenil I. Título II. Isidora, Débora

22-2933   CDD 028.5

Índices para catálogo sistemático:
1. Ficção inglesa

ASTRAL CULTURAL EDITORA LTDA.

BAURU
Avenida Duque de Caxias, 11-70
8º andar
Vila Altinópolis
CEP 17012-151
Telefone: (14) 3879-3877

SÃO PAULO
Rua Major Quedinho, 111
Cj. 1910, 19º andar
Centro Histórico
CEP 01050-904
Telefone: (11) 3048-2900

E-mail: contato@astralcultural.com.br

Para Marion, que me mostrou
o que colocar no meu coração.

I

Minha vida se desfez em fragmentos flutuantes de preto e branco, mas me lembro dos minutos com Jack em cores, em uma névoa vívida vermelha, amarela e azul. Coisas sensoriais. O som da voz dele. Seu cheiro, como uma floresta no inverno. Posso vê-lo deitado ao meu lado com o luar em seu rosto. As mãos dele seguram as minhas, e me sinto toda aquecida, apesar do frio. Sinto sua respiração em minha pele.

Não esqueço essas coisas.

Eu disse a Jack para ficar longe. Ele vai fazer você sofrer, falei. Vai tirar o que é mais importante. Vai fazer isso sorrindo, depois vai fumar um cigarro.

Jack não ouviu.

Mas estou me adiantando. Chego ao fim quando, para entender a verdade, você precisa começar do começo.

Quando Jack abriu a porta, a mãe não estava sentada na cadeira de balanço ao lado do fogão. Seu cobertor de arco-íris criava um relevo estéril na cadeira, com exceção de um canto desfiado que, caído, encontrava o tapete puído.

Ela também não estava na cozinha, observando com olhos vidrados pela janela sobre a pia, pele e osso na camisola cor-de-rosa desfiada. O frio grudava nas paredes finas da casa e se encolhia nos cantos sombrios que o sol nunca alcançava. Ela deixou o fogo apagar. Nunca fazia isso. Nem mesmo quando ficava atordoada.

Na cabeça dele, era como se um grampo de aço fosse apertado.

Ele sacudiu a neve das botas, tirou a mochila dos ombros e a pendurou no gancho da cadeira da cozinha. Tirou os fones de ouvido para tentar ouvir alguma coisa lá em cima, mas não ouviu nada. Ela mal saía daquela cadeira hoje em dia, exceto para ir ao banheiro. Houve um tempo em que o cumprimentava na porta quando ele chegava em casa da escola, mas esse tempo ficou para trás.

— Mãe?

Ele ficou esperando uma resposta, e ela não veio. O vento soprava nas janelas e fazia dançar a chama do fogão. Precisava alimentar o fogo. Se ficassem sem, estariam em péssima situação. Matty logo chegaria da escola. A sra. Browning deixava os alunos do segundo ano ficarem depois da aula para jogar basquete, mas só por um tempinho. Precisava começar a preparar o jantar para Matty. A noite estava chegando.

Entretanto continuava ali, parado, tentando ouvir algum sinal dela.

A neve derretia sob suas botas e fazia poças no linóleo. Ele tirou as botas e as meias e as enfileirou ao lado do fogão frio por força do hábito. Quando olhou novamente para a cadeira de balanço, viu o frasco de comprimidos em cima da mesa. Estava sem tampa, e a maior parte das pílulas tinha desaparecido. Depois que ela se machucou, um médico da cidade disse que os comprimidos a ajudariam a descansar da dor, mas isso aconteceu há muito tempo, e de lá para cá ela tomava as pílulas como podia. Agora dormia na cadeira de balanço dia e noite e não o recebia na porta, não comia nem tomava banho, nem dizia coisas que fizessem sentido.

O vento, ou alguma outra coisa, fez barulho lá em cima. Ele foi até a escada e olhou para o alto. A luz enfraquecia na metade do caminho e desaparecia na escuridão no topo da escada.

— Mãe?

Ela devia estar lá, no banheiro. Talvez vomitando de novo, depois de ter tomado comprimidos demais. Ele subiu os degraus acarpetados e barulhentos, acendeu a luz do corredor e esperou. Nenhum som. Apenas uma rajada de vento no telhado.

Ele se aproximou do banheiro.

Imaginava que a encontraria abaixada diante do vaso sanitário, vomitando, os olhos fundos em taças de sombra pálida, ou em pé na frente do espelho, magérrima, como uma boneca de papel. Mas ela não estava lá.

Banheiro vazio. Porcelana cor-de-rosa.

Pensou nela deitada de camisola em algum lugar, com a vida escorrendo para a neve gelada. *Para com isso*, disse a si mesmo. *Ela está bem. Alguém esteve aqui e a levou, talvez a tenham levado à loja. Só isso.*

Mas isso era uma mentira. É claro que era.

Ele saiu do banheiro e olhou para a porta fechada no fim do corredor, e aquela porta foi ficando maior enquanto a encarava. Restava apenas um cômodo na casa, e ela não teria ido para lá. Não, ela nunca entrava naquele quarto. Nunca mais, desde que eles vieram naquela noite e levaram o papai.

Não. Aquele quarto era um túmulo. E ela não entraria lá.

Ele segura a maçaneta e a gira.

Ela estava pendurada no ventilador de teto. Com um cinto em volta da haste e a outra ponta envolvendo seu pescoço. Uma das mãos tremia.

Ele correu e a levantou pelas pernas, mas ela estava inerte. Embaixo dela havia uma cadeira de madeira caída de lado. Ele a soltou e endireitou a cadeira, subiu nela e a levantou, mas sua cabeça caiu para a frente. Os olhos não piscavam. *Oh, Deus.* Ele puxou o cinto, e o ventilador tremeu. Fragmentos de gesso caíram em seu rosto. *Por favor*, pensou.

Oh, Deus, por favor.

Ele pulou da cadeira, procurou na cômoda e encontrou a faca de caça que era do pai, abriu a lâmina e subiu na cadeira para cortar o couro. Corte o laço, encontre um furo e corte. *Droga. Ai, droga, droga, droga.* Quando o cinto se partiu, ele a pegou pela cintura, mas ela caiu de lado e escapou de seus braços, caindo no chão. A cadeira virou e ele despencou. Derrubou a faca.

Engatinhou até ela e a virou. Ela estava sob a luz fria, com o rosto paralisado e com pequenas partículas de sangue nos olhos que estavam abertos. O cabelo estava espalhado. Um montinho de ossos sobre o carpete verde e velho. Um chinelo no pé e saliva seca no queixo.

Tão quieta.

Ele se levantou e deu um soco na parede. O primeiro soco não teve força, mas no segundo esfolou os dedos no reboco, e eles sangraram. Barulhos o sacudiam, sons entrecortados de dor e respiração trêmula.

Ele sentou ao lado dela no chão.

Tocou sua mão e a segurou.

Só ficou sentado ao lado dela.

Quando a janela escureceu e o frio atravessou as paredes, ele a endireitou e a arrumou. Seu peso não era mais que quarenta quilos, mas ela estava pesada. Ele a pôs na cama e ficou só olhando para ela. Sombras formando poças arroxeadas em sua pele. O cabelo amarelo. Fechou seus olhos e cobriu suas pernas com a camisola. Uniu suas mãos. Encontrou o outro chinelo no carpete e o encaixou em seu pé, sentou-se na cama ao lado dela.

Ficou ali sentado por muito tempo.

Ele trancou a porta do banheiro e lavou o rosto, depois desceu e acendeu o fogo. O frio continuava entrando, e a noite também vinha. Jogou o frasco de comprimidos no lixo e abriu o armário ao lado da pia, de onde tirou a Tupperware amarela. Removeu a tampa e contou o dinheiro lá dentro. Quinze dólares e 36 centavos. Contou de novo.

É. Estava certo na primeira vez.

Esfregou os olhos com a base das mãos e abriu a porta da despensa. Meio saco de batatas. Alguns potes, feijão e pêssegos. Lata de açúcar quase vazia. As batatas eram muito boas, ganharam da sra. Browning. Ele pegou três, lavou e as cortou em fatias. Em uma frigideira, derreteu uma porção de gordura, depois jogou as batatas nela. O coração rasgava de dor no peito, e ele a ignorava.

Quão bela e brutal é a vida

A porta da frente abriu com um rangido e Matty entrou fazendo barulho, espalhando neve, as bochechas vermelhas, o chapéu de lã úmido cobrindo a testa e o casaco fechado até o queixo. O casaco um dia foi de Jack, e, antes disso, de outra pessoa. Um rasgo na frente expunha o estofo, mas por dentro era de flanela e quente. Matty bateu a porta, tirou o casaco e o chapéu e sorriu.

— Jack, você nunca vai adivinhar. Acertei a tabuada todas as vezes. Todas elas, até a do doze. Não errei nem uma.

As batatas fritavam, e Jack as virou para dourar dos dois lados. Sal e pimenta. Por um segundo, as coisas pareceram normais. Com exceção de seus olhos. O ardor quente nos cantos. A cabeça começava a latejar.

— Bom trabalho, baixinho. Agora pendura o casaco e lava as mãos.

— Acha que podemos comer pêssegos hoje?

Jack balançou a cabeça para dizer que sim.

— Para comemorar suas tabuadas.

Matty pendurou o casaco e a bolsa no gancho da parede ao lado do fogão e pôs as botas ao lado das de Jack com todo cuidado, alinhando os calcanhares. Olhou para a cadeira de balanço e ficou ali por um momento, pensativo. Com uma expressão concentrada. Depois virou e subiu, e Jack ouviu o barulho da torneira no banheiro. Sentia um gosto ácido na boca. Um gosto como de pólvora.

A porta está trancada.

A porta está trancada.

Depois de um minuto, Matty desceu. Viu Jack cozinhando. Puxou uma cadeira da cozinha até perto do armário ao lado da pia e pegou os pratos.

Juntos, arrumaram tudo e sentaram-se à mesa de fórmica. Batatas fritas, pêssegos e xícaras de café instantâneo. Jack sabia o que ia acontecer e se preparava.

— Cadê a mamãe? — Matty perguntou.

— Ela foi viajar.

— Olhei no banheiro, e ela não estava lá.

— Já disse. Ela foi viajar.

— Bom, com quem ela foi?

— Um amigo. Alguém que você não conhece.

— Como quem?

— Coma suas batatas — disse Jack.

Matty não comeu. Olhou para a cadeira de balanço. Olhou para Jack.

— Ela não levou o cobertor de arco-íris.

Jack olhou para o cobertor. Fios de lã que formavam fileiras. As beiradas tinham pontos soltos e desbotaram, agora eram cor de laranja nas partes em que antes eram vermelhas. Foi presente da Vovó Jensen quando a mamãe tinha oito anos. Que estupidez, esquecer o cobertor.

— É, parece que não.

Não acredito que ela iria a algum lugar sem seu cobertor.

— Talvez tenha esquecido.

— Acha que ela está bem na neve?

— Sim. Acho que sim.

— Quando ela volta?

Jack bebeu um pouco de café e queimou a boca. Comeu as batatas. Matty o observava.

— Estamos bem?

— Sim. Estamos bem.

Jack comia. Mastigava e engolia. Um gole de café. *Vai fazer isso por ele. Não vai deixar que ele saiba. Não vai.*

Matty continuou olhando para Jack. Depois pegou o garfo e começou a comer.

Ótimo.

Jack esquentou água no fogão, fechou o ralo da pia, despejou a água fervente dentro dela, lavou toda a louça e deixou tudo secando sobre o balcão. Depois que Matty terminou de comer os pêssegos, Jack pediu para ele ir fazer o dever de casa. Soletrar.

— Escola — disse Jack.

A concentração voltou ao rosto de Matty.

— E-S-C-O-L-A.

— Muito bom. Agora lápis.

— L-Á-P-I-S.

Do lado de fora da janela da cozinha, o vento jogava flocos de neve contra o vidro e os fazia dançar em círculos, antes de jogá-los no chão. Um frio terrível lá fora. Jack pôs as mãos sobre os olhos. A escuridão descia sobre o telhado e pelas paredes da frágil casa, e ela estava lá em cima, deitada na cama.

II

O que eu lembro?

Meu pai é um ladrão e um matador. Ele roubou uma loja de penhores com Lelan Dahl quando eu tinha dez anos, mas ninguém nunca o pegou. Nenhuma evidência. Nada de julgamento. Isso foi o começo de tudo. Uma longa cicatriz corta sua testa e desce por um lado do rosto, lembrança de quando minha mãe o atacou com uma faca. Ela pagou por isso. Ele é um matador, mas é coisa pior.

Seus olhos são ganchos. Cavam fundo. Queimam a alma.

Algumas pessoas têm gelo neles. Sei que eu tenho. Foi o que meu pai fez comigo. Coberto de gelo, escuro por dentro. Mesmo agora, quando penso nele, fico todo gelado. Como se tivesse entrado em um freezer.

Mas Jack — o doce, raivoso e silencioso Jack —, ele me queima. Ele me quebra em pedaços.

Nós nos conhecemos por nove dias.

Eles abriram o sofá-cama e espalharam cobertores e uma colcha sobre o colchão deformado. Jack alimentou o fogo, trancou as portas e verificou se tinham lenha para passar a noite, enquanto Matty tirava a roupa e vestia o pijama na frente do fogo. Essa imagem deixou Jack com o coração apertado. As costelas e os joelhos salientes. Como um pobre órfão. E ele era. Jack recolheu as roupas, as dobrou e pôs na cama.

Quão bela e brutal é a vida

"Respira, Jack. Inspira e expira, e repete."

Matty se enfiou debaixo dos cobertores. Ele olhava para a cadeira de balanço a todo instante. Jack apagou a luz e prendeu as beiradas do cobertor embaixo de seu corpo para preservar o calor. A luz da lua entrava pela janela. Ele sentou no colchão.

— Podemos ver TV?

— Não. Já passou da sua hora de dormir.

— Está muito frio.

— Sim...

O fogo crepitava. Ficou ali respirando. Inspirando, expirando.

— Jack?

— Que é?

— Acha que o papai volta logo para casa. Como a mãe disse que ele poderia voltar?

— Não sei.

Matty ficou em silêncio. Depois:

— Lembra da mulher do Serviço?

Jack se lembrava dela. A mulher do Serviço Infantil. Ele entrou embaixo das cobertas e olhou para Matty. O rosto dele tinha reflexos azulados da lua e da neve. A face pálida. Seu cabelo ainda estava todo torto, espetado em alguns lugares por causa do chapéu. Ele precisava cortar o cabelo. Jack o abraçou.

— Eu lembro.

— Acha que ela vai voltar?

— Não sei. Provavelmente.

— Acha que ela vai trazer aquele xerife, como prometeu?

— Se ela e aquele xerife aparecerem e eu não estiver aqui, é só você não abrir a porta. Mantém a porta trancada e não responde.

— Certo.

— Eu vou cuidar disso.

Ele podia sentir o coração de Matty batendo.

— Se eles souberem que a mamãe foi viajar, acha que vão me levar para algum lugar?

— Não vou deixar isso acontecer.

— Certo.

— Não vou deixar isso acontecer — repetiu.

— Certo.

Matty não conseguiu dormir por muito tempo. Ficou se mexendo, abraçou Jack, depois virou para o outro lado e enrolou-se no cobertor de costas para a cadeira de balanço. Depois de um tempo, seus olhos fecharam. Jack achou que estava dormindo, mas abriu os olhos e olhou para Jack na penumbra. Não falou nada. Só olhou para ele. Jack fingia dormir. *Você não vai estragar tudo. Não vai. Vai fazer o que precisa fazer. Como sempre fez.*

Depois de um tempo, a respiração de Matty ficou regular.

Jack ficou ali deitado e não dormiu.

Horas se passaram.

Quando se levantou, ele pôs um travesseiro sobre a orelha de Matty e torceu para que fosse suficiente. A casa estava escura. Contornos de sombras. Mesa da cozinha. A cadeira de balanço e o fogão. Ele vestiu o casaco e calçou as botas. Matty não se mexeu.

Ele pegou o cobertor de arco-íris e subiu a escada; depois foi ao quarto e destrancou a porta. Ela estava lá, deitada na cama com as mãos sobre o peito e as sombras da lua brincando de brilhar em seu corpo, quase iridescente à luz intensa. Como uma Bela Adormecida abatida esperando seu príncipe. *Bem, ele não virá. E ele nunca foi príncipe.*

Ele estendeu o cobertor sobre ela, uniu os cantos e os amarrou sob seus pés. A pele dela estava fria. O cabelo era como névoa amarela sobre o travesseiro. Olhou para o rosto dela pela última vez. Depois amarrou os cantos do cobertor atrás de sua cabeça, rolou-a para o outro lado e uniu as beiradas. O rosto inexpressivo escondido pela lã, um toque de cor sobre a cama. Ele tentou engolir, mas não conseguiu.

Como pode fazer isso?

Você é um monstro.

Ele a pegou no colo. Ela estava dura, e ele soube que não poderia carregá-la escada abaixo. Na metade do corredor, parou com ela nos braços e apoiou-se à parede para recuperar o fôlego. Quando chegou à escada, abaixou-se e a deitou no chão, colocando-se perto da cabeça. Segurou-a pelos ombros através da lã e levantou-a, conseguindo dobrá-la um pouco na cintura. Com o peso dela sobre os joelhos, ele a arrastou para baixo, um degrau de cada vez. Barulho abafado dos baques no tapete. *Puxe devagar. Com calma, para o Matty não acordar. Pronto. Até lá embaixo.*

Ele olhou para o sofá-cama. O sofá flutuava como uma jangada na escuridão. A silhueta de Matty descansava enrolada nos cobertores. O travesseiro cobria sua orelha.

Silêncio.

Ele se abaixou e a pegou do chão. Não podia segurá-la por muito tempo.

Silêncio. Silencioso e rápido.

Parou na porta da frente, abriu e passou por ela cambaleando. Cada ruído ecoava alto como o golpe de um machado. Pensou que havia acordado Matty, mas não. Quando fechou a porta, suas pernas cederam e ele a derrubou. Ela bateu no chão e escorregou para a neve.

Ele sentou-se ao lado dela.

Você nunca mais vai ver seu rosto. Nunca mais vai vê-la. Nunca.

Levantou-se e olhou em volta. Noite sem estrelas. Gelada e silenciosa. Um floco solitário desceu flutuando. Azul e gelado, este terreno baldio. O restolho nos campos arrasados por todos os lados. Ninguém em um raio de quilômetros.

Ele foi até o galpão, pegou o carrinho de mão, o empurrou pela neve até perto dela e a pôs no carrinho. Flocos de neve leves como renda salpicavam o cobertor de arco-íris. Ele ficou parado, sua respiração virando pequenas nuvens de fumaça. O frio e a quietude. Dez segundos, vinte.

A lua olhava para ele.

Ele a empurrou no carrinho e contornou um Chevrolet Caprice para levá-la a um lugar atrás do celeiro em que o teto era baixo, os velhos pinheiros usavam casacos de brancura fresca e uma parte do solo não estava tão congelada. Um lugar bom e tranquilo. Ele pegou uma pá do galpão e começou a cavar. Tinha esquecido as luvas e não voltou para pegá-las. Empurrava a lâmina com o pé e atravessava camadas de neve até encontrar a terra dura, e tentava cavar. Cavava e continuava cavando. Bem fundo, para os cachorros nos campos não a alcançarem e para que ela não chegue à superfície na primavera. Ele cavava e não pensava, desligava a mente como se tivesse um interruptor.

O frio queimava sua pele.

As mãos dele ficaram escorregadias na pá.

Levanta, empurra. Cava.

Quando terminou de cobri-la com terra, sentou-se ao lado dela. Terra inchada. Neve revolvida e escura. Mesmo com aquele frio, ficou ali, sentado. Só a lua o observava. O amanhecer cinzento coagulava sobre a terra. Ele enxugou os olhos, levantou-se e foi para casa.

Na sala de estar, Matty ainda dormia com o travesseiro sobre a orelha. Jack tirou o casaco e as botas e abriu a porta do fogão para alimentar o fogo com mais lenha. A luz pálida, breve e trêmula, alcançou as paredes. A palma das mãos dele pulsavam. Ele fechou o fogão e se despiu, ficou só com as roupas íntimas, tremendo. Depois deitou embaixo das cobertas e puxou Matty para perto. Seu corpo pequenino. Na escuridão, Jack ouvia cada respiração curta.

O que vou fazer agora?, pensou. *O que vou fazer?*

III

A vida pode ser brutal.
Jack sabia disso.
Eu também.
Às vezes, me pergunto por que as coisas acontecem como acontecem. Se tem alguma rima ou razão. As pessoas dizem que uma borboleta pode bater as asas no Brasil e desencadear um tornado no Texas. Uma borboletinha cria uma tempestade do outro lado do mundo. Eu penso nisso. Senti o bater das asas da borboleta quando Jack e eu nos conhecemos? Senti a chegada do tornado?
Pensando bem, acho que sim.
Jack passou diante dos meus olhos, e tudo mudou.

Ouço portas de armários abrindo e fechando. Estalos de metal. Gritos, vozes e risadas no corredor. Cores intensas passam depressa. Camisetas e jeans. Meu primeiro dia em uma nova escola. Estou abrindo meu armário. Acabei de sair da aula de cálculo e estou pensando sobre limites no infinito.

Estou distraída.

Não vejo quando Luke Stoddard se aproxima e começa a falar comigo. Descubro o nome dele mais tarde. Luke usa uma camiseta de time de futebol. Ele tem dentes alinhados. É grande e fala alguma coisa sobre me mostrar o colégio e se aproxima demais, se aproxima demais, e eu encosto no armário.

O metal pressiona a parte de cima das minhas costas. O cotovelo. A parte de trás da cabeça. Ele se aproxima mais um passo. Vai me tocar. Eu sei que vai.

Derrubo os livros. Papéis soltos se espalham. Decoram o corredor, quadradinhos de confete branco em um desfile de fita adesiva.

Então eu vejo Jack.

Deixa ela em paz.

É o que Jack fala para Luke.

Fica longe de mim.

É o que digo para Jack alguns minutos depois.

Não é o que eu quero.

Revejo essa lembrança de vez em quando. O minuto em que vi Jack pela primeira vez.

Jack suado, furioso. Jack quieto.

Pensando bem, acho que a borboleta bateu as asas naquele momento.

O vento começou a girar.

Tudo mudou.

Jack acordou.

Matty estava deitado embaixo dos cobertores, observando-o. Silêncio. No sonho, Jack corria por um campo coberto de neve, com a lua no alto. Cheiro de terra fria no nariz. Alguma coisa perdida que precisava encontrar. Ele andava, e tudo se desfazia na luz cinzenta do dia, as cores se decompunham depressa.

Ele afagou os cabelos de Matty.

— Oi.

Quão bela e brutal é a vida

— Oi.

— Está tudo bem.

Matty assentiu. Seus olhos brilhavam à luz pálida. Algo inominável e aderente.

Jack podia sentir a pá em suas mãos. Ele se levantou e alimentou o fogo, enquanto Matty se vestia. O ar era áspero como ossos. A luz sombria do amanhecer entrava pela janela e se derramava sobre o colchão. Matty olhou para a cadeira de balanço vazia e não falou nada sobre o cobertor de arco-íris, que tinha desaparecido.

A neve caía em flocos duros e se acumulava no parapeito da janela. Jack salpicou canela no mingau de aveia e o dividiu em duas tigelas, as quais levou para a mesa da cozinha. Matty estava sentado, segurando um papel azul entre as mãos.

— O que é isso? — Jack perguntou.

— Nada.

— Tenho a impressão de que é alguma coisa.

— Hoje vamos fazer uma excursão. — Matty não olhava para ele.

— Que divertido. Para onde?

— Não quero ir.

Jack o estudou. Ele usava uma de suas velhas camisas de lã. Faltavam dois botões. O xadrez era desbotado. Tinha usado água para pentear o cabelo, mas o resultado não era dos melhores.

— Por quê?

— Este papel diz que, quem não quiser ir, pode ficar na escola.

— Por que não quer ir?

— Só não quero.

— Por quê?

Matty continuou ali, sentado, segurando o papel. Estava quase chorando. Jack pegou o papel e leu. A excursão era uma visita ao Museu de Idaho para ver dinossauros, e custava dois dólares. Gasolina para o ônibus. Jack sentiu o peito apertado.

— É por causa dos dois dólares que não quer ir?

— Não me importo se não for. Só isso.

Jack foi buscar a Tupperware no armário. Tirou a tampa, contou dois dólares e deu a Matty.

— Olha para mim. Não vamos morrer se eu te der dois dólares.

— Tudo bem. — Matty olhou para ele. Aquele olhar o prendeu.

— Acredita em mim?

— Sim.

— Está tudo bem.

Matty olhou para as mãos de Jack e desviou o olhar. *Não existe descrição de idiota em que você não se encaixe*, Jack pensou. E repetiu:

— Está tudo bem.

— Ok.

Eles comeram o mingau lado a lado. Jack assinou a autorização e colocou na mochila de Matty. Aqueceu o casaco do irmão perto do fogo e o segurou para que vestisse, depois fechou o zíper. Observou Matty esperando o ônibus, viu quando embarcou e viu o ônibus afastar-se pela rua. Quando ele desapareceu no alto de uma colina, Jack ainda olhava. Só conseguia pensar que havia mentido para Matty. Não estava tudo bem. Tinham treze dólares e 36 centavos. Tinham um aviso de vencimento na gaveta da cozinha e um aquecedor de água quebrado, uma despensa vazia, um pai preso e uma mãe embaixo da neve no quintal.

Ele ficou sentado à mesa da cozinha, ouvindo o tique-taque do relógio em cima do fogão. *Você precisa de um plano*, pensou. *Precisa muito de um plano.*

Tudo dependia de dinheiro. Se tivesse dinheiro, poderia comprar comida, leite, pão. Poderia pagar as contas. Um trabalho renderia dinheiro, então podia arrumar um trabalho. Onde? Em algum lugar na cidade. Teria de fazer acontecer, encontrar um jeito. Mas tinha que pensar na escola. Se não fosse à escola, perceberiam sua ausência. E isso não podia acontecer. Se acontecesse, os Serviços de Proteção à

Criança seriam acionados. Não. Não era uma opção. *Eles vão levar o Matty. Vão levar o Matty.*

Então.

Escola.

Depois trabalho.

E o que vai fazer com o Matty enquanto estiver trabalhando?

Nenhuma resposta.

O tique-taque continuava. Contava os segundos para algum momento invisível. Cada tique era mais alto que o anterior. O tempo se movia no espaço estreito entre um e outro. Pulsava devagar. Sangue vertendo de uma ferida.

As mãos doíam, e ele foi ao banheiro fazer um curativo nas bolhas. Penteou o cabelo e escovou os dentes. Pendurou a mochila no ombro. Depois entrou no Caprice e foi para a escola.

Um professor substituto dava aula de História. Todos os presidentes ao longo dos anos e quem era o melhor ou o pior. Jack olhava pela janela. Imagens em sua cabeça — elas continuavam aparecendo. Não as encarava diretamente, via só fragmentos nítidos, refletidos na parte interna das pálpebras. Imagens incompletas. Como pedaços de um espelho quebrado.

O chinelo dela no tapete.

A faca na mão dele. Cortando couro.

Seus olhos ardiam, e ele os fechou. Cruzou os braços sobre a mesa e empurrou as imagens para o fundo do inconsciente, apoiando a testa nos braços.

Vá ao supermercado, depois à lanchonete. Depois aos postos de gasolina. Os dois. O que vai dizer? Sou esforçado, senhor. Não tenho experiência, mas sou esforçado. Farei o que for necessário. E farei bem, prometo, tudo que quiser — arrumar prateleiras, varrer o chão, limpar os banheiros, vou trabalhar duro...

O sinal tocou.

Ele levantou a cabeça e engoliu a saliva. Dor de garganta. Droga. *Não pode ficar doente. O que vai acontecer se você ficar doente? Você sabe.*

No corredor, abriu o armário e guardou o livro de História. Alunos passavam por ele. Conversando e rindo. Alguns em grupos, outros sozinhos. Hora do almoço. Se fosse ao estacionamento, poderia dormir vinte minutos no Caprice. Virou-se e caminhou em direção à porta. *Só precisa descansar. Um cochilo. Só isso.*

— ... A coisa mais bonitinha que já vi.

Luke Stoddard estava parado perto dos armários, de costas para Jack. Aluno do último ano. Quarterback. Falando coisas fofas a alguma garota. Ele usava calça jeans justa e boné com a aba curvada sobre os olhos. Tinha fama de marcador de pontos dentro e fora do campo.

— Posso te levar a alguns lugares — Luke dizia. — Mostrar tudo por aqui.

Jack continuou andando, mas quando viu a garota parou. Ela estava ali, abraçando os livros contra o peito, sem expressão no rosto. Foram os olhos que o fizeram parar. Era como olhar para águas profundas. Ao mesmo tempo, cintilantes e escuros. No fundo deles, algo coisa brilhou e desapareceu como se fosse tragada. Jack conhecia aquele lampejo.

Luke chegou mais perto dela.

— Você é tímida, não é?

Jack ficou um pouco afastado, observando. A garota derrubou os livros. Papéis voaram e se espalharam, e Luke deu risada. A menina não se moveu. Estava com os braços abaixados, as mãos fechadas.

Luke tocou seu rosto. Ele estava meio inclinado quando ela se levantou e abaixou o braço com um movimento rápido e certeiro e, com a mesma velocidade, abaixou a mão. Foi algo que Jack mais sentiu do que viu. O lápis ficou enterrado no antebraço de Luke.

Luke recuou depressa. Olhou para o próprio braço e, respirando pela boca, puxou o lápis e o arrancou de lá. Uma mancha vermelha se espalhou na camiseta. Ele sufocava com a própria respiração.

Ela o encarava. Ainda uma pedra. O lápis estava no chão, aos pés dela.

— Vadia! — Ele a empurrou contra os armários.

— Deixa ela em paz — Jack falou.

Quando Luke virou, viu Jack ali, parado.

— Quê?

— Deixa ela em paz.

A respiração de Luke ficou lenta. Ele afastou as pernas e sorriu.

— Josh Dahl. Ou Jack. Não é? O que você quer?

— Já falei o que eu quero.

— Falou.

Jack não respondeu.

Luke olhou para a garota, depois para Jack.

— Sabe quem sou? Não sou alguém com quem vai querer se meter.

— Conheço você — Jack respondeu.

Luke ficou vermelho. Alguns alunos tinham parado e assistiam à cena. A garota não falava nada. Podia ser muda, até onde Jack sabia.

— Como vai seu pai, Jack? — Luke perguntou. — Como ele está? Tem visto ele com frequência?

Jack esperou, não respondeu.

Uma expressão confusa passou pelo rosto de Luke. Dúvida.

— O que você quer?

Jack se sentia separado de si mesmo. Como se visse de longe ele mesmo falando com Luke. Olhou para as mãos dele.

— Tem que ter mãos boas para o futebol, não é? Um quarterback tem que ter mãos boas. Para arremessar a bola.

— Quê?

Jack continuava ali, olhando para ele.

O sangue escorria pelo braço de Luke e pingava no chão. Ele passou a língua pelo lábio superior.

— Isso é algum tipo de ameaça?

Jack continuou esperando.

Luke olhou para os dois lados do corredor, como se pudesse encontrar algum amigo ali. Ninguém se mexeu. E agora a plateia era grande. Ninguém mais falava. Nem ria.

Silêncio. Em algum lugar, a porta de um armário rangeu.

Luke estremeceu. Sua boca se moveu, procurando palavras.

— Que se dane, babaca. Não vale a pena perder tempo com você. — E olhou para a garota. — Nem com ela.

Ele estudou Jack por mais um momento. Depois deu um passo para trás, virou, abriu caminho, empurrando as pessoas, e saiu.

Um murmúrio surgiu entre as pessoas. Rostos do passado. Gente que um dia ele chamou de amigos. Anos atrás. Jack ouvia fragmentos da conversa.

— Caramba. Viu a cara do Luke?

— Ela enfiou um lápis nele...

— Aquele é o Jack Dahl. Foi o pai dele que...

Jack olhava diretamente para aqueles que via falando. Todos se calavam quando encontravam seu olhar, e logo não havia mais nenhum som ali.

Ele os encarava. Cada um deles. Olhava para o rosto deles. Como seria? Ser daquele jeito, tão normal? Ele os encarava até que, um a um, todos desviaram o olhar. Sabia em quem estavam pensando.

Você é exatamente igual a ele, pensou. *Encurralado, é exatamente igual a ele.*

O sinal tocou, e todos começaram a se mover.

Agora faziam barulho. Espectadores em movimento.

Ele olhou para a menina. Ela estava de cabeça baixa, e o cabelo escuro escondia seu rosto. Ele se abaixou e recolheu as páginas soltas e um dos livros. A capa tinha a imagem de um balão de ar quente embaixo de letras desbotadas. Cálculo, Quinta Edição. Ele arrumou as páginas e entregou-as para ela.

— Você está bem?

Ela levantou a cabeça e olhou para ele. Foi então que ele a viu nitidamente pela primeira vez. Maçãs do rosto e pele limpa. Olhos cor de avelã. A voz soou rouca.

— Fica longe de mim.

Ele recuou.

Quão bela e brutal é a vida

Ela arrancou as páginas da mão dele. Jack viu uma tatuagem na parte interna de seu pulso. Era um coração. Preto como ônix. Um coração pequeno e preto.

A garota virou as costas a ele bruscamente. Com a coluna ereta, o cabelo formando uma confusão de curvas e voltas, seguiu pelo corredor com passos largos em direção ao banheiro feminino, onde desapareceu.

Jack ficou ali, atordoado, segurando o livro dela. O corredor agora estava vazio. Ele abriu o livro. O nome dela estava escrito em letras pretas no alto da primeira página, com o número de seu telefone logo abaixo.

AVA.

Ele continuou ali por um minuto, examinando o livro. Pensando em por que Ava tinha tanto medo. Depois abriu a mochila e guardou o livro lá dentro.

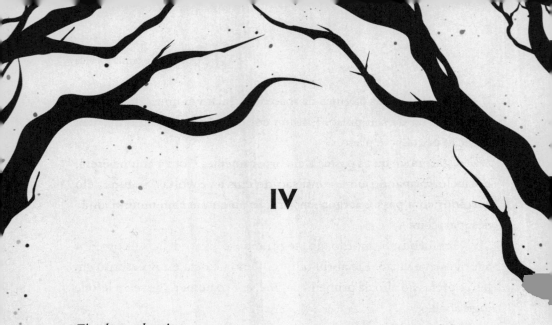

IV

Fica longe de mim.
      Que coisa adorável para dizer.

Eu devia ter agradecido a Jack. Ele tentou me ajudar. Pegou meu livro do chão. Eu devia ter agradecido. Mas você precisa entender. Eu sabia quem era Jack. Soube assim que Luke disse o nome dele.

      Jack Dahl.

      Como vai seu pai, Jack? Como ele está?
      Jack era filho de Leland Dahl.
      Leland Dahl, que assaltou uma loja de penhores com meu pai e foi para a cadeia. Leland Dahl, que sabia onde estava o dinheiro.
      No banheiro, lavei as mãos. Lavei uma vez, esfreguei. Lavei de novo, e de novo. Depois entrei em um espaço reservado e tranquei a porta. Era difícil respirar. Meus pensamentos eram rápidos, incisivos.
      Jack Dahl é perigoso.
      Fica longe dele.
      Fica longe.
      Fica longe.
      Tão longe quanto puder.

Falei pouco sobre meu pai. O nome dele é Victor Bardem. Não o chamo de pai. Eu tinha dez anos quando ele assaltou a Lucky Pawn. Era uma terça-feira de agosto. Ele chegou em casa à noite, muito tarde, com um homem que eu nunca tinha visto. Eu devia estar dormindo, mas não tinha ar-condicionado em casa e estava com calor. A camisola colava em minha pele, mesmo sem as cobertas. Na época, eu morava em um trailer na periferia de Rigby. Mamãe já tinha nos deixado.

Foi isso que aconteceu.

Bardem desliga o motor do Land Rover e desce. Ele fica em pé na frente do trailer, olhando para ele. Uma silhueta clara de alumínio. A lua é uma faixa no céu. O outro homem desce pelo lado do passageiro. Ele tem um bigode que desce pelas laterais da boca, em um dos braços há uma tatuagem, duas mãos unidas em oração. Carrega uma arma com o cano serrado. Ele olha para Bardem e espera.

Bardem está ali, estudando o trailer. Janelas escuras. Nada se move lá dentro. A lâmpada sobre a porta projeta sua luz sobre a varanda.

— Acha que ele fugiu com o dinheiro? — pergunta o outro homem.

— É, eu acho.

— Acha que ele escondeu a valise em algum lugar?

Bardem sorri de um jeito meio distraído. Ele anda pela terra até a varanda e senta em uma cadeira de plástico verde. Casual. Relaxado. Ele olha para o homem.

Silêncio.

O homem cospe na terra. Gotas de suor cobrem sua testa. O ar não se move. Ele manca até a varanda e se apoia na grade. Segura, com uma das mãos, uma pistola apontada para o chão. Há uma mancha escura na perna esquerda de seu jeans. Ele acena com a cabeça em direção ao trailer.

— Tem curativo lá dentro?

Bardem não dá sinais de estar ouvindo. Inclina a cabeça para o trailer, como se estivesse atento a alguma coisa.

Tudo quieto. O chirriar de uma coruja.

— Quer entrar e procurá-lo? — pergunta o homem. — Podemos ver se o encontramos.

Bardem está imóvel.

— Sabe onde ele esconderia alguma cosia?

O homem balança a cabeça.

— Não. Mas você conhece ele melhor. Sabe onde ele mora. — Ele limpa o suor da testa e se apoia sobre a perna boa. — Estou perdendo muito sangue. Tem um curativo?

— Tem certeza?

— Do quê?

— Perguntei se tem certeza. Não sabe onde ele esconderia alguma coisa?

— Não sei.

Bardem olha para o homem. O sorriso permanece em seus lábios.

— Preciso cuidar desta perna. — O homem sobe a varanda e olha para o trailer de novo. — Tem antibióticos?

— Para que você serve?

— O quê? — Depressa, ele olha para Bardem.

Bardem se encosta na cadeira e estuda o homem. O sorriso desapareceu, mas a voz permanece inalterada.

— Perguntei para que você serve. Não sabe onde está a valise.

Os dedos do homem apertam a arma, mas já tem uma pistola na mão de Bardem, que ele tirou do cinto e apontou para a cabeça do outro.

— Larga — diz Bardem.

O homem não se move. Bardem vê o pânico se acender em seus olhos. Já viu esse pânico antes.

— Acho que já entendeu suas chances nesta situação — diz Bardem.

O homem solta a arma. Ela cai na varanda e levanta uma poeira.

— Isso não é necessário.

— Ah, mas é.

— Eu poderia ir...

— Nunca fica cansado de ouvir a própria voz?

Quão bela e brutal é a vida

A boca do homem treme.

Bardem continua encostado na cadeira, segurando a pistola

— Sabe quantas pessoas têm conhecimento desta noite? Eu vou dizer. Três pessoas. Eu. Você. E Dahl. É muita gente. Não gosto disso.

— Eu disse que vou embora.

Bardem olha para o trailer. Abaixa a pistola.

— Vou dizer uma coisa. Vamos resolver isso como homens — propõe. — Vamos dar uma volta.

Eles entram no Land Rover e saem da área de terra no escuro.

Meia hora depois, Bardem volta sozinho.

Senta na cadeira verde. Pega um cigarro e um isqueiro do bolso da camisa, acende o Marlboro e fuma. A extremidade acesa desenha um círculo vermelho na escuridão. Tem sangue em suas botas de pele de avestruz.

Ele joga a ponta de cigarro no chão e pisa nela. Assobia baixinho. Com uma mangueira, lava o porta-malas. O tapete de borracha que fica sobre o carpete. Ele volta e, com a lateral da bota, revolve a terra sobre o sangue no chão. Grilos cantam ao longe. Ele sobe a escada da varanda para o trailer.

Não acende nenhuma luz. Na cozinha, lava as mãos e as enxuga com um pano de prato limpo. Limpa o sangue das botas. O refrigerador vibra. O trailer tem cheiro de ervas. Tem manjericão ao lado da pia. Ele analisa o próprio reflexo na janela. Sua aparência é limpa, arrumada. Mais uma vez, ele tenta ouvir alguma coisa.

Vai até a porta do quarto de Ava. Fica ali com a orelha colada à porta, depois segura a maçaneta e a gira.

Ava está deitada na cama. Encolhida sob o lençol. De olhos fechados.

Ela esteve olhando pela janela.

Está deitada muito quieta. Inspirando e expirando com leveza. Quase sem fazer barulho. Seu rosto é suave. Tem um animal de pelúcia na cama ao lado dela: um macaco marrom. Ela quer pegá-lo, mas não o pega. Nem se mexe.

Os passos são silenciosos, porém ela sabe que ele está ali.

Sente o cheiro de sua loção de barba.

Ele se senta na cadeira ao lado da cama. Quieto. Ela sente sua presença escura ali. Espera. Respira. O coração palpita no peito. Está deitada nas sombras e pensa em céu azul, cavalos e coisas felizes. Espera, espera.

Ele levanta-se, aproxima-se da cama. Espera ali. Inclina-se e beija de leve os cabelos da menina. Ela não se move.

O quarto está em silêncio.

Ele se senta novamente na cadeira.

Quando ela acorda, ele sumiu.

V

Encontraram o homem em algum lugar próximo da Route 20. Todo mundo disse que foi o pai de Jack que o matou. Mas não foi.

Parece que a maioria das pessoas não acredita mais em bem e mal. Sorriem de um jeito engraçado se você fala com elas sobre essas coisas. Como se você assistisse a filmes demais, ou alguma coisa assim. Mas eu posso dizer, o mal é real. Vi a cara dele. Pura e simples. Ouvi a voz dele. Olhei nos olhos dele. E quando você olha na cara do mal, você sabe. Não imagina.

Disse a mim mesma para ficar longe.
  Jack é perigoso. Fica longe dele. Tão longe quanto puder.
  E eu planejava ficar longe.
  Fiquei.
  Mas Jack me atrai para ele como a Terra atrai a Lua.
  E eu não fico longe.

Eu o vi mais quatro vezes.

Depois da aula, Jack percorreu a rua principal indo de loja em loja, procurando algum lugar aberto. A maior parte dos prédios estava abandonada. Vidros quebrados. Portas lacradas com tábuas e tijolos se deteriorando.

A neve caía sussurrando do céu cinzento. Flocos leves que ficavam mais pesados. Flutuavam como cinzas em algum mundo apocalíptico. Já fazia um frio terrível. Jack fechou o zíper do casaco e soprou as mãos doloridas, que enfiou nos bolsos, cada parte dele dolorida e cansada.

A garota da escola continuava roubando seus pensamentos. Seu cabelo preto. Os olhos baixos, os lábios. Alguma coisa nela ia além de sua compreensão. Disse seu nome em pensamento e depois em voz alta. Ava. Ela devia ser aluna nova. Nunca a vira antes. Tentava entender por que ela fugiu dele no corredor, mas não conseguia. Ela estava com medo. Por quê? *Não importa*, pensou. *Você tem mais coisas para se preocupar além de uma garota. Uma longa lista de coisas.*

Matty.

Dinheiro.

Trabalho.

Se não encontrasse um emprego, em dois dias, não teriam comida. Talvez três.

Talvez pudesse vender o Caprice.

Ele andava pela calçada, olhando pelas janelas. Uma barbearia com uma placa desbotada sobre o telhado inclinado de metal: US$ 50 CORTE. O poste listrado, enferrujado. Uma loja de móveis anunciava em tinta vermelha desbotada sobre o vidro da vitrine: QUEIMA DE ESTOQUE. A rua inteira se decompondo lentamente.

Ele olhou nos postos de gasolina, mas não tinham vagas. Também não precisavam de ninguém no Big J's Burgers. Ele continuou andando. Flocos brancos desciam leves sobre tudo. O entardecer escurecendo e virando noite.

Na esquina do segundo quarteirão, uma luz pálida e amarela brilhava no interior de uma loja. Hunter's Drug & Hardware. Ele se aproximou, parou e olhou a grande vitrine ao lado da porta. Um display de carne-seca, cigarros e uísques. Sobre uma toalha de mesa de xadrez vermelho havia uma mangueira de radiador ao lado de uma assadeira.

Um mixer KitchenAid. Apoiado no vidro, em um canto, havia um cartaz com palavras escritas em tinta preta.

PRECISA-SE DE AJUDANTE.

Ele abriu as portas sentindo as pernas fracas. Um sino tilintou. Lá dentro, viu vários corredores cheios de coisas sob o brilho de luzes fluorescentes. Xaropes, antitérmicos, analgésicos, antiácidos, termômetros. Alimentos enlatados em outro conjunto de prateleiras. Feijão, milho, pimenta, sopa, molho de tomate. Geleia e pão de fôrma. Um suporte de arame com cartões que custavam US$ 0,99 cada. Uma música sonolenta tocava de um rádio em algum lugar. *I Fall to Pieces*, de Patsy Cline. Ele parou sobre o tapete preto e bateu os pés para tirar a neve dos sapatos, abriu o zíper do casaco e ajeitou o cabelo, agora úmido de neve. O nervosismo o invadia sorrateiro como cobras rastejando. Ele as matou. *Você pode fazer isso. Você consegue.*

— Estou fechando — disse o proprietário detrás do balcão. — Vem vindo uma tempestade. A meteorologia diz que teremos uns trinta centímetros, pelo menos, de manhã.

Ele continuou limpando o balcão com um pano velho. Velho, abatido e encurvado, tinha os olhos meio escondidos por rugas e a pele riscada de veias finas. Usava uma camisa xadrez com botões frontais, suspensórios marrons e um avental de vinil amarrado no pescoço.

— Vi seu cartaz — Jack respondeu. — Estou procurando emprego.

O proprietário parou de limpar e endireitou as costas. Inspecionou Jack com um olhar intrigado. Estreitou um pouco os olhos embaixo das sobrancelhas brancas.

— Bem, chega um pouco mais perto, me deixa olhar para você.

Jack sustentou o olhar do homem e se aproximou do balcão, consciente de que não podia perder essa chance. Qualquer que fosse.

— Posso fazer o que for necessário. Varrer, tirar pó, arrumar prateleiras. Qualquer coisa. Sou muito responsável.

— Quantos anos você tem?

— Dezoito. — Mentira, mas era só um ano de diferença.

— Já trabalhou antes?

— Não, senhor. Mas sou esforçado. Prometo que vou me esforçar.

— É o que espero.

— Sim, senhor. Posso trabalhar duro.

— Teria que carregar caixas pesadas.

— Não faz mal. Posso carregar o que for necessário.

— Não admito discussão. Não quero respostas.

— Não, senhor.

O velho proprietário fez uma careta e olhou para a neve. As unhas amareladas batucavam no balcão de mármore gasto. O nariz comprido se moveu.

— Pago sete por hora. Sem registro. É o que posso fazer.

Jack nem respirou.

— Aceito.

O relógio cuco atrás do balcão anunciou que eram seis horas. O dono da loja coçou o queixo. Seus olhos fundos analisaram Jack, eram penetrantes como os de um corvo.

— Bom, talvez você sirva. — Ele assentiu e estendeu a mão para cumprimentá-lo, mas o rosto permaneceu sério. — Negócio fechado.

Jack piscou. Tudo ficou meio turvo. O rosto do proprietário com um princípio de barba. O balcão de mármore e o relógio cuco.

Dentro dele, lá no fundo, no lugar onde a preocupação constante andava de um lado para outro, não acreditava que daria certo. Conseguir trabalho. Dinheiro era uma coisa que não saía de sua cabeça. Isso e comida. Trabalhar significava ter dinheiro para as refeições, um par de sapatos novos para Matty. *Lembre-se disso*, ele pensou. *Não se esqueça nunca*.

Ele apertou a mão do proprietário.

— Qual é seu nome? — o homem perguntou.

— Jack, senhor. Jack Dahl.

Os dedos do homem afrouxaram. Seu rosto se transformou. Era como se sentisse alguma dor.

— Dahl.

Jack não se moveu. Era como se fosse tombar, tombar e se partir.

Quão bela e brutal é a vida

Um sentimento repentino de perda bateu como uma marreta na região sob as costelas.

— Você é filho de Leland Dahl?

Jack ficou ali, sentindo o torpor espalhar-se dentro dele.

O proprietário puxou a mão como se tivesse levado uma mordida. Seus olhos mergulharam em Jack e alcançaram lugares abertos, em carne viva.

— É, não é?

Jack tentou falar, mas a voz não funcionava. Na parede, uma cabeça empalhada de cervo o observava.

— Conheço você. — O dono da loja cuspiu as palavras. Começou a tremer, o corpo todo, e Jack teve medo de que ele pudesse cair. — Conheço sua família.

Palavras, finalmente. Arrancadas dele.

— Por favor. Eu vou me esforçar.

— Conheço você. — O homem sacudiu a cabeça.

— Por favor. Eu preciso disso.

— Sai da minha loja.

— Não sou como ele.

— Garoto. Seu pai é traficante e criminoso. Sua mãe é uma vadia viciada em drogas. Por que alguém confiaria em você?

Jack ficou ali por mais um segundo. Cinco segundos. Dez. Depois virou e saiu.

VI

Lembro-me da cor vermelha.

Das árvores, do escuro e da lua.

E da sensação da faca em minha mão, enquanto o calor se espalhava entre meus dedos.

A luz da lua nascente se alongava pelas colinas e projetava sombras na estrada. Jack dirigia. Casas esparsas se erguiam nos trechos iluminados e perdiam a nitidez atrás dele. Os limpadores de para-brisa trabalhavam em alta velocidade. Neve cinza e flutuante. *Isso não é o fim*, ele pensou. *Não é. Você não pode perder a coragem. Tem que aguentar firme.*

Seus olhos ardiam, e ele os enxugava com a manga.

Quando virou na entrada da garagem, viu marcas de pneus entalhadas na neve, agora fresca. A caminhonete do xerife estava ao lado do celeiro. As janelas escuras. Sua garganta se contraiu. Olhou na direção da casa, mas não havia movimento lá dentro. Nenhuma luz acesa. Nem fumaça saindo da chaminé. Ele desligou o motor, abriu a porta e correu em direção a casa.

— Matty? Matty!

Na metade do caminho para a escada da varanda, ouviu um rangido de metal atrás dele. Virou. Tinha um homem ali nas sombras, com uma das mãos na porta aberta da caminhonete, a respiração formando nuvens

Quão bela e brutal é a vida

no ar gelado. Era forte e grande, com mais de 1,80m de altura, cabelo grisalho, envelhecido e rosto duro. Ele usava um chapéu Stetson baixo sobre os olhos — Jack mal podia vê-los — e um blazer de lã aberto sobre uma camisa social de algodão azul engomado. Um M&P9 espiava do coldre em sua cintura. Jack sabia que ele era a lei e que seu sobrenome era Doyle. As pessoas diziam que ele era bom de luta e que ninguém devia se meter com ele.

Doyle fechou a porta. A neve acumulada caiu da janela para o chão. Ele se aproximou com um polegar encaixado no cinto.

— Ninguém atende, isso eu posso dizer.

O ar frio arrepiava a pele de Jack. Ele não olhava para a casa. Matty devia estar lá dentro. Tinha que estar.

— O que você quer?

Doyle deu mais alguns passos, até estar a dois metros de Jack.

— DeeAnne do Serviço de Proteção telefonou. Disse que talvez vocês precisassem de supervisão.

— Estamos bem.

— De quem é o nome que estava gritando? — Doyle fungou. Ele olhou para a casa e olhou para Jack.

— Do meu irmão.

— E onde ele está?

— Na casa de um amigo.

— Um amigo.

— Sim. Esqueci. Ele foi à casa de um amigo.

— Que amigo?

Jack olhava para Doyle. Flocos de neve caíam sobre sua pele e derretiam. Ele disse:

— Não sei se isso é da sua conta.

— Queria conhecer Matty. Quando ele não estiver na casa de um amigo. — Doyle sorriu.

Jack não respondeu. Doyle olhou para a casa novamente.

— Sua mãe está?

— Não.

— Bem. Onde ela está?

— Viajando.

— Acha que ela estará em casa hoje à noite?

— Amanhã, eu acho.

— Amanhã.

Jack não respondeu. Precisava de calma.

— Tenho que falar com ela antes disso.

— Como quiser — disse Jack. — Eu falo para ela.

Doyle o observava. Sem expressão. Flocos de neve se acumulavam na aba de seu chapéu.

— O banco mandou a casa de vocês a leilão. Sua mãe contou? Vão tirar vocês daí. Em dois dias.

Jack sentiu as pernas tremerem e a garganta doer como se tivesse feridas fundas. A cabeça rodou, os ouvidos começaram a vibrar com um barulho alto. Tudo em seu campo de visão balançou. O celeiro e as árvores trocaram de altura.

— Vocês têm para onde ir? — Doyle perguntou.

— Estamos bem.

Os dois ficaram se olhando em silêncio.

Doyle assentiu. Levantou a cabeça para olhar o céu estrelado, como se procurasse alguma coisa nas nuvens. Depois de um tempo, olhou para Jack. Olhos azul-acinzentados. Como pedras da lua no escuro.

— Filho, se precisa de ajuda, tem que me falar.

Jack engoliu em seco. Sentia-se flutuar. Sentia-se uma pena. Estava com frio, tremendo, e imaginou se a mãe também sentia frio embaixo de toda aquela neve.

— Chega uma hora em que a maioria das pessoas precisa de um descanso — Doyle continuou.

Jack olhou em volta. Galhos balançavam no alto do velho pinheiro ao lado do celeiro, e ele viu uma coruja descer, voar baixo procurando alguma coisa para atacar, alguma coisa de onde tirar sangue. Ele olhou novamente para Doyle.

— Obrigado por ter vindo.

Os olhos de Doyle estudaram os dele por um momento. Aqueles olhos viam coisas escondidas. Só Deus sabia disso.

Ele tocou o chapéu, virou e atravessou a entrada da garagem em direção à viatura da polícia. Jack o viu entrar no carro. Viu a porta fechar, o motor ligar e as luzes se acenderem. A caminhonete saiu lentamente pela neve e chegou à rua. Os faróis traseiros seguiram pela rua até desaparecerem na escuridão.

Ele subiu a escada da varanda e entrou na casa. A garganta doía. Bateu a mão no interruptor, mas não havia energia. A sala de estar era fria como um caixão, e ele conseguia ver a própria respiração. No escuro, sussurrou o nome de Matty, mas não obteve resposta.

Correu para a cozinha com as mãos estendidas à frente, foi tateando até o armário em cima da pia. Apalpou dentro dele até encontrar uma lanterna e apertou o botão. Uma luz amarela e fosca cavou um buraco no escuro. Não via Matty. Apontou a luz para todos os lugares.

Uma colcha do sofá-cama estava embaixo da mesa da cozinha, encostada na parede. Jack abaixou, puxou o cobertor e viu uma coroa de cabelos dourados. Matty olhou para ele com os olhos muito abertos. Jack o abraçou. Abraçou-o e enrolou-o na colcha.

— Está tudo bem — disse. — Tudo bem. Você está bem. Estou aqui.

Matty agarrou-se a ele. Não falava nada. Depois de um tempo, parou de tremer.

Ele carregou Matty para perto do fogão e se abaixou no chão frio, abraçando-o.

— Vou acender o fogo. Estou bem aqui, você pode me ver.

Matty não o soltou logo de início, depois, sim. Jack se levantou, amassou jornal e jogou no fogão, formando uma cobertura sobre a madeira, o que serviria de bom combustível. Riscou um fósforo. Quando a madeira seca pegou fogo, ele pôs uma grande tora sobre a chama e abanou até conseguir mais intensidade. As chamas iluminavam as paredes e o teto com sua luminosidade alaranjada. Ele olhava para Matty a todo instante. Matty nunca deixava de olhar para Jack.

Jack foi trancar a porta.

Batendo os dentes, puxou o colchão do sofá-cama para a frente do fogo e o cobriu com muitos cobertores e travesseiros, criando um casulo para capturar o calor do fogo. Depois pegou Matty no colo e o aninhou nos cobertores.

— Vou pegar comida — disse. — Está bem?

Matty assentiu.

Ele usou a lanterna para examinar os armários e encontrou três velas, que acendeu e espalhou sobre a bancada. Na despensa, achou uma lata de feijões e outra de pêssegos. Do armário alto sobre a geladeira, ele tirou as duas melhores tigelas de porcelana da mãe, que tinham florezinhas na borda. Coisa para ocasião especial, herança da Vovó Jensen. Na gaveta, pegou duas colheres e um abridor de latas. Sentou-se na frente de Matty, que, do casulo de cobertores, estudava cada movimento dele. Com o abridor de latas, perfurou a tampa da embalagem de pêssegos, girou a manivela e serviu os pêssegos em uma das vasilhas. Abriu-os antes do feijão porque Matty gostava mais deles. A lata de feijões ele pôs no fogo.

Eles comeram as frutas doces mordida por mordida, sem pressa, enquanto a luz brincava nas paredes. O fogo crepitava. A casa estalava com o aquecimento e a dilatação dos materiais. Depois dos pêssegos, Jack pescou a lata de feijões do fogo. Estavam gostosos e quentes. Quando as tigelas ficaram vazias, ele se levantou e alimentou o fogo e, ao olhar para trás, viu Matty encolhido sob os cobertores, de olhos fechados e com um pé para fora das cobertas. Sua pele pálida brilhava à luz do fogo. Parecia um anjo. Jack abaixou e cobriu seu pé, depois ficou ali, sentado, olhando para ele. *Não precisa contar para ele hoje. Deixe que ele tenha esta noite. Amanhã você conta. Amanhã você terá um plano. Vai saber o que fazer.*

Quão bela e brutal é a vida

Ele inventou essa história para si mesmo.

Do lado de fora dos vidros escuros da janela da sala de estar, a neve caía em grandes flocos brancos. Jack estava cansado, com as mãos doloridas e a garganta doendo, a mente continuava divagando, e, em algum lugar da escuridão, ele pensou ter ouvido *Noite feliz*, e a canção tinha muitas vozes. Luz de velas. Um farol. Palavras murmuradas e um amém. Aleluia. *Talvez eles nos vejam*, ele pensou. *Talvez estejam olhando*.

A neve caía e se acumulava em montinhos, não tinha vento.

VII

A canção que Jack ouvia era cantada por muitos de muito longe. Eu não estava lá na primeira vez, mas mais tarde voltei e fiquei com ele. Cheguei mais perto. A casa era fria. Jack dormia nos cobertores, com o braço envolvendo Matty. Sua pele e o cabelo eram iluminados como uma lanterna pelo brilho do fogo. Seu rosto era tranquilo. Só o vi tão tranquilo naquela única vez. Ajoelhei ao lado dele. Não o toquei, mas o vi dormir. Agora entendo por que não permitem essas coisas.

Nunca estive mais perto de ninguém, e nunca estive mais distante.

A mãe trabalhou no mercado até a noite, depois pegou o ônibus até a parada mais próxima e percorreu a pé o restante do caminho até em casa. Como sempre fazia. Entrou em casa carregando um saco de papel pardo. Olhou para Jack.

— Estou atrasada, de novo — disse.

— Guardei seu jantar.

Ela andava devagar. Sorriu para ele e para Matty no sofá, exibindo uma aparência esgotada.

— O que fez hoje?

— Macarrão com queijo.

— Meu prato favorito.

Ela foi para a cozinha e começou a tirar as compras do saco.

Quão bela e brutal é a vida

Uma bengala de pão. Macarrão instantâneo. Um pacote de M&M's. Matty escorregou do sofá para o chão e foi andando até a mesa com dificuldade, ainda aprendendo. Ela abriu o pacote de M&M's e pôs um em sua mãozinha. Cuidadosa, inclinou-se e beijou sua cabeça.

— O que meus meninos estavam aprontando? — perguntou.

— Só lendo.

— O quê?

— Um livro da biblioteca.

Quando ela viu a capa do livro, uma sombra passou por seu rosto. Era *Caninos Brancos*. Ela ficou ali parada, olhando para o livro.

— Fez a lição de casa? — perguntou.

— Sim.

— Quero que tenha boas notas.

— Eu sei, mãe.

Jack deixou o livro em cima do sofá e começou a guardar as compras.

— Senta. Está esfriando.

— Mamãe — Matty chamou.

Ela pegou um pouco de macarrão com queijo. Quando abaixou para despejar M&M's na mão de Matty, inspirou fundo e endireitou as costas, respirando com dificuldade por um momento. Seus olhos ficaram úmidos. Jack viu a dor em seu rosto. Ela abriu a bolsa e pegou a embalagem de comprimidos da sacolinha branca com a receita. Jack olhou para ela.

— Suas costas ainda doem?

— Acho que estou cansada, só isso. — Ela não olhou para ele.

Jack foi pegar um copo de água e sentou-se à mesa para observá-la. A embalagem de comprimidos. Olhava para ela a todo instante.

— Talvez deva ficar em casa amanhã.

— Não se preocupe. — Ela estendeu a mão e afagou seus cabelos.

— Mas talvez seja melhor.

— Eu vou ficar bem.

— Não pode arrumar o estoque nas prateleiras, mãe. É tudo muito pesado. Tem que dizer isso a eles.

Ela não respondeu, mas passou a mão sobre a dele e fez um carinho.

— Eu amo você, Jack.

Eles foram se sentar na sala de estar. Ela e Matty no sofá lendo *Goodnight Moon*, e Jack perto do fogo lendo *Caninos Brancos*. Ele tentava se concentrar nas palavras, mas não conseguia. Estava fazendo contas de cabeça. Seis dias. Era o tempo de trabalho que ela já havia perdido. Nove dias no mês anterior. Estava preocupado com o dinheiro, mas sua maior preocupação era ela. Como parecia esgotada. Sem alegria.

Quando levantou a cabeça, viu que ela o encarava diretamente.

— Que foi? — perguntou.

— Não quero que você leia esse livro.

— Tudo bem. — Ele o fechou.

— Por favor, não leia mais isso.

— Certo.

— Promete.

— Tudo bem. Não vou ler.

Eles ficaram em silêncio. Com todas as coisas não ditas entre eles. Não devia ter levado o livro para casa. Devolveria amanhã.

— Também te amo — Jack falou.

— Não abri a porta.

Jack acordou. Lá fora, o céu era escuro; dentro, o fogo se reduzia a brasas. Matty estava sentado, com o cobertor, olhando para ele.

— O quê? — Jack perguntou.

— Quando aquele xerife chegou. Não abri a porta. Fiz como você disse.

— Fez bem. — Jack aprovou com um movimento de cabeça.

— Fiquei com medo.

— Eu sei. Desculpa.

— Acha que a mamãe está bem na viagem?

— Aposto que sim. — Jack piscou.

Matty não disse nada por uns instantes. Depois falou:

Quão bela e brutal é a vida

— As luzes não funcionam.

— Não.

— Tentei acender todas. Não funcionam.

— Não, elas não funcionam.

— Vão funcionar amanhã?

— Não. Provavelmente não.

Matty ficou em silêncio. Depois de um tempo, sussurrou:

— Quero fazer uma pergunta.

— Tudo bem.

— Você sempre diz a verdade?

— Nem sempre. Mas é bom dizer a verdade.

— Sempre me falou a verdade?

À luz das brasas, a cadeira de balanço projetava um desenho na parede. Jack balançou a cabeça.

— Não. Desculpa.

— De agora em diante, quero que me diga sempre a verdade. Vai dizer?

Estalo na casa. Luz alaranjada.

— Vou — Jack concordou. — Sempre vou te dizer a verdade.

— Certo.

Matty deitou perto de Jack e aninhou-se junto dele, apoiando o rosto em seu ombro. Seus olhos fecharam. Ele disse:

— Não estou cansado.

E dormiu.

As velas queimaram até o fim e apagaram.

No escuro da longa e fria noite, Jack sonhou com a mãe, como ela já havia sido um dia. Em pé no jardim da frente, sobre a grama verde, com rosas florescendo à sua volta. A face rosada e o cabelo preso por tiaras prateadas. Tesoura de poda nas mãos protegidas por luvas. Ele estava na varanda, e ela virou-se e sorriu. Um vestido amarelo de alças. Sua cor favorita.

47

Cory Anderson

Quando acordou, ele procurou Matty no escuro e o sentiu ali. Batimentos cardíacos estáveis. Jack ficou deitado. A água escorria de seus olhos, e ele não fez nenhum barulho. Não havia canção, nem vozes, nem coro, nem santo celestial. Nada de améns grandiosos ou alvorecer da graça, nem ninguém olhando. Nenhuma ajuda disponível, e tudo era uma mentira.

VIII

Na segunda vez em que vi Jack, havia curativos em suas mãos. Não lembro de ter notado curativos na primeira vez em que o vi, mas me lembro deles na segunda vez. Gaze e esparadrapo branco. Sangue seco nas frestas. Ele usava um agasalho cinza. Seu cabelo estava úmido. Penso nessas coisas, mas penso, principalmente, nos olhos dele. Não sei o que dizer sobre aquele olhar, exceto que ainda hoje consigo vê-lo. Não importa onde estou. Consigo sentir aquele olhar na pele. Ele era um menino solitário em uma casa no inverno e não teve muito tempo para ser jovem.

É desse olhar que eu me lembro.

Quando clareou o suficiente para que pudesse enxergar, Jack se levantou e calçou as botas e as luvas. Ele já estava de casaco. Saiu e dirigiu-se à pilha de lenha, andando com neve até os joelhos. Arrancou o machado de um toco de árvore e o sacudiu para remover a neve. O inverno ardia nos pulmões. Ele começou a tossir e não conseguia parar. Devia ter posto uma touca. Pegou uma lenha seca da pilha, a pôs em pé e levou o machado ao alto e para trás, para aumentar o impacto da lâmina. A madeira rachou, e as bolhas em suas mãos latejaram. Ele repetiu o gesto e cortou mais uma tora, carregou os pedaços para dentro para acender o fogo, sentindo a cabeça rodar. Matty ainda dormia sob os cobertores.

Ele saiu novamente, pegou a pá no galpão e abriu um caminho da porta da casa até o Caprice, afastando a neve dos pneus para que eles rodassem. Depois entrou em casa. A água da pia da cozinha era só um fio fino e gelado. Ele encheu uma chaleira e pôs no fogo para esquentar.

Encontrou roupas limpas para Matty e o acordou. Hora de se arrumar para ir à escola. Matty se despiu e vestiu na frente do fogo, enquanto Jack ia pegar um pano na cozinha e o umedecia na água fumegante da chaleira. Ele lavou o rosto, o pescoço e as orelhas de Matty, depois ajeitou seu cabelo rebelde. Ficou bom.

— Sei fazer isso sozinho — Matty avisou.

— Eu sei.

Jack começou a tossir. O peito ficou apertado, o nariz entupiu. Matty olhava para ele. Jack abriu uma lata de feijões e deu a comida e um garfo para Matty ir comer na frente do fogo. Pensou em guardar a lata de pêssegos. Não sabia por quê.

— Quanto é seis vezes seis? — perguntou.

— Trinta e seis. — Matty olhou para ele.

— Muito bem. Nove vezes oito.

— Essas eu sei — ele disse, com ar de reprovação. — Sei até a do doze.

— Ótimo. Então, quatorze vezes três.

Matty fechou os olhos. Calculando.

— Quarenta e dois.

Do lado de fora, o céu se tingia de azul, gelado e sem nuvens. Jack se despiu e se limpou com o pano e a água da chaleira, depois refez os curativos nas mãos. Pegou um jeans limpo e um agasalho cinza da gaveta e os aqueceu diante do fogão. Estava abotoando a calça quando ouviu alguma coisa do lado de fora, na frente da casa, um som que parecia ser o de um motor. Ele vestiu o agasalho e disse a Matty:

— Fica atrás do sofá.

Matty não se moveu. Ficou olhando pela janela.

— É uma garota. — Falou com uma voz de pura admiração.

Quando Jack olhou, a garota estava descendo de um carro azul.

Quão bela e brutal é a vida

Não era uma garota qualquer. Era Ava.

— Merda — ele sussurrou. Abaixou-se e continuou olhando pela janela. Ela caminhava em direção a casa, abrindo caminho entre a neve até chegar onde estava limpo. Jack fez sinal para Matty abaixar, mas o menino continuou parado, olhando para fora.

Matty sorriu. Depois acenou.

Os passos dela esmagavam a neve endurecida, até que pararam. Jack abaixou ainda mais. Esperando. Silêncio. Estranhamente silencioso. Então, ela bateu na porta.

— Abaixa — Jack cochichou.

Quando se deu conta, Matty já estava com a porta aberta. Jack se levantou de trás do sofá e, vermelho, andou até a porta. Ela estava a três metros dele, não mais do que isso, com o rosto vermelho pelo frio. Usava uma touca de tricô, da qual o cabelo escapava em uma confusão esvoaçante. O casaco cobria até um pouco acima dos joelhos e era feito de lã gasta, era verde com botões de metal manchado. Parecia uma relíquia da Segunda Guerra Mundial. Ele notou esses detalhes de um jeito meio atordoado. Ela cheirava a alguma coisa quente: noz-moscada ou gengibre.

— Oi — disse Ava.

— Oi.

Ela respirou fundo.

— Preciso do meu livro — disse. — O da escola, de ontem.

Seus olhos cor de avelã o observavam. Jack não conseguia pensar. Tentou agir casualmente, mas o coração estava acelerado. Ele abaixou a cabeça. Os coturnos dela estavam desamarrados, e entre os cadarços e a barra do casaco era possível ver suas pernas nuas. Ele levantou a cabeça. Ela o observava.

— Talvez ela deva entrar — disse Matty. Estava ao lado de Jack com as mãos nos bolsos.

Jack fechou um pouco a porta. Não. Não mesmo. Ela não podia entrar neste buraco de rato.

— Não estou com seu livro.

— Ah. — Ela recuou um passo. — Tudo bem.

— Deixei na escola — Jack explicou.

Ela o observou por um minuto. Depois olhou para Matty. E assentiu.

— Ok.

A brisa soprou uma mecha de cabelo sobre o rosto dela, sobre seus lábios. Jack queria prender a mecha atrás de sua orelha. Como seria tocá-la? A mão quase se ergueu. Ele agarrou os dois lados do casaco.

— Estamos com pressa — disse.

— Certo. — O rosto dela ficou ainda mais vermelho.

Ava virou-se e saiu da varanda esmagando a neve, seguiu pelo caminho estreito com as costas eretas, o cabelo rebelde se movendo atrás dela, iluminado pelo sol frio da manhã. A neve fresca cintilava ao seu redor. Quando chegou ao fim do caminho, ela entrou no carro, ligou o motor e saiu de ré, voltando à rua.

A sala ficou uma bagunça. Jack ajudou Matty a vestir o casaco e a fechar o zíper e foi pegar sua mochila. Matty não olhava para ele.

— Que foi? — Jack perguntou.

Matty balançou a cabeça. Jack pendurou a mochila nos ombros dele.

— Podia ter deixado ela entrar — disse Matty.

Jack não respondeu. Encontrou o gorro e o colocou na cabeça de Matty, cobrindo suas orelhas. Matty ainda não olhava para ele.

— Por que não deixou? — ele perguntou.

— Ela disse para eu ficar longe dela.

— Quando?

— Na escola.

— Por quê?

— Não sei.

Matty ficou pensando nisso. Tirou as luvas dos bolsos do casaco e as colocou nas mãos.

— Talvez ela não tenha falado sério. Algumas pessoas dizem coisas que não querem dizer.

— Talvez.

Quão bela e brutal é a vida

— Isso é verdade. Não é?

— Sim. É verdade.

Finalmente, Matty olhou para ele. Assentiu. E disse:

— Gosto dela.

Depois saiu e foi esperar o ônibus.

Uma hora mais tarde, começou a nevar. Jack estava sentado à mesa da cozinha, olhando pela janela. Flocos claros caindo. O frio e o silêncio. Ele continuou olhando para a janela, como se Ava pudesse reaparecer, mas não aconteceu. Ficou olhando por muito tempo. Tudo se tingindo de cinza. Esfregou os olhos, apertando-os com a base das mãos.

De olhos fechados, conseguia ver cada detalhe dela. A curva dos lábios. O cabelo ao sol, a pele nua. Cheiro de especiarias. *Você é um grande estúpido*, ele pensou. *Podia ter sido agradável. Podia ter falado com ela. Não vai mais vê-la.*

Sentia o peito quente e tossiu antes de se levantar. *Está tudo bem. Você precisava se livrar dela. Foi o melhor a fazer. Além do mais, tem muita coisa que não vai ver nunca mais.*

Jack começou a revistar a casa. Na cozinha, encontrou o celular pré-pago da mãe. Tinha poucos minutos em ligações, mas podia comprar mais. Juntou fósforos, duas velas e a lata de pêssegos. Um rolo de fita adesiva. Deixou tudo em cima da mesa. O que mais? Alguns garfos e colheres, canecas reforçadas. Abridor de latas. Na despensa, pegou as batatas restantes. Lata de vagens. Café. A frigideira ocuparia espaço, mas iam precisar dela. Ele pegou a Tupperware do armário e despejou o dinheiro ao lado dos fósforos.

Treze dólares e 36 centavos.

Quando chegou à sala de estar, esvaziou as gavetas e separou as roupas boas das surradas. Uma pilha minguada. Dobrou um cobertor e uma colcha. Dois travesseiros. Pôs tudo em cima da mesa e subiu a escada. Escovas de dente e sabonete do banheiro. Curativos. Um pente. O sabonete era quase novo, ainda ia durar por um tempo.

Ele foi para o quarto e ficou parado, segurando a maçaneta da porta fechada. Quando abriu a porta, ela estava pendurada no ventilador de teto. Os olhos saltados. Jack virou e olhou as gavetas, encontrou três dólares e algumas moedas. Tinha uma valise no armário. Nenhuma arma. Havia empunhado a pistola e o rifle muito tempo atrás. Revirou as gavetas de novo, mas não havia mais nada que valesse a pena levar. Viu a faca de caça do pai no tapete ao lado da cama e a pegou. Depois desdobrou a carta em cima da mesa de cabeceira e leu as duas palavras datilografadas em letras de fôrma no topo: CONDICIONAL NEGADA.

Então foi por isso. Esse foi o motivo para o que fez.

Ele ficou ali por um minuto, segurando a carta. Depois abriu a gaveta, pôs a carta ao lado do camafeu de coração e a fechou. A foto de casamento estava em cima da cômoda, em uma moldura prateada. Não queria, mas olhou para o local onde a encontrou pendurada; ela não estava mais lá.

Jack atravessou o quintal coberto de neve e abriu a porta do celeiro, puxando-a sobre as rodas de metal. Chão de terra congelada. Um armário de ferramentas pintado de vermelho, a tinta descascando. Ele examinou as gavetas de alumínio e, na de baixo, a mão encontrou metal frio. Ele pegou o objeto: um martelo. Guardou no bolso de trás. No canto, na penumbra, tinha uma máquina de Coca enferrujada ao lado de uma velha estante de livros e um sofá reclinável. Estofado de estampa floral. As molas de aço expostas. *Era aqui que ele lia para mim.*

Nas prateleiras, os livros estavam duros por causa do frio e meio escondidos pela poeira. Ele abaixou-se e pegou um volume de capa comum. Não sabia que estava ali. *Era meu livro favorito. Eu implorava para ele ler este livro para mim.* Tantas noites quentes e brandas há muitos verões, quando tudo era bom. Ele virou as páginas. "A vida vivia da vida. Havia os que comiam e os que eram comidos. A lei era: COMER OU SER COMIDO."

A luz do dia entrava pela porta do celeiro. Sombria como seu coração.

Caninos Brancos conhecia bem a lei.

Quão bela e brutal é a vida

Naquele verão, mais tarde, seu pai ficava esparramado no sofá, cheirando metanfetamina e sonhando com planos grandiosos. A lua brilhava no alto do céu quando Jack o viu pela última vez movendo-se pela casa, com olhos nervosos e uma mala azul de vinil. Duas presilhas no topo dela. Entre elas, uma pequena trave de metal. Seu pai andou de um lado para outro por alguns minutos e se contorceu nas sombras como um coelho em campo aberto, até que algum pensamento o assustou e ele saiu correndo para a escuridão. Quando voltou, a mala não estava mais com ele. E depois a polícia chegou.

A mala podia estar em qualquer lugar.

Na cozinha, espalhou todos os objetos sobre a mesa e os estudou. Acrescentou três Hot Wheels. Um boneco do *Batman* e um baralho de UNO — coisas de que Matty gostava. Encheu a valise até não caber mais nada nela, depois olhou para a rua pela janela. Logo chegaria alguém. Uma viatura, talvez alguém do serviço social. A qualquer momento, provavelmente.

Deixou a própria mochila por último. Sabia o que tinha nela. Abriu o zíper e tirou tudo de dentro dela: uma pasta com lição de casa. A carteirinha de estudante, alguns lápis, um programa de estudos. E o livro de cálculo de Ava. Ele deixou o livro em cima da mesa. O balão na capa. O nome dela na primeira página. Pegou a pasta e outros objetos e jogou-os no lixo. Olhou para o livro de novo. Pegou e sentiu o peso dele na mão. Depois guardou o livro na mochila. Levou a valise e a mochila para o Caprice e pegou a estrada.

IX

Aqui não tem Starbucks. Nem espressos. Nem capuccinos ou macchiatos de caramelo. Neste lugar, se quisermos café, fazemos com as próprias mãos. Servimos na xícara. E bebemos puro.

Se temos um problema, nós o resolvemos.

Pergunta: Se você tivesse uma chance de salvar tudo o que considera importante, a agarraria? Ou a deixaria escapar?

Quando Jack entrou no campo de trabalho da prisão, eram umas duas horas. Ele dirigiu devagar, passando pelos edifícios até encontrar uma vaga perto da entrada de visitantes; estacionou e desligou o motor. Ficou olhando a neve cair. O frio e o céu branco. Finalmente, ele entrou.

Tinha um agente da polícia penal na recepção, bebendo café e falando ao telefone. Ele continuou falando e olhando para Jack, até que desligou.

— Precisa de alguma coisa, chefe?

— Preciso ver um detento.

— Quem?

— Leland Dahl.

O oficial pegou a caneca do balcão, bebeu e a devolveu ao lugar. Encostou-se na cadeira giratória. Tinha um rádio ligado em algum lugar.

Quão bela e brutal é a vida

— Bom, ele não é do tipo que gosta de visitas.

— Ele vai me receber.

— Está esperando você?

— Não.

— Você não está na lista pré-aprovada. — O policial bebeu mais um gole.

— Preciso falar com ele.

— Quantos anos você tem?

— Dezoito.

O agente o estudou. Inclinou um pouco a cabeça, como se tivesse pensado alguma coisa sobre Jack. Empurrou uma prancheta por cima do balcão.

— Vai ter que preencher este formulário, e preciso de um documento de identificação.

Quando Jack terminou de preencher o formulário, entregou-o com sua carteira de motorista. O agente analisou o formulário e deu uma olhada rápida no documento.

— Jack Dahl. É parente?

— Sim, senhor.

— E tem dezoito anos?

— Sim.

— Se não tiver dezoito, vai precisar da supervisão de um adulto.

— Que bom que tenho, então, hã?

— Já fez outras visitas?

— Não.

— Bom — ele devolveu a carteira de habilitação —, vou ter que ver se ele quer falar com você. Senta.

Jack assentiu e sentou-se no sofá na frente do balcão. Na mesa de canto havia um filtro de água e copinhos. Ele viu o agente girar a cadeira e pegar o telefone para falar com alguém.

— Sim, senhor. Tem alguém aqui querendo falar com Leland Dahl. Aham. O nome é Jack Dahl.

O policial parou para ouvir a resposta. Jack esperou.

— Acho que sim. Aham. Certo. É claro.

Quando desligou o telefone, o agente encostou na cadeira e bebeu seu café. Depois abriu uma gaveta, pegou um chaveiro e o prendeu no cinto.

— Chefe — ele disse —, hoje é seu dia de sorte.

O policial ficou em pé e chamou outro agente para cuidar da recepção. Depois, apertou um botão e abriu o portão para a área interna da detenção. Jack levantou-se do sofá e o seguiu, passando por um detector de metais e por um corredor até a sala de visitas, cuja porta o policial abriu com uma das chaves do chaveiro. Luzes fluorescentes acenderam no teto.

— Acha um lugar para você — o policial ordenou. — Já volto com ele.

Jack entrou, e o policial fechou a porta. A sala de visitas estava vazia, exceto por ele. Paredes de blocos de concreto pintados de branco. Assoalho de ladrilhos claros. Oito mesas espalhadas pela sala. Carvalho com verniz barato. Cadeiras de plástico com pernas cromadas. Não havia nada sobre as mesas. Nem revistas. Nada.

Ele escolheu uma delas em um canto no fundo e sentou-se de costas para a parede. O ar estava parado. Havia ali um cheiro suave de desinfetante. Tinha uma janela pequena ao lado da porta, mas era alta, suja e cheia de teias de aranha. Ele não conseguia olhar para fora. Jack uniu as mãos sobre a mesa e olhou para elas. Os curativos brancos. Manchas vermelhas encharcando a gaze. Quando levantou a cabeça, a porta foi aberta.

Leland Dahl estava parado na soleira. Vestia o uniforme cor de laranja da prisão, camisa folgada enfiada na parte da frente da calça de caimento ruim. Muitos anos de metanfetamina no sangue o tinham reduzido a pele e ossos. Ele entrou na sala e ficou em pé olhando para Jack. Olhos brilhantes. Fundos e sombrios. Queixo escurecido pela barba, nariz comprido e torto, cabelo escuro e oleoso com mechas grisalhas, penteado de lado. Ele era alto, encurvado, raquítico. Aproximou-se e sentou-se de qualquer jeito na cadeira, de frente para Jack.

Quão bela e brutal é a vida

— Ora, ora — disse. — Veja quem está aqui.

O policial entrou, fechou a porta e cruzou os braços. Ficou ali esperando. Devia estar a uns cinco metros deles.

Leland deixou escapar um assobio baixo.

— Olhe só para você. Todo adulto.

Jack o observava por cima da mesa. Não falava nada.

— Quanto tempo faz? Quatro anos?

— Sete.

— Sete anos. Merda, devo estar sonhando.

Jack não respondeu.

Leland esticou-se todo e deixou as costas curvas tocarem o encosto da cadeira, as pernas bem afastadas.

— Você está ótimo, homenzinho. Muito bonito. — Ele sorriu. Uma lágrima solitária marcada com tinta da prisão enrugou no canto de um olho. Ele apoiou a mão sobre a mesa, flexionou os dedos e batucou com eles, imitando o ritmo de cascos de cavalo. — E sua mãe? Como ela está?

— Não muito bem.

— Por quê?

Jack inclinou-se para a frente. Baixou a voz pra não ser ouvido pelo policial.

— Ela prendeu um cinto no pescoço e se pendurou no ventilador de teto.

A mão de Leland congelou em cima da mesa. Os olhos piscaram. Com exceção desse movimento, ele não moveu um músculo.

— Mentira.

— Não.

— Quem sabe?

— Ninguém. Ainda não.

— Você enterrou ela?

Jack fez que sim com a cabeça.

— Onde?

— Isso tem alguma importância?

Leland o encarou. Seus músculos se contraíram. Parecia alguma coisa encolhida, pronta para morder.

— Nem você, nem ninguém entra aqui dizendo que minha mulher está morta.

Uma veia começou a latejar na têmpora de Jack.

— Bom, ela está. Mas Matty e eu não estamos.

Durante todo esse tempo, Jack observou o policial, que agora se aproximava um pouco da mesa. Jack acompanhava o movimento de seus olhos, como os encaravam e desviavam em seguida. Na recepção, o agente parecia relaxado, mas agora estava diferente. Ainda estava longe demais para ouvir a conversa, mas uns poucos passos mais e estaria perto o suficiente. A sensação de condenação o invadiu, espalhou-se. Vir a esse lugar era uma coisa perigosa. Sabia disso.

— Cadê o Matty? — Leland perguntou.

— Está comigo. Mas vamos perder a casa. Tem as contas...

Leland continuava sentado com os braços estendidos, a palma das mãos sobre a mesa. Seu peito se movia cada vez que ele respirava. Fechou a mão direita e a pôs na esquerda, esfregou o punho, esfregou com tanta força que as veias ficaram roxas e salientes nos dedos flexionados. Depois levou a mão à boca.

— Não posso fazer nada por vocês.

— Precisamos de dinheiro.

— Não posso fazer nada.

— Não temos para onde ir.

— Você precisa ir embora.

— Não.

Leland desviou o olhar. Seu rosto brilhava, suado, à luz amarelada. Ele tirou a mão da boca, inclinou o corpo para a frente e bateu com os dedos flexionados na mesa. Não olhou para o oficial. Só resmungou para Jack:

— Fora daqui.

— Por favor.

— Não quero vocês metidos nisso.

Quão bela e brutal é a vida

— Já estamos envolvidos.

Havia angústia e, ao mesmo tempo, uma espécie de remorso e repulsa nos olhos de Leland.

— Vai — ele ordenou. — Não vou repetir.

— Pelo menos tentou conseguir a condicional?

— Garoto, você fala de coisas que não entende.

O oficial deu um passo em nossa direção.

— Podia ajudar — Jack insistiu.

— Vai embora. Inferno.

— Eu vi a mala — disparou Jack.

O olhar de Leland, demorado e sofrido, interrompeu o que Jack ia dizer. Ele olhou para trás, para o oficial, e falou claramente:

— Está enganado.

— Não estou.

Leland inclinou-se na direção de Jack, chegou mais perto dele e balançou a cabeça levemente. Para cima e para baixo.

— Eu vi a mala...

Leland pulou da cadeira, agarrou a cabeça de Jack e bateu seu rosto na mesa. O mundo ficou escuro e Jack tentou agarrar-se à mesa, tentou ficar em pé, mas Leland empurrou sua cabeça para baixo com mais força. Jack sentiu os dentes da frente entrando no lábio, o gosto de sangue, e ouviu uma campainha e passos barulhentos. Leland aproximou seu rosto ao de Jack e roçou a barba em sua bochecha, aproximou a boca de sua orelha e beijou-o uma vez.

— Você sabe que não é por aí. Não volte mais aqui. Não volte...

Um estalo, e a pressão foi removida.

Jack se sentou. A dor chegou quente e forte, espalhando-se pelo rosto e latejando. O sangue escorria do nariz. Ele se levantou, cambaleou e sentou-se de novo. O agente penal tinha empurrado Leland contra uma parede. Um alarme disparou. Só uma narina de Jack estava funcionando.

Jack levantou-se e cambaleou. Ele pensou que ia vomitar, mas não vomitou. Saliva vermelha escorria da boca para o ladrilho em um longo fio. Ele moveu a língua dentro da boca inchada, examinando a carne perfurada. O lábio pulsava. Sangue... Em toda a parte da frente da camisa. Ele cambaleou pela sala em direção à porta, o chão se inclinou sob seus pés, e então parou, viu Leland à luz pálida em um canto, com as mãos algemadas às costas. Respirando normalmente, como se tivesse acabado de acordar de um cochilo.

— Quando sair daqui, não procure por nós — disse Jack. — Não tente telefonar. Não procure Matty. Não queremos ver você, entendeu?

As palavras saíram enroladas. Leland só continuou ali, parado. Parecia estranhamente em paz.

— Comer ou ser comido — disse em voz baixa. Firme. — Você conhece a lei.

Jack virou e foi andando, tropeçando pelo corredor, passou pelo detector de metal, as mãos unidas sob a boca para conter o sangue. Ninguém o deteve. Na recepção, o policial levantou-se e perguntou se ele precisava sentar. Jack balançou a cabeça e saiu, entrou no Caprice. Ligou o motor e saiu do estacionamento.

Saiu da estrada perto do Stardust Inn e desengatou a marcha. O volante estava escorregadio de sangue. Ele limpou as mãos na calça e olhou para a camisa: ensopada de vermelho.

O nariz continuava sangrando. Ele levantou a barra da camiseta, torceu o tecido e enfiou o tampão improvisado na narina. Depois inclinou a cabeça para trás e engoliu a substância grossa que escorria pela garganta. Ficou assim por um minuto. Por um instante tudo ficou escuro, e ele esperou passar.

Quando o sangramento diminuiu, tirou o tampão do nariz. Pegou a valise no banco de trás e tirou dela uma camisa limpa, uma caixa de gaze e guardou tudo na mochila. Sentia a tosse se formando nos pulmões. Náusea. *Não vomita*.

Ele desligou o motor, abriu a porta do carro e desceu, segurando a mochila na frente da camisa. Examinou a rua. Luminosidade de um dia cinzento. Calçada molhada de neve. Ninguém por ali. Começou a andar em direção ao Stardust.

Um gato amarelo atravessou a rua. Parou. Continuou andando.

Ele esperou até um casal aproximar-se da porta, e aproveitou para entrar atrás deles. Continuou por um corredor sem muita iluminação. O sangue pingava no carpete florido. Encontrou um carrinho da limpeza na frente de um dos quartos e pegou um punhado de panos, uma toalha e uma embalagem em spray de limpador à base de cloro. Procurou um analgésico. Não tinha nenhum, mas encontrou ali alguns sachês de açúcar para as máquinas de café. Enfiou alguns no bolso e foi examinar o carrinho do outro lado. Nenhum remédio. Pegou um copo plástico, abriu o zíper da mochila e guardou tudo lá dentro. Depois seguiu andando pelos corredores até achar um banheiro. Ele se apoiou na porta e entrou.

A luz do sol entrava por uma janelinha. Ele cuspiu sangue na pia. Deixou a mochila em cima da bancada e guardou novamente o livro de cálculo de Ava dentro dela. Arrumou o restante — camisa e gaze, panos de limpeza, embalagem em spray e copo plástico — sobre a bancada. Tirou a camiseta manchada de sangue e jogou no lixo. Abriu a torneira de água fria, molhou os panos de limpeza e começou a limpar o rosto. A dor o pegou de surpresa. O lábio pulsava como uma bomba-d'água. Ele limpou o sangue do pescoço e do peito, depois se enxugou e vestiu a camisa limpa. O vento sacudiu a vidraça. O aspirador de pó foi ligado em algum lugar.

Quando olhou no espelho, viu que o lábio ainda sangrava. Debruçado sobre a bancada, observou os cortes de perto. Eram fundos e já estavam inchados.

Com um pano limpo, secou o suor que entrava nos olhos, depois apertou o pano contra o lábio. Abriu as embalagens de açúcar, despejou o conteúdo no copo plástico, encheu com água e bebeu. Encheu o copo novamente e bebeu. Trocou os curativos das mãos. Elas doíam muito. Depois, guardou a toalha ainda limpa e o spray na mochila e a pendurou no ombro.

A porta se abriu. Uma camareira entrou com um balde de produtos de limpeza. Ela parou ao vê-lo. Olhou para o pano ensanguentado.

— Desculpa — disse Jack.

Ela continuou ali, parada, segurando o balde pela alça.

— Você está bem?

— Sim. Desculpa. — Jack tossiu.

Ele deu um passo à frente para passar por ela. A mulher balançou a cabeça e levou um dedo aos lábios. Jack parou.

Ela abriu a porta e olhou para fora. Passos. Jack viu a silhueta de um homem passando e recuou para não ser visto. O homem continuou andando. Silêncio.

Ela abriu a porta um pouco mais. Acenou para Jack.

— Vai.

— Obrigado — ele respondeu. — Obrigado.

— Precisa de ajuda? — Ela o encarou, séria.

Jack engoliu a saliva. Ela parecia ser alguém que se importava com as pessoas em sua vida. Aquele olhar o machucou. Ele balançou a cabeça.

— Não.

Agradeceu de novo e saiu, percorreu o corredor vazio e passou pela porta. O vento do norte lambeu seu rosto, e ele sentiu o nariz doer. Entrou no Caprice e ligou o motor. Abriu a mochila, pegou a toalha do hotel e o spray de cloro. Espirrou o produto no volante e na maçaneta. Com a toalha, limpou o sangue até não ter mais nenhum sinal dele.

De repente, sentiu um medo paralisante de que alguém o estivesse esperando no banco traseiro. Ele virou e olhou, mas não havia ninguém.

Não. Estava sozinho.

Sozinho, e sabia disso.

Olhou o relógio. Três e quinze. Jack voltou à estrada. Parou no posto, pôs cinco dólares de gasolina e comprou créditos para o celular pré-pago. Restavam três dólares e 64 centavos. Ele voltou ao Caprice e foi para a escola de Matty.

X

Penso nos "se". As pequenas escolhas pelo caminho. Cada escolha leva a outra. Todas elas apontam para um fim.

Se eu não tivesse derrubado meu livro de cálculo.

Se Jack não o tivesse pegado.

Se eu tivesse ficado. Naquele dia, na casa dele. E não tivesse ido embora.

Tem uma infinidade de "se" em que me permito pensar. Em alguns momentos, você deseja viver dentro deles, nunca ir embora. Em outros, você se arrepende. Quer uma segunda chance. Faço questão de lembrar todos eles. É um belo romance, essa dança lenta com o destino. Uma doce tortura. Não me esqueço. Nunca vou me esquecer.

Mas há outras escolhas.

Alguns "se" querem arrancar um pedaço de você. É difícil dançar com eles. Você os arrasta, os carrega nas costas.

Penso se Jack não tivesse ido para aquela prisão.

Alguns "se" quebram suas pernas.

Bardem atravessou a Henry's Fork e pegou a Red Road para o norte, a caminho do deserto. Neve fresca cobria o asfalto e formava camadas finas como lâminas sobre os fios estendidos entre as estacas de cerca. Quando chegou à ponte Big Grassy, o sol estava quase se pondo. Uma névoa fria e azul com sombras das colinas ao norte caía sobre as dunas. Silenciosa e estéril. Ele engoliu a saliva, parou no acostamento e deixou o motor ligado. Olhou para a estrada.

Em um minuto a viatura apareceu. Nas laterais havia as palavras DIVISÃO DE PENITENCIÁRIAS DE IDAHO. Bardem pôs a mão no bolso da camisa e tirou um saco com carne-seca. Pegou um pedaço de carne e comeu.

A viatura passou pelo Land Rover e parou. O agente penal desceu do veículo. Ele usava um casaco verde e um cinto com fivela do Smokey Bear. Bardem desligou o motor do Land Rover, desceu e deu a volta no automóvel para ir ao encontro do policial. Ele comeu mais um pedaço de carne.

— E aí?

— Era ele — disse o oficial.

— E?

— Chegou por volta das duas horas. Pediu para ver Dahl.

— E o que aconteceu?

— Coloquei os dois juntos em uma sala. Ouvi a conversa.

— Acho que quer que eu pergunte o que ouviu.

Bardem ficou ali parado, mastigando. O agente desviou o olhar. O vento tinha cheiro de neve e estava tão gelado que fazia os olhos lacrimejarem.

Ele olhou para o outro homem. Bardem o observava.

— Trouxe o dinheiro? — perguntou o agente.

— Não sei. Tem alguma coisa pela qual valha a pena pagar?

O policial mudou de posição.

— Falei para você na semana passada. Dahl não conseguiu a condicional.

— Dahl não conseguiu. E agora você quer que eu pague por isso?

— Não quero encrenca. — O agente engoliu em seco.

— Nenhuma encrenca.

— Isso.

— Mas já está metido.

— Quê?

Quão bela e brutal é a vida

— Já está metido em uma encrenca. Sabia o que estava fazendo quando concordou com isso. Não pode saber de algo e depois fingir que não sabia. Não é assim que as coisas funcionam.

O oficial virou para o outro lado. Seu nariz escorria, e ele fungou. O sol quase havia desaparecido. Tingia as nuvens de rosa e fazia a neve brilhar, e um falcão planava na corrente de vento lá no alto. Bardem pôs o último pedaço de carne-seca na boca e mastigou. Ele não usava casaco. Fazia um frio horrível, mas era como se ele não notasse.

— O garoto falou sobre uma mala — disse o oficial.

— De que cor?

— Ele não disse.

— Onde está a mala?

— Hum. Não sei.

Bardem amassou o saco vazio e o pôs no bolso.

— O que você sabe?

— Como assim?

— Ouviu alguma coisa?

— Bom, Dahl ficou furioso. Bateu o rosto do garoto na mesa. Depois falou uma coisa bem estranha. Tipo... "Você conhece a lei."

Bardem inclinou a cabeça e olhou para o oficial. Seus olhos azuis eram tranquilos. Como a água de um lago. No crepúsculo profundo e cintilante, sua pele tinha a cor de velas, e ele exibia um sorriso estranho.

— Interessante — disse Bardem.

— Segui o garoto até o Stardust. Mas ele me despistou. É rápido.

— Rápido. Como você?

— Quê?

Bardem só ficou ali, olhando para a cara dele.

— E agora — disse —, quer que eu pague por essa informação?

O policial olhou a planície cada vez mais escura. O carvalho sem folhas e os galhos emaranhados, envergados com o peso da neve. Quilômetros de território arrasado.

— Acho que Dahl contou para ele. Onde está a mala.

— Você acha.

— Posso te mostrar onde ele mora.

— Eu sei onde ele mora. Acha que eu não saberia onde ele mora?

O oficial desviou o olhar. Não respondeu.

— Você e eu somos o mesmo tipo de homem — disse Bardem —, até certo ponto. Nossos caminhos não são tão diferentes. Mas em algum ponto do caminho, você decidiu trair seu patrão. Como chegou a isso? Eu digo: Chegou aqui porque você permitiu. Entende?

O policial olhou para a viatura, depois inspirou e abaixou a cabeça.

— Você fez escolhas — disse Bardem. — Acho que entende.

— Posso pegar a mala para você.

— Se pudesse pegar a mala para mim, estaria com ela.

— Posso te ajudar. — O oficial passou a língua no lábio. — Também posso te prejudicar.

— O quê?

— Posso contar para as pessoas.

Bardem estudou o policial. Em silêncio. Balançou a cabeça.

— Não. Não, não pode.

Bardem tirou uma pistola da cintura e atirou no homem.

O agente penitenciário tombou para trás e ficou caído na neve, respirando. Bardem o cutucou com a bota e o encarou de cima.

— Você me ameaçou — disse. — Por que fez isso?

Devolveu a pistola à cintura e ficou vendo o agente convulsionar e tremer até parar de se mexer. O sangue escuro se espalhava. O sangue se misturava à neve em volta dele.

Bardem voltou ao Land Rover, abriu a porta e entrou. Ligou o motor. Acendeu os faróis e voltou à cidade.

Na loja de produtos esportivos, ele comprou um interceptor manual de chamadas da polícia, além de pilhas. Captou uma transmissão policial a sudoeste de Saint Anthony, atravessando a ponte North Fork. Girou o botão do rádio e ouviu. Eles ainda não tinham encontrado o agente penitenciário.

Quão bela e brutal é a vida

Ele chegou a casa pouco depois do anoitecer e apagou os faróis. Havia uma caixa de correspondência com o nome DAHL escrito em tinta preta. Um canteiro de rosas mortas. No fim da entrada da garagem, uma casa e um celeiro. Tudo encoberto pela névoa da noite. Além do canteiro, um campo de samambaias mortas. Ele seguiu pela entrada da garagem e foi entrando lentamente. Tábuas com a pintura descascada. Nenhum movimento. Quando saiu do carro, estava armado.

Ele subiu os degraus de madeira para a varanda e bateu na porta. Esperou. Nada. Ele destravou a arma. Em seguida, abriu a porta e entrou.

Parou na sala e ouviu com atenção. Silêncio, contornos escuros. Um cheiro leve de podre. Uma cadeira de balanço ao lado do fogão e uma cômoda com as gavetas meio abertas. Em algum lugar, o tique-taque de um relógio.

Ele subiu a escada, atravessou o corredor e olhou no quarto e no armário. Um roupão em um cabide de plástico. Estava frio no quarto. Fazia um bom tempo que não havia fogo ali. Ele abriu a porta do banheiro, depois desceu e foi à cozinha.

Acendeu a luz, mas nada aconteceu. Ele acionou a trava de segurança da arma e a deixou em cima da mesa de fórmica.

Foi até a pia, abriu a torneira e lavou a mão com um fio de água gelada. Os canos estavam quase congelados. Bateu as mãos em uma toalha pendurada na maçaneta da geladeira. Pegou um copo de plástico do armário, encheu com água da torneira e bebeu. Luar pálido de inverno. As sombras dos galhos das árvores se moviam no assoalho de linóleo.

Ele deixou o copo com água em cima da bancada. Abriu todos os armários. Bicarbonato de sódio. Vasilhas de vidro. Na despensa, uma lata de açúcar.

Sentou-se à mesa e leu a correspondência deixada ali. Ao lado das cartas havia um carrinho de brinquedo. Uma Ferrari verde. Ele pegou o carro e o estudou à luz pálida da lua. Deslizou as rodinhas sobre a fórmica, viu que rodavam. Guardou o carrinho no bolso da camisa.

Pegou a arma, atravessou a sala de estar a caminho da porta da frente. Ficou parado sob o telhadinho da entrada, estudando a lua. Sua respiração subindo no ar.

Escuridão. Árvores farfalhando ao vento.

Do céu, um floco de neve caiu levemente. Ele atravessou o terreno até o Land Rover e entrou no carro. Pôs a arma no banco do passageiro. Ligou o motor, saiu de ré e dirigiu com os faróis apagados pela estrada clara e cheia de curvas.

XI

A maioria das pessoas pensa que existe certo e errado, bom e mau, ou alguma forma disso, pelo menos. Já disse isso uma vez. Não sei se é verdade. Queria saber. Mas para ele não existe certo e errado neste mundo, e é a isso que quero chegar. Os olhos dele não são como os seus. Não veem o que você vê. Não dá para olhar aqueles olhos e entender. Acho que às vezes eu quero entender, mas, na maior parte do tempo, não quero. Não consigo compreendê-lo. Esse é um fato simples. E, se você tentasse, acho que se arriscaria a perder sua alma.

Eu não tento. Nunca vou tentar.

As pessoas vão lhe dizer que o diabo é um mentiroso. Dizem que sempre foi. O pai da mentira, essas coisas. Mas eu não acredito nisso. Não. Ele diz a verdade. Você não imaginaria que poderia ser enganado com a verdade. Mas é possível.

Viver com o diabo.

Não é uma coisa fácil de fazer.

Ava está no corredor meio escuro, vestida com sua camisola favorita. Ela segura um animal de pelúcia, um macaquinho de pelo marrom. Diante dela, a porta do banheiro está entreaberta, e além da fresta uma sombra se move, escura e rápida, deslizando pela luz da manhã. Ela observa a sombra. Consegue ouvi-lo lá dentro, escuta a água corrente.

Cory Anderson

Pensa no que fazer e toma uma decisão. Aproxima-se da porta. Os passos dos pés descalços são silenciosos no carpete velho. O topo de sua cabeça mal alcança a maçaneta. Ela espia pela fresta.

Raios frescos de sol entram inclinados pela janela. Bardem está na frente do espelho, enchendo a pia com água. Seu rosto está sujo de sangue. Ele segura um pano contra a cabeça, acima do olho direito. Sangue no pano. Sangue na camisa. Ele a desabotoa com a mão livre, a tira e dobra no sentido do comprimento, a pendura sobre o trilho do boxe, acima da banheira. Abre a torneira.

Ava observa. Vê coisas nele.

Uma escuridão.

Como o ar se move silenciosamente em torno dele.

Ele remove o pano da cabeça. O rosto está cortado, sangrando muito. O corte inchado desce da testa por um lado do rosto. Parece uma cobra. Ele usa uma esponja e lava o ferimento com água. A pele com o sangue clareia, fica rosada, depois fica vermelha de novo.

Ela abraça o macaco. Ele não a viu.

Está em pé, nu da cintura para cima, limpando e molhando até o sangramento diminuir. Ele abre o armário e pega uma tesoura, um pacotinho branco e um frasco transparente. Seus movimentos são precisos. Ele abre o frasco e derrama um pouco do conteúdo sobre o corte.

Depois pega uma agulha e linha. Passa a linha pela abertura da agulha, a espeta na pele da bochecha e costura o ferimento. Dá um nó e corta a ponta. Um leve brilho cobre sua testa. A não ser pelo suor, é como se ele não sentisse nada. Ele lava o sangue do rosto e fica olhando para o espelho.

Ela dá um passo para trás.

Ele olha para a porta.

Puxa a porta e sorri. Os pontos repuxam.

— Oi, pequena.

Ava sorri cautelosamente. Ele se abaixa, a pega nos braços e a põe sentada na bancada, de frente para ele.

72

Quão bela e brutal é a vida

— É importante saber o que fazer quando você se machuca — diz.
— Nem sempre se pode contar com um médico. Não se preocupe, meu passarinho. Vou te ensinar essas coisas.

Ele pega uma seringa do armário e enfia a ponta da agulha em um frasco com um líquido, puxa o êmbolo e enche a seringa. Depois empurra o êmbolo com o polegar até uma gota do líquido aparecer na ponta da agulha. Então encaixa a seringa entre os dedos e espeta a agulha no próprio bíceps, empurra devagar o êmbolo da seringa.

Joga a seringa no lixo. Bate de leve na perna dela.

— Fica aqui e me ajuda a fazer a barba.

Ele pega um pote de creme e um pincel de barba da gaveta, também um objeto de madeira escura e lisa, cujo cabo tem aproximadamente o tamanho da palma da mão dele. Estende uma toalha branca sobre a bancada, ao lado dela, e arruma ali seus objetos.

— Uma barba bem feita é uma arte — diz.

Abre o pote, mergulha o pincel nele e espalha o creme no queixo e nas bochechas, evitando os pontos. Ava respira com suavidade; respira o ar que é dele. Seu cheiro de coisas selvagens. Quando termina de espalhar o creme, ele a encara.

— Quer segurar o pincel?

Ava balança a cabeça para dizer que sim. Segura o pincel com uma das mãos. Com outra, segura o macaquinho. O pelo macio e aveludado. Encosta a bochecha no pelo e torce para o macaco ficar bem quieto. O macaco observa Bardem. Vê quando ele segura a madeira escura. Pelo cabo, ele abre a navalha comprida e reta. A lâmina prateada captura a luz do sol e a reflete no espelho, um lampejo radiante na luz da manhã.

— Você é uma boa menina — ele diz, sem olhar para ela. — Meu passarinho.

As pernas nuas de Ava pendem da bancada. Os ladrilhos são frios. Ela quer pular, mas não se mexe. No rosto de Bardem, o ferimento verte uma mistura transparente de água e sangue. Ele segura a lâmina junto da pele, então para, depois move a lâmina novamente. Lento, preciso. O lado afiado raspa.

Ele olha Ava pelo espelho. No ar quieto, sua voz mansa escorrega, abrindo caminho dentro dela.

— Quer saber o que aconteceu com meu rosto?

Água escorrendo da torneira. Brilho da lâmina. Raspando.

Um cachorro late em algum lugar. Ava olha pela janela. Uma borboletinha amarela aparece na vidraça. Asas cor de lima tremulam muito finas, e, atrás das asas, o céu é suave e azul como um prato de porcelana. Ela prende a respiração.

Bardem desliza a lâmina pelo rosto, logo abaixo do corte. Não desvia o olhar do espelho.

— Muitos homens acham que são capazes de matar outro homem, se for necessário. Sempre acham que sim. Homens ou mulheres. Qualquer um. Mas não é assim. — Ele balança a cabeça. — Eles não enxergam a própria verdade. Não têm vontade.

Ava observa a borboleta. Ela flutua ao longo do vidro, contra o céu, e pousa na janela. As asas abrem e fecham lentamente. Ela não se atreve a piscar, mas os olhos começam a doer e ela pisca.

A borboleta ainda está lá.

Olhando diretamente para ela.

Bardem limpa a lâmina, dobra a navalha e a coloca sobre a toalha. Pega o pincel que estava com Ava e o deixa ali também, depois levanta seu queixo, vira o rosto para um lado e para outro, a inspeciona.

— Essa é a verdade — diz. — Só tem uma.

Leve como o ar, ele desliza os dedos pelo pescoço dela até o peito e para exatamente sobre o coração.

— O que você põe aqui vai fazer você sofrer.

Ava sustenta o olhar. À luz suave, estuda a mansidão dos olhos do pai. Um azulado estranho. Fica sentada e muito quieta diante daqueles olhos. Sente a ponta dos dedos dele sobre a camisola.

Ele abaixa a mão.

— Sua mãe tentou me matar. Com uma faca que estava na gaveta da cozinha. Está vendo este corte? Ela não devia ter feito isso. — A voz dele é neutra. Sem cores. — Por causa disso, eu a mandei embora.

Quão bela e brutal é a vida

Ela partiu. Você entende? Ela não vai voltar. Nunca mais. Ela nunca vai voltar.

A luz do sol encontra o espelho. A pia cheia de água e sangue. Ava está sentada segurando o macaquinho. Seus pés pendurados. Os dedos formigando. As pernas. Os braços.

— Você entende?

Ava assente.

— Diz que sim.

— Sim.

Bardem a estuda. Depois assente, sorri. Olha para o espelho e desliza a mão aberta pelo rosto. Pelo queixo. Nem parece notar os pontos. Ava sente um nó dentro dela. Enxuga os olhos. *Não chora.*

— Todas as coisas que você escolhe guardar no seu coração — ele diz — podem causar dor. — Olha para ela, olha com firmeza. — Seja cuidadosa ao escolher.

Ava balança a cabeça em uma resposta afirmativa.

Na janela, a borboleta decola e desaparece. Asas coloridas, céu azul. Ava pula da bancada.

— Amo você, minha Ava — diz Bardem. — Nunca se esqueça. Amo você e mais nada.

Ava vai para o quarto dela, sobe na cama e cobre o rosto. Lágrimas escorrem por seu rosto, e ela fecha os olhos com força. Abraça o macaquinho. *Não chora. Não chora.* Ela abraça o macaquinho com força.

Em um sonho, a mãe senta-se na cama de Ava e segura a mão dela. Inclina-se para a frente e beija os cabelos de Ava. Silêncio da noite e estrelas na janela, entre as cortinas esvoaçantes. *Por favor, não me deixe.*

De manhã, ela havia sumido.

XII

Às vezes você bloqueia uma coisa que machuca. Mente para si mesmo e diz que não está lá, mas sabe que está, sabe o tempo todo. É como um pedaço de metal que você engoliu. Incomoda, mas você se acostumou com isso. Essa coisa dentro de você. Está engolindo há anos.

Do interior escuro do Caprice, eles olharam para a casa. Os tijolos em volta das janelas escurecidos pelo fogo. Não havia mais vidro. Varanda queimada. Vigas de madeira retorcidas como palitos de fósforo queimados. Arbustos mortos dos dois lados. A porta da frente aberta, travada por um bloco de concreto. A neve soprada lá para dentro. Jack observava as janelas em busca de movimento. Nada. Frio, cada vez mais frio.

Jack dirigiu o Caprice lentamente pela entrada da garagem, até a parte de trás da casa. A lenha antiga empilhada sob a marquise parecia seca. Não havia rastros na neve. Velhos carvalhos desnudos a oeste, e, na encosta da colina, as plantações mortas e esmagadas por camadas brancas e aderentes. Grandes flocos de neve caindo. Pálidos como ossos ao luar. Nenhuma outra casa à vista. Nem luzes, Jack desligou o motor, e Matty puxou a manga de sua blusa.

— E se tiver alguém lá?

— Está abandonada. Não tem ninguém aqui.

— As janelas estão pretas.

— Sim. Acho que houve um incêndio.

Quão bela e brutal é a vida

— Essa casa dá medo.

— Não. É uma boa casa.

— Por que não podemos ir para casa?

— Já falei. Não podemos mais ficar lá. Não é seguro.

— Podemos ir para outro lugar?

— Temos que tentar aqui. Está ficando frio.

Matty olha para a casa.

— O incêndio aconteceu há muito tempo — disse Jack.

— Pode ter outro.

— Não vai ter.

— Certo.

— Não tem ninguém aqui.

— Certo — Matty repetiu com voz mais baixa.

Eles desceram do Caprice e subiram a escada do fundo para entrar no que parecia ser a cozinha. Assoalho cedendo. Um fogão General Electric coberto de fuligem, e na parede os restos incinerados dos armários. Cheiro de cinzas molhadas. O gosto arenoso na boca. *Esta casa é como a memória de uma casa para alguém*, Jack pensou. *Mas não recente. Eles a esqueceram anos atrás.*

Ele olhou para Matty. O menino tremia com as mãos nos bolsos do casaco. Sua respiração formava uma nuvem na escuridão cinza.

— Ei, está tudo bem — disse Jack.

A sala quase não tinha sido atingida pelo incêndio, o ar era mais limpo. Havia uma lareira. Um piano encostado na parede do outro lado, e um sofá coberto de lama embaixo da janela. Papel de parede florido descascando. Teto manchado de água. Jack aproximou-se da porta e afastou o bloco de concreto, chutou a neve da soleira e a fechou. A tranca parecia enferrujada e emperrada, e ele achou que não conseguiria movê-la, mas, com alguma pressão, a alavanca de metal deslizou e encaixou na fechadura. O barulho do aço se movendo na canaleta. *Bom.*

Ele olhou pela janela, para a estrada. O luar pálido brilhando. Céu congelado e a escuridão. Nenhum som.

Voltou à cozinha, saiu, e foi até o carro. Matty não queria que ele fosse, mas disse que seria rápido. Do porta-malas, pegou a valise, os travesseiros, os cobertores. O martelo e a lona. Empilhou tudo no tapete da sala. A escuridão crescia. Se não conseguissem cobrir as janelas esta noite, passariam muito frio. Congelariam, provavelmente.

Matty o observava.

— Vai ficar tudo bem.

Matty balançou a cabeça para cima e para baixo.

Ele tossiu e sentiu gosto de sangue. Levou a manga da blusa ao lábio, e ela ficou vermelha. Talvez precisasse de pontos. O que fazer? Ele pegou um cobertor e o colocou em volta de Matty como um manto.

— Fica aqui.

Foi olhar os quartos. Vazios. Carpete úmido e apodrecendo. No banheiro, ele abriu o armário embaixo da pia e encontrou toalhas de banho secas, um copo de vidro, um frasco de desinfetante. Levou as toalhas para a sala e as colocou sobre a valise, depois foi até a garagem e abriu a porta. Nada. Piso de cimento com manchas de óleo. Nada. A tosse na garganta. O que fazer? Esfriava mais a cada minuto.

Na sala, ele examinou as paredes. Havia um prego firme em uma delas. Ele o tirou com a garra do martelo, os dedos entorpecidos pelo frio. Procurou mais pregos e encontrou três na cozinha. Também os tirou. Mais um de quase dois centímetros no quarto. Ele guardou todos no bolso e pegou as toalhas. Abriu uma delas e calculou as medidas. Se usasse as três toalhas, daria certo. Depois de pregar a parte de cima das toalhas, ele olhou para a outra janela. Teria de usar a colcha. Não havia mais nada. Ele a pegou da pilha e a pendurou. Prendeu a parte de baixo contra a parede usando o bloco de concreto. Abriu a valise, pegou a fita adesiva e colou as extremidades das toalhas e da colcha na moldura da janela. Matty assistia a tudo, enrolado no cobertor.

— O que está fazendo?

— Temos que impedir a entrada do frio.

— Quer ajuda?

— Não. Fica aqui.

Quão bela e brutal é a vida

Jack saiu pela porta dos fundos e encheu os braços com lenha, levando para dentro. Riscou um fósforo e abriu bem o abafador. Rolos de fumaça subiram pelo cano de escape. A madeira pegou fogo. Ele pôs uma lata de feijão no fogo e foi buscar mais lenha. Diante da lareira, estendeu a lona e fez um ninho em cima dela com cobertor e travesseiros. Pôs a valise no meio. Seu peito doía. A tosse na garganta.

Ele empurrou o piano até a extremidade da lona para formar uma parede e reter o calor. Do lado de fora da pequena piscina de luz, via a escuridão se alastrando. Uma negritude que o sufocava.

Olhou para Matty.

Chiados das chamas.

Matty abriu a valise e pegou o baralho de UNO. Sentou-se no cobertor e olhou para Jack. Seu rosto iluminado pelo fogo. O ar frio.

— Parece um forte.

— É — concordou Jack. — Parece um forte.

Eles jogaram UNO e comeram feijão direto da lata, passando um para o outro. A velha lareira aquecia. Matty ganhou três partidas, depois ficou construindo castelos de cartas, enquanto Jack ia buscar mais lenha. Após guardarem o baralho, Jack cobriu Matty com o cobertor e encolheu-se em torno dele, tirou os sapatos de Matty e massageou os pés do irmão por cima das meias. Deviam estar doendo de frio, mas Matty não reclamava. Depois de um tempo, ele disse:

— Seu lábio está sangrando.

— É. Um pouco.

— Seu rosto está todo machucado.

— Entrei em uma briga. Já passou.

— Com quem você brigou?

— Com um cara qualquer. Não importa.

— Por que ele brigou com você?

Jack tossiu baixo. Olhou para o fogo. Estava apagando, e a luz não alcançava muito longe.

— Você deixou ele bravo ou alguma outra coisa?

— Nós brigamos. Só isso.

— Ele sabe onde você está?

— Não. Ele não sabe onde estamos. Não se preocupe.

— Não quero que ele venha aqui.

— Ele não virá.

— Não quero que ele te machuque.

Jack não respondeu. Dava para ouvir o vento começando a soprar lá fora. Galhos finos dos espinheiros raspando nos tijolos. Um farfalhar distante. Árvores. Ele prendeu o cobertor embaixo dos pés de Matty.

— Ninguém vai me machucar.

— Por quê?

— Não vou deixar.

Matty ficou em silêncio.

— Acredita em mim?

— Não sei.

— Também não vou deixar ninguém te machucar.

— Ok. Tenho uma pergunta.

— Qual?

— Não vou para a escola amanhã, vou?

— Não.

— Você trancou a porta?

— Tranquei.

Matty ficou olhando para ele. Estudando seu rosto. Depois fechou os olhos e os manteve fechados.

— Mamãe não está viajando — disse. — Não é?

Jack engoliu. Uma aranha andava no teto.

— Não. Ela não está viajando.

Ele sonhava que segurava a pá e cavava. O cabo frio castigando suas mãos. O escuro e a neve. Quando chegou perto dela, largou a pá e caiu de joelhos. Com as mãos, afastou a neve e a terra molhada e descobriu

Quão bela e brutal é a vida

a face úmida. A pele de plástico branco, os lábios revestidos de preto. O cabelo amarelo. Um pedaço do cobertor de arco-íris. Quando acordou, ele teve que se levantar. A tosse na garganta. As cinzas. Pôs lenha no fogo, depois ficou olhando Matty dormir. O fogo crepitando. Ele ouvia o vento, ouvia o crepitar e ouvia o pulsar de seu coração.

— Devia dormir — ele disse a ela.
— A casa estala — ela respondeu. — Não consigo dormir.
— É tarde.
Ela não respondeu.
— Vem, vou te levar lá para cima.
— Não.
Ela estava de camisola, sentada na bancada da cozinha, fumando um cigarro fino de maconha enrolado em papel de arroz. Os joelhos flexionados sobre a pia e a mão em cima das pernas magras. Segurando o baseado com graça e leveza. Finas franjas de fumaça se desprendendo da ponta. Ela não virou para ele, continuou olhando pela janela para a escuridão.
— Não gosto desta casa.
— É o nosso lar.
— Nosso lar?
— Sim.
— Isto não é um lar. — Ela fechou os olhos.
— Podemos transformar em um.
— Não, não podemos.
— Podemos fazer ser bom de novo.
Ela olhava para o escuro, a pele pálida brilhando ao luar. Quase azulada. O cabelo embaraçado e despenteado.
— Não podemos fazer ser bom. Nada é bom. Nada nunca vai ser.
— Posso procurar ajuda. Posso te levar a um médico.
— Acha que eu quero ajuda?
— Existem lugares para onde você pode ir.

81

— Não quero ajuda.

— E o Matty?

— Estou acabada. Não sobrou nada de mim. Ou de você.

— Você é a mãe dele.

— Não sou esposa de ninguém. — Ela balançou a cabeça. — Não sou mãe de ninguém.

— Matty precisa de você.

— Não ligo.

— Por favor, mãe.

Ela o encarou com seus olhos cor de malva. Ao mesmo tempo turvos e tomados por uma lucidez radiante, resultado de todos os comprimidos.

— Sabe como eu pensava? Todos aqueles anos? Antes de descobrir que estava errada?

— Shh, mãe. Por favor.

— Cartas do seu pai. Ele dizia que estava voltando para casa. Que ficaríamos todos juntos. Sabe quantas vezes acreditei nele?

Ele a encarava em silêncio. *Ignora. O nó dentro de você. Ignora.*

Ela levou o baseado aos lábios e tragou devagar. Soprou a fumaça.

— Eu sonhava com ele, mas não sonho mais. Nos sonhos, ele voltava para casa e ficava, mas agora eu sei que não vai acontecer. Ele não vai voltar para casa, e estamos sozinhos neste mundo, nenhum sonho vai mudar isso. Sabe disso, não sabe? Ele nunca vai voltar para casa.

— Pode pedir condicional.

Ela balançou a cabeça, riu.

— Tem que manter a esperança.

Ela balançou a cabeça.

— Ele se foi. Mas Matty está aqui. Eu estou aqui.

— Você não entende. Acha que seu amor é forte o bastante para me fazer parar. Mas não é. Não me importo. Eu não me importo! Não dá para ver? Tenho uma nova família.

— Está falando dos comprimidos?

Quão bela e brutal é a vida

— Estou falando dos comprimidos.

— Você precisa tentar, mãe. Está fazendo mal a você mesma.

Ela balançou a cabeça.

— Você vai morrer.

— Ah, sim, eu vou. E torço por isso. Com todo o meu coração.

— E o que eu vou dizer ao Matty?

Ela sorriu por um instante. Era quase insuportável.

— Você vive com sua alma e morre com sua alma. E minha alma está morta. Eu já morri.

Ele tentava respirar. *Mamãe está doente. Ela só precisa de ajuda.*

— Você tem que tentar, mãe. Muita gente se recupera da dependência. Não balança a cabeça. Vou arrumar um emprego para pagar as contas, e você vai ficar bem. Vai ver. Vamos ser felizes de novo. Eu, você e o Matty.

Ela cravou o olhar em Jack. O vento soprando. Sombras se desdobrando da escuridão atrás dela.

— Você se parece com ele — ela disse. — Odeio você por isso.

Por um momento, ele ficou parado onde estava, tremendo. O coração mole.

Depois, Jack saiu sem olhar para trás.

À noite, ele cuidava do fogo e de Matty, e prestava atenção ao barulho de carros na estrada, mas não havia nada. Ficou acordado. Tossindo no cobertor. Ouvindo o vento. *Este lugar não é seguro. Você precisa pensar no que fazer. Alguém vai encontrar você aqui. Alguém vai ver a fumaça.*

Só dorme. Não pensa agora.

Pensa de manhã. Vai dormir.

Ele ficou deitado, olhando o céu negro. Algumas estrelas pálidas. Não conseguia se lembrar muito mais de como ela era quando estava viva. Se tivesse olhado para trás, para um último olhar...

XIII

Às vezes, revejo momentos e os assisto de trás para a frente, do fim ao começo. Como se eu pudesse encontrar significado em algum lugar para tudo isso, perdida no fluxo do tempo invertido. Parar e começar. Apertar um botão e retroceder: deitar na neve com o calor se formando à minha volta. Correr de costas entre as árvores com os galhos cobertos de branco, branco que flutua para o alto em flocos, para o céu... Minha mão soltando a de Jack, e atrás de mim o diabo seguindo de costas...

Calor do fogo e Jack deitado no tapete desbotado, todo o sangue de sua camisa descoagulando. Os cortes teimosos em seu rosto abrindo e o olho recuperando o hematoma... As chamas murchando por alguma força milagrosa, até o fósforo riscado acender entre meus dedos...

E assim por diante, e...

Armários e uma escola lotada, e Luke Stoddard ali parado, o rosto pálido se tingindo de vermelho. Aqui sempre consigo ouvir a voz de Jack: "Tem que ter mãos boas para o futebol, não é?" As folhas com os trabalhos de matemática se reunindo no chão e entrando em um livro que se ergue do concreto polido e vem para minhas mãos... Um balão de ar quente na capa...

E assim por diante, e assim por diante.

Para e começa. Retrocesso.

Alguns momentos, eu passo mais depressa ou mais devagar. E me pergunto quanto foi breve, ou quanto foi longo, quanto foi intenso e profundo. Separo os minutos até não haver começo, meio ou fim, mas um

círculo, e todos os minutos se desenrolam em muitos momentos maravilhosos
vistos ao mesmo tempo. Onde tudo faz sentido e nada machuca.

Mas você quer a história em ordem.

De A a Z.

De um a dez.

Do começo

> *ao*

> > *fim.*

E amo você por isso.

Então. Vamos lá.

Doyle parou na ponte Big Grassy ao lado da viatura da polícia, estacionou e desceu. Midge já estava ao lado da porta da caminhonete, segurando o livro de capa preta. Casaco fechado até o queixo e chapéu de pele cobrindo as orelhas. Sombras apagadas atravessando o horizonte. O sol se levantando. Vento.

Doyle dirigiu-se à parte de trás da viatura.

— Droga.

Midge fungou.

— É.

O corpo do agente penitenciário estava deitado na neve de olhos abertos. Seu rosto congelado estava azul. Ele parecia olhar alguma coisa no céu. Doyle abaixou e estudou o buraco no rosto do agente.

— Parece calibre .40. À queima-roupa.

Midge chutou um montinho de neve.

— Recebi um telefonema de Jake Willis, que estava caçando. Ele viu o carro.

— Ele viu mais alguém?

— Nem uma alma.

Doyle calçou as luvas. Apoiou-se sobre o salto das botas, virou o oficial de lado e examinou a parte de trás de sua cabeça. Cabelo duro colado em tecido. Crânio branco.

A bala tinha atravessado a cabeça. Ele enfiou a mão no bolso de trás do agente e pegou a carteira.

— Tem uma nota de vinte aqui. Carteira de motorista.

O nome do oficial era Frisby. Doyle o conhecia de passagem, mas achava que era um sujeito decente.

— A coitada da esposa vai ficar arrasada.

— Os filhos são bonitinhos. Três, acho.

— Hum. — Doyle devolveu a carteira ao bolso do policial. Levantou-se e estudou as pegadas de botas na neve. Dois pares.

— O que acha que ele estava fazendo aqui, tão longe? — Midge perguntou.

— Veio encontrar alguém, imagino.

Midge se levantou e puxou o chapéu para baixo. Ajeitou as abas sobre as orelhas. Seu nariz estava ficando vermelho. O casaco parecia grande demais.

— Bom — disse —, estou pensando...

Doyle a observava.

— Está pensando no quê?

— Bem, só estava pensando sobre ontem. Fui almoçar com uma amiga. Ela trabalha na prisão e eu vi Frisby sair. Saiu bem apressado, logo depois de o filho de Dahl ir embora. Uma coisa estranha aconteceu: o garoto teve o rosto espancado.

— O filho do Dahl foi visitá-lo?

— É. Foi.

— E como ele foi espancado?

— Não vi. Só o vi de relance, com o rosto sujo de sangue.

— E Frisby estava lá?

— Sim. Estava.

— Hum.

— No que está pensando?

— Nada muito certo. Mas algo não se encaixa.

Doyle caminhou ao lado das pegadas. Quando chegou às marcas de pneus, parou e as estudou. A viatura tinha deixado uma trilha de

Quão bela e brutal é a vida

marcas. As outras pertenciam a um veículo com rodas mais largas. Algum veículo com tração nas quatro rodas.

— Consegue uma fita métrica para mim?

Midge foi até a caminhonete, pegou uma fita métrica e voltou. Doyle abaixou-se e esticou a fita na largura da marca.

— Acha que isso tem a ver com a visita do filho de Dahl? — perguntou Midge.

— Tenho uma suspeita.

Ele recolheu a fita, levantou-se e alongou as costas. Olhou para o deserto. Colinas escuras à luz relutante. Um vento gelado soprando do norte. Pensou em morrer sozinho ali. Isso o incomodou.

— Acho que tenho que ir à casa dele, antes que a esposa veja isso na porcaria da internet. — Ele entregou a fita. — Sabe onde ela mora?

— Não. Mas posso me informar.

— Não se preocupe. Vou descobrir. Você começa o relatório. Manda Hank vir buscar o corpo.

— Certo. — Ela segurava a fita métrica em uma das mãos e o livro na outra. — Doyle?

Ele a encarou. Ela estava ali, parada, no vento.

— Tenho um mau pressentimento em relação a tudo isso — disse.

— Acredito que é justificado.

— Temos um plano?

Doyle balançou a cabeça para dizer que sim.

— Vamos procurar Jack Dahl.

Quando entrou na caminhonete, ele tirou as luvas. Pegou o frasco de remédio no bolso interno do casaco e despejou na palma da mão dois comprimidos para o coração. Colocou os dois na boca e os engoliu.

Jack acordou antes do nascer do sol. Deitado no forte improvisado, viu o romper cinzento da alvorada. Sombras carregadas se movendo no frio e no escuro da casa. Lentas e pálidas. Como a aproximação de uma anemia. Ele tossiu, estendeu a mão e tocou Matty, que dormia ao seu lado. As costelas finas. Jack o viu dormindo. Ai, o peito. Doía. Ele ajeitou os cobertores em volta de Matty e o cobriu bem, depois se levantou na penumbra silenciosa, calçou os sapatos e foi ao quintal. Parou ao lado da pilha de lenha, e lá se agachou, tossindo. Os lábios latejavam. Sangue respingou na neve a seus pés.

Ele pegou uma pilha de toras secas e ficou parado ao lado da lenha, com o rosto voltado para o vento, olhando para o quintal. Troncos escuros de árvores. A estrada na clareira e, além dela, o vazio dos campos brancos. Céu pesado. Mais distante, conseguia ver casas aqui e ali. Não estavam perto, mas também não eram muito longe. Luz difusa nas janelas. Podia ter alguém lá, observando. Olhos para ver. Ver a fumaça, as marcas de pneus na neve. Ele virou e levou a madeira para dentro.

Poeira velha de cinzas na cozinha. Sentia o gosto de fuligem nos lábios. Paredes escurecidas. *Olha em volta*, pensou. *Olha para este lugar. Você o trouxe aqui.*

Ele andou pela casa escura até onde Matty dormia encolhido, encostado ao piano, e sufocou a tosse para não o acordar. Fazendo o mínimo de barulho possível, empilhou a lenha rachada na lareira fria, depois se abaixou, abriu a faca de caça e raspou lascas da madeira. Com um pouco de esforço, conseguiu fazer um tufo de fogo. A chama pequenina lambia a madeira seca e ardia na luz insignificante. Matty virou-se embaixo dos cobertores. Abriu os olhos e sussurrou:

— Oi.

— Estou aqui.

— Eu sei.

Ele ficou deitado, olhando para Jack. Esfregou os olhos.

— Que foi?

— Nada.

— Tem alguma coisa.

— Tive um pesadelo.

— Com o quê?

Quão bela e brutal é a vida

Matty estremeceu. Parecia prestes a começar a chorar. Jack engatinhou para perto dele, para debaixo dos cobertores, e o abraçou.

— Ei — disse. — Shh, está tudo bem.

— Foi um sonho triste.

— Pode me contar, se quiser.

— Estávamos na nossa casa, e tínhamos um cachorro. — Matty sussurrou. — Ele era amarelo e ia buscar as coisas, tipo uma bola, gravetos, coisas que a gente jogava, e lambia seu rosto ou dava a pata para cumprimentar a gente. Era um bom cachorro. — Ele parou e respirou fundo. — Aí saímos da nossa casa e nunca mais voltamos, não levamos o cachorro. Deixamos ele lá, sozinho.

— Que triste.

— É, foi.

— Mas a gente não tinha um cachorro.

— Eu sei. Só tínhamos no sonho.

— Sei.

Matty não disse nada. Ficou no cobertor, olhando o fogo. Seu rosto pálido à luz alaranjada. Depois de um tempo, olhou para Jack.

— Se tivéssemos um cachorro, não teríamos deixado ele lá, teríamos?

— Não. Não teríamos.

O fogo ficou mais quente. Estalo de chama. Um brilho de luz no teto. Jack abraçou Matty até ele voltar a dormir, depois saiu debaixo dos cobertores e foi cuidar do fogo. Não conseguia descansar. A garganta doía, o rosto estava inchado. Seu coração. Ele foi para a cozinha, tossindo.

Olha para esse lugar.

Mais um pouco, e a tosse acordaria Matty. Ele saiu. O peito chiava e arfava. Depois, um longo silêncio. O vento nos galhos escuros da bétula. Ficou ali segurando o peito, e ergueu o rosto para o primeiro raio de luz do dia. *Onde você está?*, pensou. *Está aqui? Está nos vendo aqui, neste lugar?*

89

Ele ouviu.

Nada além do vento.

Não. Você não está aqui. Nunca esteve.

Doyle dirigiu da ponte Big Grassy para a casa dos Dahl, subiu os degraus da varanda e bateu na porta. Esperou. Nenhum som na casa. Bateu de novo.

— É o xerife Doyle. Tem alguém em casa?

Ele entrou na sala. O ar era gelado. Acionou o interruptor de luz. Nada. Sua sombra na parede. Que sentimento ruim esse, dentro dele. *Não pensa nada de ruim*, disse a si mesmo. *Ainda não.*

— Jack? Tem alguém aqui?

Foi até a cozinha, abriu e fechou um armário. O interior da geladeira era escuro. Lá em cima, olhou o banheiro. Gavetas vazias. *É, bom. Você fez isso.*

Ele voltou à cozinha e sentou-se à mesa. Apoiou os dois braços sobre a fórmica, se inclinou para a frente e abaixou a cabeça.

Bardem dirigiu até o colégio depois do primeiro sinal. Entrou no estacionamento e abriu a janela. Sol radiante. A neve caindo em esparsos flocos congelados. Ele reduziu a velocidade até parar. Havia alguns garotos comendo no estacionamento. Donuts cobertos de glacê do supermercado Broulim's. Três deles. Jovens, talvez quinze anos. Eles estavam perto de um Buick Skylark, os sacos de donuts em cima do capô. Relaxados. Rindo. Bardem desceu do automóvel e aproximou-se deles.

— Com licença — disse. — Será que podem me ajudar?

Um dos meninos deu uma mordida em um donut.

— Quem é você?

— A aula já começou?

— Quem quer saber?

— Cala a boca, Blake — repreendeu outro garoto.

Quão bela e brutal é a vida

Blake olhou para eles, depois para Bardem. Estreitou um pouco os olhos, como se quisesse enxergar melhor o homem à sua frente. Limpou a boca com a manga.

— Estou procurando Jack Dahl — disse Bardem.

— Não vimos.

— Que carro ele tem?

Os garotos se olharam.

— Um Chevrolet velho — respondeu um deles. — Vermelho, acho.

— Sabem onde ele está?

Os meninos negaram, balançando a cabeça.

O sol cintilava no calçamento coberto de gelo. Bardem continuou ali, olhando para eles.

— Sabem onde estão?

— Quê?

— Perguntei se vocês sabem onde estão.

Os meninos se olharam novamente.

— Cada momento desta vida é uma escolha — Bardem continuou. — Você está em um caminho, e cada escolha o leva mais longe nesse caminho. Você traça o destino. A forma dele. Entendem? Os caminhos se separam em um bosque amarelo. Não dá para seguir pelos dois. — Ele espera, os observa. — Hoje estão comendo donuts em um estacionamento. Onde estarão amanhã?

Os garotos não se mexiam.

— Olha, senhor — disse Blake —, não sabemos o que quer dizer.

— São meio burros, não são? — Bardem sorriu.

— Blake — um dos garotos resmungou —, vamos embora.

Bardem mantinha os braços abaixados, os dedos descansando sobre os passadores da calça. Flocos de neve caíam sobre seu cabelo e formavam gotas brancas e limpas.

Blake passou a língua na boca.

— Temos que ir.

— Que bom — Bardem respondeu. E assentiu. — Boa escolha.

XIV

Talvez você ache errado. Eu, guardando todas essas lembranças.
Não me importo.
Vou guardá-las.

Jack deitou-se nos cobertores e refletiu sobre o que fazer. O sol tinha nascido algumas horas antes, mas Matty ainda dormia perto do fogo. Provavelmente, não acordaria logo. Mesmo assim, se acordasse, Jack sabia que ele ficaria com medo. Não, melhor esperar. *Espere até dar o telefone a ele. Até se despedir.* Jack continuava ouvindo a voz do pai em sua cabeça. O que ele disse. "Comer ou ser comido." Por que dizer isso?

É, vocês leram muitos livros juntos. Não importa. Não tem mais importância.

Esquece, Jack.

Todas essas memórias.

Ele se foi, você está aqui. Você e Matty.

Ele afastou os cobertores e levantou-se, abriu a valise e pegou alguns brinquedos. Os carrinhos e o *Batman*. Deixou todos na frente do fogo para quando Matty acordasse.

Roupas limpas e uma escova de dente. Pôs a última tora seca sobre as brasas e a viu pegar fogo. Depois calçou as botas e atravessou a

Quão bela e brutal é a vida

cozinha em direção à porta dos fundos. Lá fora, encheu a frigideira com neve fresca. Sentia o rosto quente. Podia sentir que estava com febre. Será que estava muito alta? Entrou e pôs a frigideira sobre as brasas quentes mais afastadas das chamas. Matty ainda dormia. Ele tirou uma lata de pêssegos da valise, café e colheres, e deixou tudo em cima do piano. Três batatas e uma lata de feijão, era o que restava. Deixou os feijões e o abridor de latas perto da lareira, ao lado dos brinquedos.

Não havia carros na estrada diante da casa. Nem à noite, nem de manhã. Nenhum carro passando.

Ele vai ficar seguro aqui por um dia. Você vai e volta quando escurecer.

Ele fez duas viagens até a pilha de lenha e deixou um bom estoque junto da lareira. Mais algumas toras e seria o suficiente. Na terceira viagem, sentiu-se fraco e parou na varanda, meio tonto. Virou-se e olhou para os campos. Para o terreno fértil: morto e branco. A entrada da garagem, a estrada. Um pouco de café ajudaria. Talvez um pedaço de pêssego.

Vamos lá, Jack. É só aguentar o dia. Você tem que aguentar.

A porta rangeu atrás dele. Matty estava lá, segurando a maçaneta, com o casaco fechado até o queixo, o cabelo despenteado, alternando o peso entre um pé e outro.

— Você trouxe o *Batman*.

— Trouxe.

— Vamos comer pêssego?

— Sim, vamos.

— Você está bem? — Matty o observou por um minuto.

Jack sorriu. As feridas arderam na boca.

— Sim. Só estou pegando madeira.

— Posso ajudar?

— Seria bom.

— Vai nevar. — Matty sorriu. Olhou para o céu.

— Acho que você tem razão.

— Podemos fazer um boneco de neve mais tarde.

— Seria ótimo.

Jack derreteu neve na panela e fez café. Encheu uma caneca e deu para Matty, que estava sentado na frente do fogo.

— Bebe um pouco — ele disse.

Matty segurou a xícara com as duas mãos e aproximou o rosto do líquido escuro e quente. Inclinou a caneca e bebeu.

— É muito bom.

Eles beberam o café quente e forte juntos. Depois, Jack abriu a lata de pêssegos. Deu a lata a Matty com uma colher.

— Come.

— Você também.

— Quero que você coma.

Matty pegou uma fatia com a colher e pôs na boca, depois devolveu a lata.

— Agora você.

Os dois foram revezando. Saboreando cada pedaço doce. Quando os pêssegos acabaram, Matty virou a lata e bebeu a calda grossa, depois lambeu a tampa. Então ficou quieto, com o rosto corado. A pele pálida brilhava à luz do fogo, quase incandescente: um palito de fósforo aceso. Jack ficou ali, com o gosto dos pêssegos, parecido com sol líquido, desaparecendo da boca, e alguma coisa apertando cada vez mais seu peito, até que não conseguiu mais esperar. Ele se levantou, foi pegar a mochila e tirou o telefone de dentro dela. Matty o encarava, repentinamente em alerta.

Ele aproximou-se de Matty e abaixou.

— Fica com isto.

— Vai sair, não vai?

— Sim. Tenho que ir buscar comida.

— Só temos isso? — Matty olhou para os feijões e as batatas.

— Praticamente só isso.

Quão bela e brutal é a vida

— Vamos morrer?

— Não. — Jack sentou perto dele. — Um dia sim, acho. Mas não agora.

— Você está doente?

— Um pouco. Mas vou melhorar.

— Eu posso ir com você.

— Não. Você precisa ficar aqui.

— Por quê?

— Alguém tem que manter o fogo aceso. É um trabalho importante, baixinho. Acha que consegue?

Matty olhou para o fogo. Não respondeu.

— Tem lenha suficiente para o dia inteiro — disse Jack. — E feijão para o almoço. Eu volto quando escurecer.

— Isso é muito tempo.

— Sim. Mas você vai ficar bem.

— E você? Vai ficar bem?

— Sim. Eu também vou.

— Tem certeza?

Jack confirmou, balançando a cabeça.

— E eu vou ficar aqui.

— Sim.

— Para manter o fogo aceso.

— Isso.

Matty olhou para ele com os olhos brilhantes. Era como se fosse torcido por uma prensa invisível, implacável.

— Tudo bem.

— Vou deixar esse telefone com você. Caso precise.

— Mas não vou precisar. Certo? — Matty olhava dentro dos olhos de Jack.

— Acredito que não. Mas é por precaução.

— Para quem eu ligaria?

— Para a Sra. Browning. Deixei o número dela no aparelho. Está vendo? É só apertar o botão. Fala para ela que está na antiga casa dos

Palmer na Egin-Hamer Road. Só telefona se eu não voltar até escurecer. Entendeu? Só se escurecer.

— Se eu ligar para a Sra. Browning, ela vai me levar para o Serviço?

Jack sentiu a boca seca. Doía para engolir. Um rato correu junto da parede manchada de fuligem, parou. Olhou para ele.

— Eu volto antes de escurecer — disse finalmente.

Matty pegou o telefone da mão dele.

— Ok.

No colégio, Doyle foi à secretaria, onde uma mulher digitava sentada à mesa da recepção. Ela olhou para ele por cima dos óculos de leitura.

— Olá, xerife.

— Victoria. Estou procurando Jack Dahl.

Ela digitou e olhou para a tela.

— Ele faltou.

— Tem um professor ou alguém para eu falar sobre ele?

— Talvez Miguel Navarro. — Ela interfonou para outra sala. — Pode entrar.

Doyle entrou no escritório e fechou a porta, um homem ficou em pé atrás da mesa. Doyle sabia que Navarro era conselheiro da escola. Ele era alto e magro, tinha um jeito quieto e olhos que não transpareciam muita coisa. Foi militar anos atrás e mancava por causa de um antigo ferimento de guerra, mas não falava sobre esse tempo. Doyle não se importava com isso. Ele também não falava. Navarro estendeu a mão e sorriu.

— Xerife.

Os dois sentaram-se frente a frente. Doyle em uma cadeira curva e dura sobre uma estrutura de metal e Navarro na poltrona de couro falso do outro lado da mesa. A luz brilhava na janela, onde o gelo formava pingentes. Um grande pôster motivacional enfeitava a parede. Nele, havia uma mensagem: Você só fica sem chances quando para de aproveitá-las. Navarro juntou as mãos sobre a mesa.

Quão bela e brutal é a vida

— Em que posso ajudá-lo, xerife?

— Estou procurando Jack Dahl.

— Ele tem algum problema com a lei?

— Não que eu saiba.

— Já tentou ir à casa dele?

— Sim, tentei. O que pode me dizer sobre o garoto?

Navarro pegou um lápis e bateu com ele na mesa.

— Ele tem um irmão mais novo. Matthew, acho. Foi dar uma olhada na escola do irmão?

— Meu auxiliar foi até lá. Também não foi à aula.

— E a mãe?

— Também não está em parte alguma.

— Acha que ele foi embora? — O sorriso de Navarro desapareceu. Ele estudou Doyle.

— Acredito que esse garoto já escapou da gaiola.

— E acha que ele está correndo algum tipo de perigo. É isso?

— Sim. É isso.

Um ventilador começou a funcionar em algum lugar. Papéis tremularam em uma estante. Navarro olhou pela janela com o lápis na mão.

— Tentei conversar com ele há uns dois anos, mas ele nunca quis falar comigo. E nunca me deu motivo para obrigá-lo a falar. Nunca criou problemas. As notas caíram, e eu sabia que a situação com a mãe estava ficando mais difícil.

— Quem são os amigos dele?

— Não sei de nenhum. Acho que ele não permite que ninguém se aproxime.

— Como assim?

— Ele é um solitário. — Navarro deu de ombros. — Cuidadoso.

— Preciso encontrar o menino.

— Bom, então você tem um problema.

— Por quê?

Navarro desviou o olhar da janela para encarar Doyle.

— Ele é esperto, só isso.

— Ah, é?

— Ele é péssimo nas tarefas diárias. Coleciona notas C e D. Mas nas provas? Sua média geral foi 1390. No segundo ano.

— Isso deve significar muita coisa, pelo jeito como fala.

— Se Jack Dahl não quer ser encontrado, há grandes chances de você não o encontrar.

— Não sei. — Doyle inclinou um pouco a cabeça. — Sou muito bom em achar coisas.

— Espero que seja.

Doyle estudou Navarro. O rosto, a respiração rasa. O leve tremor nas mãos.

— Gosta dele, não é?

Navarro se surpreendeu.

— Por que diz isso?

— Dá para ouvir na sua voz.

— Eu gosto dele.

Doyle concordou com um movimento de cabeça.

— Eu também.

Ele tocou a aba do chapéu e foi embora.

XV

Do que você é feito? Como você se formou? De onde vieram suas camadas, suas curvas e seus buracos? Suas características gentis e selvagens? A luz e a escuridão profunda e oca. Os vales e os picos de sua alma. O barulho e o silêncio. O que faz seu coração bater?

Eu penso nessas coisas.

Jack ia procurar o tio Red, embora tivesse medo dele. Red morava do outro lado da cidade, a dez quilômetros, mas Jack dirigia por estradas secundárias para evitar que o vissem. A neve cobria o asfalto, e nuvens de neblina pairavam sobre o solo. Ele ia em direção ao rio, abrindo um caminho vazio. Flocos molhados e cinzentos caíam girando do nada. *O que vai dizer? Pense. Você precisa estar preparado.* Onde a estrada bifurcava, ele seguiu por neve ainda mais profunda e sem rastros.

A casa de Red ficava entre árvores, descendo uma trilha estreita ao longo da margem do rio Snake. O vapor que se desprendia da água formava nuvens perto da casa. Uma silhueta irregular na névoa. Tábuas envelhecidas. Pregos enferrujados e paredes remendadas com papel preto de alcatrão. O cano da chaminé expelia uma coluna sedosa de cinzas e fumaça. Uma das janelas estava entreaberta, e dela um fio elétrico descia até a neve e se estendia até as árvores, onde desaparecia. Na lateral da casa, havia peles de veado estendidas sobre árvores baixas, de onde pendiam cortes de carne fresca, caça deixada para maturar e obter sabor profundo no frio.

Seu pai costumava caçar com Red no passado, quando os freezers ficavam cheios e os irmãos eram unidos por segredos e sangue. Red conhecia seu pai melhor do que ninguém.

Jack desligou o motor e desceu do carro. Silêncio. O ruído baixo da água do rio correndo sobre pedras e gelo. A vegetação coberta de neve e, além dela, ao longe, o pico irregular dos Tetons, monumentos de pedra se erguendo na escuridão com pontas, ângulos e partes sombreadas intocadas pelo sol. Dentro da casa, um cachorro latiu, ou eram dois, e então Bev abriu a porta da frente.

— O que está fazendo aqui com este tempo? — Bev perguntou. — Tem previsão de neve o dia todo.

— Preciso falar com Red. Ele está?

— É claro. Entre e venha se aquecer.

Bev era a terceira esposa de Red, e Jack ficava acanhado perto dela. Ela era uma mulher muito falada na cidade, cheia de curvas e partes salientes e macias, com lábios carnudos e cabelos loiros, os quais ela enrolava com modeladores. Bev gostava de astrologia e de ler mãos. Há mais ou menos um ano, disse a Jack, de um jeito bem direto, que tinha sonhado com ele nu sobre o topo nevado de uma montanha, cercado pelos deuses de Odin. Ela costumava usar túnicas floridas que pareciam quimonos. Na primavera, preparava elixires curadores com ervas e óleos, e, com frequência, fazia profecias nas noites de fim de semana enquanto consumia muita metanfetamina.

Bev segurou a porta aberta para Jack, enquanto os cachorros se aproximavam abanando o rabo e o cheiravam, até Bev mandá-los para fora.

— Tem café. Quer um pouco?

— Seria bom.

Eles sentaram-se à mesa da cozinha. A chama no fogão de metal espalhava calor pelo assoalho e pelas paredes. Na parte de cima do fogão, o café era mantido aquecido em um bule ao lado de uma frigideira vazia,

Quão bela e brutal é a vida

onde alguém havia fritado ovos. Roupas lavadas pendiam de um varal esticado entre os cantos do cômodo. Meias e peças íntimas e rendadas de Bev pareciam estar quase secas, mas casacos e calças mais pesados ainda pingavam água.

Na porta da frente, havia uma espingarda de prontidão. Jack sabia que, se olhasse para a porta do fundo, veria outra, preparada. No centro da mesa, uma violeta-africana sobre uma toalhinha de crochê, e em volta do vaso de violeta tinha uma pistola, um baralho de tarô e uma garrafa vazia de uísque. Em um pote de vidro ao lado do uísque havia maconha.

— Red está lá fora defumando carne de veado — disse Bev. — Mas aposto que ele ouviu você chegar. Já vai entrar.

Eles beberam café quente. Sombras ocupavam os cantos gelados da casa, e, do lado de dentro das janelas, a água escorria em gotas pelo vidro. Uma névoa mais escura formava nuvens do outro lado das vidraças sujas.

— Como vai sua mãe? — perguntou Bev.

A porta do fundo se abriu. Tio Red parou na soleira, segurando uma faca, a lâmina suja e brilhante. Ele olhou para Bev.

— Café.

Bev levantou-se da cadeira.

Red se dirigiu à pia da cozinha, enxaguou a faca e lavou as mãos. Ele usava uma parca grossa e calça de trabalho para dentro das botas Red Wing, e tinha a cabeça coberta por um pedaço de lã preta amarrada na parte de trás como um lenço. Era forte, tinha uma barba ruiva e era veterano de antigas batalhas, dono de um rosto esculpido em ossos, cabelos longos e músculos firmes. Red era irmão mais velho do pai de Jack e foi um bem-sucedido chefe do tráfico de metanfetamina anos atrás, até um traficante rival o pegar com um machado. A intenção era tirar seu escalpe, mas Red acabou conseguindo fazer um acordo. As pessoas não falavam dessa disputa. Red nunca mais traficou, mas havia comentários sobre ele ainda vender o produto para compradores que sabiam ficar de boca fechada. O machado tinha deixado uma cicatriz feroz do lado direito do crânio, onde não nascia mais cabelo. Ele usava a lã preta para esconder a deformidade.

Red pôs a faca em cima da mesa e se sentou.

— Não está na escola. Por quê?

— Doyle esteve em casa. Aquele xerife. Ele disse que o banco vai leiloar nossa casa, a menos que a gente pague a dívida. Peguei o Matty e mudei de casa com ele.

— Hum. Para onde?

— Isso é problema meu.

Os lábios de Red se comprimiram formando uma linha.

— Cadê sua mãe?

— Morta. Enterrei o corpo no quintal.

Bev derrubou uma colher, que fez barulho ao bater no chão. Ela abaixou para pegá-la. Red se encostou na cadeira. Olhava para Jack com uma expressão indecifrável, os olhos escuros como breu.

— E o que você quer de mim?

— Fui visitar meu pai na prisão. Não temos nada, Red. Preciso do dinheiro que ele pegou. Ele não quis me dizer onde está, mas preciso encontrá-lo.

— Contar ou não contar é decisão dele, menino. Não é nada esperto meter a porcaria do seu nariz idiota nos negócios dele.

Jack sustentou o olhar de Red, mas sentiu náusea. Olhar para Red era como olhar bem de perto para algo com garras e olhos amarelos. Um animal espiando detrás de olhos humanos.

— Podia perguntar para ele, Red — Bev falou. — Você sabe que ele contaria.

— Um homem não pergunta o que não deve saber.

— Mas ele poderia...

— Quieta, mulher.

— Então — Jack interferiu —, onde acha que ele pode ter guardado o dinheiro?

— Não perguntei, não sei.

— Não está em casa.

— Ele não é idiota o bastante para ter guardado lá.

— Então, onde o esconderia?

— Não tem que saber nada disso. E o que faria com ele, aliás? Iria para Vegas? Fugiria e mudaria de nome?

Jack pensou em Matty. O ardor repentino nos olhos, o cansaço e a preocupação o enfureceram. Ele abaixou a cabeça, olhou para as mãos fechadas. Os curativos e as áreas onde o vermelho aparecia.

— Usaria com sensatez.

— Não com sensatez o suficiente. Não. Algumas coisas enterradas devem permanecer enterradas.

— Se não sabe, vou perguntar em outro lugar.

Houve um longo silêncio.

Red inclinou-se na direção de Jack. Ele cheirava a carne cozida e fumaça de madeira. Uma nota amarga de fogo e carne aquecida.

— Não é seguro.

— Tenho que tentar.

Mais silêncio. Red pegou as cartas de tarô da mesa, dividiu o baralho e puxou metade de volta, embaralhou.

— Vai perguntar em outro lugar. — Dividiu o baralho, embaralhou de novo. — Bom, sobrinho, essa é uma maneira de acabar morrendo, ou desejar ter morrido.

Jack estava se preparando para este momento, e agora era a hora.

— E aquele homem com quem ele fugiu? O nome dele era Bardem. Podia ir perguntar para ele.

Red bateu com o baralho na mesa e deslizou a mão para a faca. Ele a pegou e apontou para Jack, segurando o cabo de osso com um encaixe perfeito. Ficou parado, olhando para ele. Depois virou a faca e bateu com o lado da lâmina na mão aberta, uma, duas vezes, como se avaliasse seu peso. Deslizou um dedo pelo fio, virou a faca, suspirou, pressionou a pele do polegar contra a parte serrilhada, tirou uma gota de sangue.

— O que sabe sobre Bardem?

— Vi uma foto dele uma vez. Meu pai me mostrou. Disse que era para eu fugir, se algum dia o visse.

Jack viu o rosto de Red ser dominado por diversas reações: alarme, medo, breve desconfiança, desânimo.

— Você não vai me ouvir — ele disse finalmente.

Jack esperou. Observava Red.

Red deixou a faca em cima da mesa. Fez um gesto mandando Bev ir para o quarto.

— Vai.

Bev deu dois passos na direção do dormitório, mas parou e segurou a mão de Jack.

— Vejo coisas difíceis no seu caminho — ela disse. — Tome muito cuidado, e grite, se precisar de ajuda.

Red levantou a mão para bater nela.

— Anda logo, antes que eu faça alguma coisa de que me arrependa.

Bev afagou a mão de Jack, foi para o quarto e fechou a porta. Os segundos foram passando.

— Tem uma velha cabana de caça onde Leland e eu íamos nos esconder anos atrás. — Red falou. — Subindo a colina. É isolado. Um lugar que ninguém conhece. Se ele precisava manter alguma coisa em segurança, imagino que pode ter deixado lá.

— Muito longe?

— Uma hora, talvez. Três, no máximo, para ir e voltar.

— Você me mostra onde é?

— É o que estou dizendo. Me espera na caminhonete, enquanto pego umas coisas.

Jack descobriu que tinha sangue na boca, porque estava mordendo o lábio cortado. Não confiava em Red e sabia que se expunha ao perigo, mas o desespero era maior. A preocupação. Ele abaixou a cabeça e viu que o peito subia e descia. Respirava depressa.

Duas horas. Três, no máximo.

Tempo de sobra para voltar antes de escurecer.

Red levantou-se, pegou a faca e guardou em uma bainha presa ao quadril. A pistola, ele pôs no bolso do casaco.

Quão bela e brutal é a vida

— Estamos perdendo tempo. Quer levar um baseado para a viagem?

Jack saboreou o breve conforto da viagem da casa de Red até a cabana de caça. O ritmo constante da caminhonete na estrada, a neve caindo, a névoa cinzenta se dispersando e o aquecedor soprando ar quente. Cores pálidas de inverno se fundiam em cinza-perolado. Ele apoiou a cabeça no encosto do banco, fechou os olhos e pensou em Red. Se Red acreditasse na possibilidade de a mala estar escondida na cabana de caça, já teria ido procurá-la. Não teria? Jack se sentiu ameaçado, mas, no conforto quente dentro da caminhonete, uma coisa estranha acontecia em sua cabeça. Não se importava. Simplesmente não se importava. Encontraria a mala, ou...

Ou o quê?

Seus pensamentos vacilaram.

Para com isso, Jack. Red não é ruim assim.

Além do mais, havia uma vantagem em saber o que Red ia fazer. A caminhonete fez uma curva, e ele abriu os olhos. Red tinha saído da estrada conhecida e seguia por uma encosta cheia de árvores, a qual Jack nunca tinha visto. Percorreram a primeira trilha ao longo do cume. Pneus giravam sobre pedras e derrapavam em curvas mais fechadas. As árvores altas e finas nas encostas lembravam sentinelas esqueléticas. Uma névoa espessa lá embaixo no vale. Finalmente, Red saiu da trilha em uma curva marcada por uma rocha e parou.

— Faltam uns quinhentos metros — ele disse. — No meio das árvores.

Eles desceram. O ar frio invadiu os pulmões de Jack e o fez se dobrar e tossir até o peito arder. Quando levantou a cabeça, seus olhos estavam cheios de lágrimas. A neve tinha parado de cair e, ali em cima, o céu era de uma luminosidade ofuscante, da cor do mar congelado e igualmente claro. Red abriu caminho pela neve sem olhar para trás, marchando para um lado, depois para outro. Jack seguiu as pegadas de Red em volta dos troncos de árvores e sob grandes galhos escuros,

Cory Anderson

esforçando-se para controlar a tosse. Respirando devagar, com regularidade. Não muito profundamente.

Mantinha os olhos fixos nas costas de Red. *Atenção. Tem que ficar atento a ele.*

Isso tudo podia ser uma armadilha.

Ele apalpou a faca no bolso da calça.

A floresta se tornava mais densa. Grandes galhos de pinheiros e vegetação rasteira. Então, eles chegaram a uma clareira. Havia um trailer de uns quatro metros de comprimento próximo às árvores. Uma faixa horizontal de tinta marrom e descascada e um telhado coberto de muita neve.

A trava de metal repousava sobre uma tora de madeira. A forma de um buraco de fogueira na neve. Ao lado do trailer havia uma velha casa de defumação de madeira e um galpão de ferramentas. Um rolo de barbante cor de laranja pendurado em um gancho. Red parou e deu uma olhada em tudo, sua respiração saindo da boca e flutuando em direção à copa das árvores.

— Vai olhar o trailer. Não está trancado.

Red seguiu para o galpão. Jack ficou olhando ele se afastar, até um vento mais forte o desequilibrar e quase o derrubar. As pernas estavam fracas, e ele se sentia meio tonto. Febre, imaginou. Andou com passos arrastados até o trailer e abriu a porta.

Frio e umidade. Cheiro de mofo. Assoalho de linóleo e, na cama, um colchão com manchas escuras. Pia e fogãozinho enferrujados e uma mesinha. Lixo empilhado em um canto. Jack entrou e abriu um armário. Sal e pimenta. Embalagem de ketchup. Em uma gaveta, alguns utensílios de plástico. Um acendedor. Os cobertores estavam se decompondo.

Excrementos de rato. O cheiro era horrível.

A mala não estava ali.

Ele se sentou à mesinha. O que ia fazer? Não tinha ninguém ali para dar sugestões. Ele inclinou-se e apoiou a cabeça nos braços sobre a mesa. *Pensa.* O que mais o incomodava era essa dor na cabeça,

Quão bela e brutal é a vida

escondendo a noção de perigo, entorpecendo o cérebro... Empurrando-o para um precipício escuro...

• • •

Alguma coisa o acordou. Ele se sobressaltou, ergueu o corpo e prestou atenção. O trailer estava silencioso. Não sabia quando havia pegado no sono. Por quanto tempo dormira? Minutos, talvez. A luz lá fora era fraca. Então, ele ouviu o que parecia ser o barulho do motor de um caminhão em algum lugar na estrada. Distante, mas ficando mais alto. O motor perdeu velocidade. Parou.

Ele abaixou e ficou ouvindo.

O lugar encheu-se de dúvida.

Ele ouviu. A área de caça ficava afastada da estrada, e a estrada era isolada. Nada chegava ali por acidente. Ele tentou se convencer, sem sucesso, de que alguém tinha visto a caminhonete e parado para ver se estava tudo bem. Um Bom Samaritano.

Mas não. A verdade estava ali, diante dele.

Red tinha chamado alguém.

Quando olhou pela janela do trailer, o primeiro deles já podia ser visto entre as árvores. Um, dois, três homens. Dois deles eram barbudos. E estavam armados. Um deles carregava um machado.

Jack correu para a porta e caiu encolhido na neve lá fora. Deu dois passos para longe do trailer, antes de olhar para trás e ver um dos homens avançando com um rifle erguido.

— Você... — ele disse, e o mundo virou de cabeça para baixo em seu campo de visão, com o brilho do céu servindo de pano de fundo para os pontinhos pretos que dançavam diante de seus olhos. Virando de bruços, ele se levantou e andou cambaleando pela neve, com os ouvidos apitando, até ser atingido pela arma e cair. Tentou se levantar mas o mundo tombou e ele sentiu que estava deitado na neve, encolhido, enquanto os pontos se transformavam em círculos pretos e turvos, e havia botas e vozes resmungando palavras desconhecidas, e os círculos pretos se alastraram até ele estar dentro deles, e silêncio.

107

XVI

Eu tinha dez anos quando meu pai me deu um livro de poemas. Era a coisa mais legal que eu já tinha tido. O couro era enfeitado com letras douradas. O papel era grosso. Décadas de idade. Eu achava que as páginas continham todos os segredos da vida. Li aqueles segredos até as palavras desbotarem, o papel ficar mais fino e desfiar perto da costura.

Meu pai sempre ficava me vendo ler.

Ele dizia que nas histórias aprendemos o que é realmente verdade.

Naquele livro eu li "Invictus" pela primeira vez. O poema de William Ernest Henley. Ele agradece a Deus por sua alma invencível e diz que, independentemente do que acontece com ele, não hesita nem sente medo. Seja qual for o inferno ou a treva que enfrenta, não abaixa a cabeça.

Às vezes, você lê alguma coisa e todo o mundo se torna muito simples. Você sai de si mesmo, enxerga a verdade com clareza. E você pensa "que grande merda".

Ele estava alerta antes de abrir os olhos, ouvindo o murmúrio de palavras espalhadas à sua volta.

Abriu um olho, viu a neve a uns três centímetros do rosto, obedeceu a um instinto qualquer que o mandou ficar quieto. A dor na cabeça era aguda e assombrosa, e pulsava em ondas latejantes. Os primeiros pensamentos chegaram emaranhados. Como se fossem incompreensíveis.

Matty em algum lugar. Uma casa.

"Telefona se eu não voltar até escurecer."

Um machado.

Teve tempo apenas para entrar em pânico, antes de ser posto de joelhos. Luz brilhante do sol. Só um olho conseguia encontrar o foco.

— Então o cachorrinho acordou.

Três homens altos o cercavam, figuras sombrias e ameaçadoras, alguns armados, todos com o rosto escondido pela luz do sol que vinha de trás deles. Jack sentiu uma necessidade poderosa de correr para a caminhonete, ou para o meio das árvores. *A caminhonete... Muito longe. As árvores.* Ele fechou um pouco os olhos e viu o machado nas mãos de um dos homens, que sorria. Uma grade dentária dourada brilhava em seus dentes frontais.

A voz que falou era parecida com a de Red.

— Não devia ter ido me procurar, Jack.

Jack olhou para Red com o olho bom. Sentia a cabeça pesada. Estava com frio e o sol se punha, um vento cortante soprava das encostas rochosas.

— Eu te avisei — Red continuou. — Eu avisei, e você não quis ouvir.

O chão balançou embaixo de Jack. O lado direito de seu rosto estava molhado. Ele tocou a área inchada e tentou focar o olho turvo, mas estava inchado, quase fechado. O sangue escorria de um corte na testa, e a boca deixava escapar a saliva. Ele se inclinou e vomitou saliva vermelha na neve.

— Eles me vigiam, Jack. — Red continuou. — Eu não podia fazer mais nada.

Ele tentava focar o olho.

— Faça o que eles mandarem — disse Red. — Certo? Você não vai resistir.

Jack moveu os lábios. A boca formou uma resposta, mas nenhum som saiu dela. Ele apalpou o bolso do casaco procurando a faca.

— É isto que está procurando?

Ele olhou na direção daquela voz nova, baixa. O homem que ganhou forma em seu campo de visão mantinha um braço levantado, segurava sua faca entre o polegar e o indicador. A barba desenhada era grisalha, e ele carregava um rifle semiautomático pendurado no ombro por uma alça de náilon. Camisa de colarinho, casaco com detalhes bordados na frente. Nariz longo e reto, cílios escuros. Os olhos eram observadores. O pescoço era tatuado, uma aranha, e ele usava uma antiquada cartola preta com coroa curta. O olhar do homem penetrava em Jack, alcançava suas partes mais secretas e encontrava tudo que queria.

— Seu pai pegou uma coisa que me pertence — ele disse. — E agora você quer pegar essa coisa.

A voz dele entrava na cabeça de Jack como um martelo.

Jack olhou para Red e disse palavras enroladas, entrecortadas pela respiração difícil.

— Como... Pôde...? Se... Sabia...

— Não tive opção. Eles já me prejudicaram antes... — Red parou de repente e olhou nervoso para o homem de chapéu. Olhou de novo para Jack e disse: — É só falar o que sabe, e eles vão te deixar em paz.

O homem jogou a faca dobrada para outro, que a pegou. Esse usava uma bandana sobre o nariz e a boca, como uma máscara. Parecia jovem, talvez tivesse a idade de Jack, com um olhar intenso, meio encoberto por cabelos pretos e enrolados que cresciam em todas as direções. Eles se olharam, se encararam por um segundo. Talvez menos. O menino tirou do ombro uma bolsa militar de lona e guardou a faca dentro dela.

A faca já era. Jack aceitou a perda com uma pontada de dor. Sentiu alguma coisa borbulhando na barriga e virou-se para o lado para vomitar de novo, mas não aconteceu nada. Tudo se movia em círculos lentos. A melhor coisa que podia fazer era ignorar o aperto no coração e pensar em um plano. Se tivesse tempo para pensar...

O homem de cartola abaixou, segurou o queixo de Jack e levantou sua cabeça, examinando o sangue e o olho inchado. Ele inspirou profundamente e se levantou.

Quão bela e brutal é a vida

— Por que não me ouviu, Jack? Por quê? — Red balançou a cabeça com ar sério.

Jack falou de cabeça baixa, as palavras saíam enroladas, mas carregadas de sentimento.

— Tenho um irmão pequeno. Um irmão que não tem o que comer nem onde morar. Saímos de casa... Deixamos tudo lá. O que aconteceu com meu pai... Eu não preciso saber. Mas tenho um irmão... E pretendo cuidar dele.

O silêncio foi longo, elétrico.

— Você visitou seu pai na prisão — disse o homem de chapéu.

— Pensei que ele pudesse me dizer... — Jack engoliu sangue — Onde estava...

— E ele disse?

— Não... Não disse...

— Eu falei que ele não sabia — disse Red.

— Ele é um mentiroso, como o pai.

— Não é! Eu garanto que...

O homem com o machado aproximou-se de Jack e chutou sua barriga, depois as costelas.

O intestino de Jack encolheu, esquentou, e ele se dobrou na neve gemendo.

— Isso vai acabar agora! Ele aprendeu! — Red gritou.

— Mata — disse o homem de cartola.

O homem levantou o machado, e Jack se contraiu, esperou o impacto da lâmina.

Red correu e colocou-se entre Jack e o outro homem, empurrando-o com a mão direita. O homem de dentes dourados parou de repente. Abaixou o machado. Red olhou para o homem de cartola.

— Vai dar fim nele?

Ninguém falava nada. Red olhava para o homem, esperando o que ele ia fazer.

O homem de cartola aproximou-se de Red sem hesitação e, a um braço dele, olhou diretamente em seus olhos.

— Explique-se.

Red sustentou seu olhar.

— O que está...? — Ele lambeu os lábios. Olhou para Jack, para a cabeça machucada, a pele cortada. — Já deu um susto nele. É o suficiente. Ele não vai mais fazer perguntas.

— Eu decido o que é suficiente.

— Ele tem meu sangue.

— Ele é filho de um cachorro.

— O garoto não vai falar nada.

— Já está decidido.

— Eu vou procurar Leland. Vou fazer ele falar.

— Já fez isso.

— Não vou permitir que faça isso — Red disse, afastando as pernas.

O homem de chapéu examinou Red da cabeça aos pés.

— Está aqui porque eu poupei você. Permiti sua existência. Não vai se meter nos problemas da minha organização.

Red limpou o nariz. O sol se punha atrás dele e envolvia sua silhueta, e o vento frio soprava entre as árvores. Sua voz cortava o ar.

— Nunca fui um bom homem. Refinei droga, depois mudei de função e trafiquei para você, e nunca me arrependi. Menti, trapaceei e roubei durante toda a minha vida. Mas fui um bom irmão. O que Leland fez... Eu falei para ele não fazer, e nunca mais me abalei depois que insistiu nisso. Ele foi avisado. Mas, mesmo assim, fez o que fez. — Red levantou a mão e arrancou a lã preta que cobria sua cabeça, revelando a velha cicatriz desenhada no crânio. — Está vendo isso? Você deformou minha cabeça! — Ele deu um passo na direção de Jack e olhou para os outros com uma expressão transtornada. — Esse menino é minha família. Ele aprendeu a lição, não vai mais fazer perguntas. Enfim, ele é tudo que me restou, e você não vai matar o garoto.

As palavras de Red foram recebidas em silêncio.

Jack afundava em um lugar escuro e brilhante, e, quando a luz da consciência começou a retornar, ele ouviu os homens conversando em voz baixa. Sentou, apesar das dores. O homem do dente dourado jogou

Quão bela e brutal é a vida

o machado na neve. Agora, ele empunhava uma arma. Dedo perto do gatilho e cano apontado para Red, que ergueu os braços devagar.

O homem de cartola parecia não ter nenhum interesse nisso. Ele olhava para o vale gelado.

— Isso aqui é bem bonito — disse.

Tirou uma embalagem de chiclete do bolso da camisa, pegou um e o desembrulhou. Pôs o chiclete na boca, abaixou e olhou para Jack. Cheiro de hortelã.

— Está com medo?

— Sim. — Jack olhou para ele e não recuou.

O homem de chapéu moveu a cabeça para cima e para baixo.

— Você é corajoso — disse. — Mesmo com medo, é corajoso.

Pássaros assistiam a tudo das árvores. O homem levantou-se.

— Muito bem. Isso é o melhor que posso fazer. — Ele olhou para Jack mastigando o chiclete. — Vamos deixar o destino decidir.

— Quê? — Red baixou um pouco os braços.

— Deixamos o garoto aqui. Se ele sobreviver, continua vivo.

O vento soprou entre as árvores, frio. Red se comportava como um homem que tinha uma premonição.

— Tira as roupas dele — disse o homem de cartola. — Amarra ele.

O garoto de bandana pôs Jack em pé e arrancou seu casaco e a camisa. Seu rosto era pálido.

— Tira a calça.

Jack balançava. As nuvens de sua respiração subiam para o céu cada vez mais escuro.

Ele abaixou, desamarrou as botas e as tirou.

— Isso não! — Red gritou estridente.

— Cala a boca, Red.

— Ele aprendeu...

— Tira.

Jack desabotoou a calça jeans e a tirou, primeiro uma perna, depois a outra. O menino de máscara de bandana a pegou e a enrolou com o

113

casaco e a camisa. Guardou tudo na bolsa militar. Com o barbante que estava pendurado no galpão, o homem de cartola amarrou as mãos de Jack atrás do corpo. Depois, amarrou seus tornozelos. Bem apertado. Ele ficou ali, tremendo de cueca e meias. O frio passava por ele como vento.

— Ajoelha — ordenou o homem.

Ele caiu de joelhos na neve. Os joelhos formigaram e começaram a adormecer. Olhou para o próprio peito. Subindo, descendo. Batimentos rápidos visíveis um pouco à esquerda do centro.

— Vai escurecer logo. — Red resmungou com a mandíbula tensa.

— Sim. Mas não matamos o garoto. Foi o que você pediu.

— Tem animais.

— O cachorro está na boca do lobo. Não tem como voltar atrás.

— Mas...

— Você conseguiu misericórdia, por enquanto — o homem de cartola anunciou com firmeza. — Não é inteligente colocar isso em risco.

Red olhou para Jack. Ainda estava com os braços levantados, na mira da pistola. Ele desviou o olhar.

— Entrega sua arma para o Ansel — o homem disse a Red.

Red tirou a pistola da parca e a entregou ao garoto de máscara de bandana. Por um momento, Jack quase o tinha esquecido, porque ele era muito quieto. Magro e quieto. Agora conseguia ver como ele era parecido com o homem de cartola...

— Você não vai voltar aqui — o homem disse a Red. — Se voltar, eu mato sua mulher. E mato na sua frente.

Red não olhava para Jack. Ele concordou, balançando a cabeça.

O homem de cartola abaixou-se e aproximou o rosto do de Jack. Bateu de leve no rosto dele.

— Foi bom ser corajoso. Isso foi bom. — Depois levantou-se. — Vamos.

Jack tossiu um fio de sangue. Resmungou alguma coisa, palavras incompletas pelo tremor do corpo.

Quão bela e brutal é a vida

— Eu... Eu vou te pegar... Por isso.

O homem de cartola olhou para ele. Balançou a cabeça em dúvida, como se tivesse ouvido uma pergunta.

— Não. Acho que não vai, não.

Ele virou e deu alguns passos em direção às árvores, onde, atrás delas, as caminhonetes esperavam. Depois parou. Não olhou para trás.

— Ansel — disse. — Tira as meias dele.

Ansel abaixou-se ao lado de Jack e puxou as meias dos pés dele. A bandana tremulou com o vento e com sua respiração. Os olhos dele encontraram os de Jack.

O último lampejo alaranjado de sol mergulhou no horizonte, e agora a noite era quase inteira. Jack ouvia a respiração de Ansel na penumbra. Escuridão e respiração. Sentiu alguma coisa fria e metálica na palma da mão. Primeiro irreconhecível, depois familiar. A mão se fechou em torno dela. A faca.

Os olhos de Jack se ajustaram à escuridão, e a paisagem nevada começou a brilhar azulada e a iluminar as árvores. No alto, as estrelas brilhavam mais intensamente. Ansel já tinha ido se juntar aos outros. Eles caminhavam para as árvores. Red ia com eles.

Red parou, olhou para trás, encarou Jack por um momento. Depois, o homem o empurrou com a pistola, e ele os seguiu para a escuridão.

XVII

Não se preocupe.
Tudo isso aconteceu há muito tempo.
Às vezes, ainda não aconteceu nada disso.

Matty manteve o fogo aceso. Passou o dia todo olhando, e, quando as chamas baixavam, ele punha mais lenha e cutucava a madeira incandescente. Esquentou feijão na brasa e comeu. Construiu uma casa com cartas de UNO. O telefone estava no bolso do casaco. Ele verificou para ter certeza de que estava lá.

A tarde morria. Raios de luz do sol se moviam através de partículas de poeira e sobre o carpete úmido, entrando pelos buracos do telhado, abertos pelo fogo. Ele fez *Batman* voar pela sala e imaginou inimigos para combater. Tentou pegar um rato, mas não conseguiu. O telefone continuava ali, em seu bolso. Ele pensou no que fazer a seguir, abriu a valise e examinou o que havia dentro dela. Quando encontrou o livro de cálculo, ele o abriu e viu o nome e os números escritos na primeira página. Sentou no forte de cobertores segurando o livro.

Ele brincava com os carrinhos. A luz do sol se alongava fraca nas paredes de gesso rachado. O vento sacudia a chaminé e fazia o telhado vibrar.

Quão bela e brutal é a vida

Tinha usado toda a madeira, e estava com frio e com fome. Seria bom se tivesse um amigo com quem jogar UNO, mas não tinha. Ele tirou o telefone do bolso. Fechou os olhos e tentou ouvir alguma coisa na estrada, alguém. Não. Tentou de novo.

Esperou muito tempo. As faixas de sol haviam desaparecido, e fora do pequeno círculo de brasas a casa era invadida por poças de sombras. Ele foi até a porta e a abriu, ficou olhando para a estrada escura. Ninguém se aproximava. Entrou e sentou-se nos cobertores com o telefone na mão. Começou a apertar as teclas.

Quando os homens desapareceram, Jack segurou a faca entre os dedos e abriu a lâmina. Sentia as mãos amortecidas, sem nenhuma sensibilidade, amarradas às costas. Espasmos provocavam tremores incontroláveis, e ele batia os dentes. Era fundamental manter a calma. Ter um plano.

Calma. Não derruba a faca.

Ele começou a cortar o barbante. Bater, cortar, puxar. "Telefona se eu não voltar até escurecer." Quando o barbante em torno dos pulsos se rompeu, ele foi para o que prendia os tornozelos. Peito latejando. Chegariam às caminhonetes em minutos. O que fazer? Tentar detê-los? Esconder-se e deixar que fossem embora? Logo a temperatura cairia ainda mais, cairia muito. Se eles fossem embora, ele morreria, provavelmente.

Detê-los.

Esconder-se.

Qualquer opção era horrível.

O barbante se rompeu. Ele levantou-se e caiu na neve. Tonto. Não sentia as pernas. Sua força parecia escorrer, como correntes de água gelada sob um rio congelado, correndo para o fundo, para a profundeza escura. Acima de tudo, tinha medo do torpor na cabeça, que o consumia. *Pensa.*

Detê-los é melhor que se esconder, porque talvez sobreviva.

Detenha os caras, então.

Com uma caminhonete, poderia voltar para Matty.

Um uivo feroz varreu a escuridão e o pôs em pé, cambaleando. Um coiote ou um lobo. Ele olhou para as árvores com o olho bom, faca na mão, tremendo. Galhos negros. Farfalhar do vento. O pulso esquerdo pingava sangue de onde ele devia ter se cortado. Como os faria parar? Como?

Traga-os de volta. Talvez.

Para verificar o trailer.

Cambaleante, ele andou pela neve descalço em direção ao trailer e abriu a porta. Tosse, esforço para respirar. Na penumbra, a mão errante encontrou o puxador de uma gaveta da cozinha e a abriu. Vasculhando, os dedos se fecharam em torno do que ele queria: o acendedor. Quando ele girou um botão do fogão, o gás estalou uma vez, estalou duas, e virou chama. Cheiro azedo de propano. Na cama, ele enfiou a faca no colchão podre, rasgou o tecido, arrancou um punhado do enchimento. Estava seco, pegaria fogo. De volta ao fogão, formou um pavio de alguns centímetros de comprimento e o esticou em cima da bancada, foi esticando para longe do queimador. Faca: dobra, encaixa no elástico da cueca. Ele posicionou o polegar trêmulo sobre o acendedor. *Prepare-se. Vai ter que correr.*

Lá fora, um motor roncou.

Segurando o acendedor, ele apertou e apertou de novo, até uma chama surgir. Acendeu o pavio, afastou-se do fogão, virou, ziguezagueou para a porta.

Três passos do lado de fora, e o trailer explodiu. Jack foi arremessado no ar e caiu no chão coberto de neve. O ar foi expelido dos pulmões com o impacto da queda. Um grande estrondo, e o céu escuro foi rasgado por chamas cor de laranja. Um zumbido contínuo apita em seus ouvidos. Um instante depois, o calor o alcança.

Ele fica em pé, tomba para a frente e cai. Tenta respirar. Sons altos ficaram distantes, de repente. Seu corpo... Acabado. Não conseguia senti-lo.

Quão bela e brutal é a vida

Cambaleando, buscou a segurança das árvores sentindo o calor na pele, enquanto uma coluna de fogo se erguia do trailer em chamas. No limite da clareira e das árvores, ele abaixou-se na neve, refugiado entre os pinheiros. Uma toca escura. Ele se espremeu embaixo dos galhos, rastejou, arranhou a pele, escondeu-se bem. O rugido do fogo. Pés dormentes. Lembrou e procurou a faca na cintura, abriu a lâmina.

Calma, fica calmo.

O cheiro característico de propano, mistura de fuligem e ovos podres, espalhou-se pela área. Ele limpou o sangue do olho bom e olhou para fora do esconderijo. Grandes chamas se erguiam do trailer e dançavam ao vento, a fumaça se espalhava acima da copa das árvores. Ele continuava encolhido na escuridão.

Eles voltariam, certamente.

Nem que fosse só por curiosidade.

Segundos se passaram. Ele observava a abertura entre as árvores, por onde Red e os outros tinham ido embora. Respiração superficial. Escuridão. Vento.

Nada.

Não ouvia o motor das caminhonetes.

Engraçado. Não sentia mais frio...

Alguma coisa ganiu ali perto. Ele levantou a cabeça, olhou para a escuridão. Ouviu.

Caminhar rápido de patas na neve. Depois um ganido, um ruído lupino. O peito de Jack começou a doer. A faca continuava em sua mão, a lâmina cintilava. A luz do fogo tremulava entre as árvores. Ali, entre os galhos... Conseguia ver o pelo cinza interrompendo a escuridão. Depois uma pata. Fina, com tendões esguios. Pisando leve.

Um lobo.

A luz tremulou entre os pinheiros, e a pata desapareceu. "Isso não é real", Jack pensou. "Está machucado. Está vendo coisas. Só isso."

Mas os passos se aproximavam.

Até que pararam. A cinco metros de distância. Talvez menos. Jack se encolheu mais. A coluna formigava. Os dedos apertavam a faca.

Você perdeu. Você perdeu.

Neste momento, outro barulho: vozes. Sussurros transportados pelo ar gelado, claros como unhas na lousa.

É isso. Morderam a isca.

O sorriso abriu a ferida no lábio, e ele se encolheu de dor. De onde estava, olhou para a abertura da clareira a uns quarenta metros dele. O trailer ardia, o fogo o reduzia a um esqueleto. O galpão à direita. Caminhonetes à esquerda entre as árvores. Lobo em algum lugar próximo. A luz do fogo piscou pra ele. Ali à esquerda, ele viu silhuetas. Duas sombras borradas contra a noite.

Não se mexa.

Eles não viram você.

As silhuetas se dividiram. Uma foi pela linha das árvores à esquerda. A outra seguiu para a direita. Bem na frente daquela sombra havia o contorno escuro de uma arma. Teria que...

De repente, a cabeça de Jack fez algo estranho: ele sentiu as engrenagens do pensamento se desprendendo, ficando soltas e instáveis, e o mundo ondulou diante de seus olhos, até ele fechar o olho bom e apoiar a cabeça no tronco de uma árvore. Náusea. Ânsia. Uma sensação de girar e cair. Se a silhueta que se aproximava enxergasse pele humana, a arma entraria em ação.

Ele abriu o olho. *Fica preparado, então.* O problema era correr com as pernas fracas, trapaceiras. Agora que a silhueta estava mais próxima, Jack conseguia ver o brilho dourado dos dentes. A linha escura do cano da arma. *Fica preparado, então.*

O homem parou perto da linha dos pinheiros e olhou para o bosque. Pinhas pontiagudas. Uma densa massa preta. Jack preparou a faca, trêmula, que cintilava com tanta intensidade, brilhava, apagava, brilhava, apagava de novo.

Agora ele vai ver.

Alguma coisa estalou atrás dele. Cuidado. O estalo de um graveto ou galho de árvore. O lobo? Os cabelos de Jack ficaram em pé, e o homem virou, tentando decifrar a origem do ruído na escuridão.

Agora.

Jack saltou do meio dos galhos arranhando a pele, fazendo estrago. Atordoado, ensanguentado, enlouquecido. Explodiu na clareira, atacou, se chocou contra o homem com uma força que jogou os dois no chão, na neve. Jack atacou com a faca, e o homem grunhiu. O outro gritava. As pernas de Jack se fortaleceram. De repente, ele corria, o fogo aquecendo seu lado direito. Silêncio, exceto por uma curiosa percussão no ar, perto de sua cabeça. Alguém atirando. Ele corria em zigue-zague entre as árvores. Avançava pela neve. Para a estrada. Estavam correndo atrás dele. Uns vinte metros de distância, pelo menos. Gritando, correndo pela floresta.

A segunda bala passou raspando e pegou um pedaço de pele de um lado do corpo de Jack. De novo, o ruído fraco, aéreo. Ele corria como um cavalo assustado, não sentia dor, continuava correndo. Virou à esquerda contornando uma árvore grande e passou por baixo do galho. Já podia ver a caminhonete.

Uma caminhonete. Red tinha ido embora.

Ele escorregou no solo irregular e bateu em uma caminhonete. Era um SUV, Bronco. O homem que o perseguia se aproximava.

Abre a porta. Entra. Chave na ignição. Gira.

O motor pegou.

Ele acendeu os faróis. Uma escuridão mansa se espalhava em sua cabeça. Segurando o volante com força, Jack engatou a marcha e pisou fundo no acelerador. Os pneus cuspiram neve.

Plinc!

A bala acertou metal em algum lugar. E, de repente, ele avançava, ganhava velocidade, derrapava e deslizava pela estrada para dentro de uma boca escura.

XVIII

Começar e parar. Retroceder.

Imagino que esteja preocupado com Jack. Matty também estava. É estranho como, às vezes, você não reconhece os momentos que mudam sua vida assim que eles acontecem. Só os identifica quando olha para trás.

A seguir, a terceira vez que vi Jack. Há muito tempo, eu disse que foram cinco.

A terceira de cinco.
Ou talvez, para você, a segunda de cinco, ou a quarta de dez.
Depende de para onde você vai.
Onde está.
Ou quantas vezes esteve.

Ele limpava uma substância congelada do olho machucado e rasgava a estrada coberta de neve a caminho do vale. Céu escuro. Passagem do tempo incerta. Segundos ou horas. Tremor. Mesmo com o aquecedor ligado na potência máxima. Começava a sentir a febre.

Vai, Jack. Aguenta só mais um pouco.

A alguns quilômetros de Jack, o motor gemeu baixinho e tossiu. Depois morreu. Jack virou o volante para tirar o Bronco da estrada e

Quão bela e brutal é a vida

levá-lo para o acostamento, antes de ela parar. Girou a chave na ignição para desligar tudo. Em sua cabeça, ouviu o *plinc* da bala. Era isso. O tiro tinha acertado o tanque de combustível.

Faróis abriam buracos na escuridão diante dele.

Ele olhou pelo retrovisor, tentou ouvir. O sangue pulsava nos ouvidos. Nenhum barulho de motor atrás dele, nenhuma luz. Não tinha como saber se havia sinal de celular na área do trailer. Não tinha como saber com que rapidez conseguiriam vir atrás dele. Tinham chamado Red? Estavam ali fora em algum lugar, esperando ele cair na armadilha? A faca estava em sua mão, não a soltava. Com a luz verde e fraca do painel, viu a ponta suja de sangue.

Você tem que se mexer, pensou.

Acendeu a luz interna. Suas roupas estavam no banco do passageiro. Casaco. Camisa. Jeans. Botas. Ele piscou e olhou de novo. Sim, estavam ali. Em cima do banco, como que por milagre. Vestiu todas as peças. Agora tremia violentamente. Boca seca. Faca dobrada e no bolso do casaco. Ele vasculhou o porta-luvas e o assoalho embaixo dos bancos, mas não encontrou nenhuma arma.

Nem comida. Nem um gole de água. Seu sangue sujava o volante.

Depressa.

Ele abriu a porta do Bronco e pisou na neve. Quando ficou em pé, todas as dores se ampliaram e deram origem a novas dores por todo o corpo. Apoiou-se à caminhonete e contou lentamente em pensamento até perceber uma leve diminuição das dores. Gosto de suor nos lábios. Luz fraca no interior da caminhonete. Olhou para o espaço de carga entre os assentos. Tinha alguma coisa ali, em cima de uma lona.

O machado.

Ele levantou a alavanca para abaixar o encosto do banco da frente e esticou o braço para puxar o machado para fora. A agonia o deixou sem ar. Ele esperou, segurou a lateral da caminhonete. Contou até cinco. A casa velha onde havia deixado Matty ficava a leste, do outro lado de um campo. Matty ainda estava lá. Tinha que estar. Jack se recusava a pensar em outra coisa.

"Telefona se eu não voltar até escurecer."

Ele cambaleou pelo campo, arrastando o machado em uma das mãos. Arrastando-se. Embaixo da neve, vegetação irregular. Talvez tenha sido uma plantação de batatas. Ele estendeu a outra mão para a frente. O mundo continuava balançando, até que ele fechou o olho inchado. Mal conseguia ver a mão diante dele. Luzes distantes de uma casa sobre aquela colina. Árvores balançadas pelo vento ao sul. Matty a leste. Ele caiu de joelhos.

O machado era pesado demais. Ele o soltou e esperou a terra voltar a firmar sob suas pernas. A neve voltava a ficar visível, a plantação morta embaixo dela, as luzes distantes da casa. Uma sensação pesada no corpo com a qual se preocuparia mais tarde.

Sopro de vento. Silêncio.

Ele se concentrou. *Levanta. Olha para trás.*

Escuridão.

Anda.

Movimentos lentos. Precisava beber alguma coisa.

Não come a neve. Só vai fazer você sentir mais frio.

Quando chegou à casa onde tinha deixado Matty, ele parou, balançou. Estreitou os olhos. Ali. Entre aquelas ruínas e restos de paredes. Um fogo fraco podia brilhar. *Meu Deus, por favor.* Na porta, ele ouviu um som intrigante: uma melodia muito suave.

Uma voz cantava baixinho.

Ele segurou a maçaneta. Sentiu a garganta quente. Sufocou a tosse.

Imediatamente, a cantoria parou e ele ouviu:

— Shhh!

Passos se aproximaram e a porta se abriu. O ar morno transbordou, e Matty apareceu diante dele. Banhado em fogo, enrolado em cobertores. Falando, puxando a mão dele. Seguro.

— Sabia que você ia voltar. Eu sabia.

Jack sentiu cheiro de batata frita.

— Eu sei que você mandou — Matty abraçou Jack e continuou falando —, mas não telefonei para a Sra. Browning. Desculpa.

Quão bela e brutal é a vida

Jack não arriscou sua energia em uma resposta. A cada batimento do coração vinha uma sensação de desligamento. Uma cortina preta caindo. Ele entrou e parou.

A menina da escola estava ao lado do fogo, olhando para ele. Parecia chocada, sem fala, como se visse uma cena de horror.

Ava.

— Eu telefonei para ela — disse Matty. — Peguei o número no livro de matemática.

Jack tentou processar a informação.

— Seu rosto está machucado — Matty disse.

Jack levou a mão à testa. Ava o observava com uma expressão de alarme e desconfiança. Sobre a lareira atrás dela, havia uma panela de batatas fritas. Cheiro de manteiga. Tinha um caixote de comida no chão. Laranjas, maçãs, presunto enlatado, macarrão com queijo, biscoitos. Um galão de água, pratos de papel.

— Está sangrando — continuou Matty.

Jack olhou para si mesmo, vagamente consciente da aparência imunda. O sangue manchava um lado do casaco. Cortes escuros cobriam o pulso esquerdo. Ele olhou para Matty.

— Está tudo bem — respondeu.

Ava o encarou por um momento, parecia chocada. Depois se aproximou dele e segurou sua mão.

— Vem, senta.

Ele deu alguns passos trôpegos e caiu de costas nos cobertores.

— Jack? — Matty chamou com voz trêmula.

Ela abaixou e encostou a mão na testa de Jack.

— Está com febre, e é alta. Precisamos baixar sua temperatura.

— Água — ele disse.

Ela pegou um copo e aproximou a água fresca de seus lábios, e Jack bebeu com avidez. Depois, ela tirou seu casaco e viu o rastro de sangue se espalhando na camisa, o corte na testa. Os olhos encontraram os dele.

— Você precisa de um médico.

— Não — Jack respondeu.

— Posso te levar de carro...

— Falei que não.

O som de Matty choramingando atravessou a sala.

— Preciso de água fria e uma vasilha — Ava falou para Matty. — Depressa.

Matty foi buscar o que ela pediu. Com todo o cuidado, ela tirou a camisa de Jack. Jack sentiu que áreas de sua pele se descolavam do tecido e virou-se pra vomitar. Ela segurou sua testa, enquanto ele vomitava água na vasilha. Quando ele terminou, ela o ajudou a deitar-se nos cobertores. Enquanto ele tremia, Ava segurava uma compressa fria contra sua testa. Ele estava espalhando sangue por todos os lados.

— Desculpa — disse Jack.

— Tudo bem.

— Não vai a lugar nenhum?

— Não. Não vou.

Jack sentia que a visão afunilava. Não conseguia manter os olhos abertos.

— Vem aqui me ajudar a tirar as roupas dele — Ava pediu. — Depressa.

Os sonhos chegaram lentos, precisos e quentes de suor. Na cabeça de Jack, ele acordava no escuro e não conseguia encontrar Matty. Sentava, afastava as cobertas e não o via, repetia o nome de Matty muitas vezes, mas ninguém respondia. Nenhum vento. O ar tão frio, que roubava seu fôlego. Ele foi até a porta e a abriu para a noite negra e sem sons, e viu pegadas de botas na neve. O rastro se afastava da casa e atravessava um banco de neve azulado e brilhante, até desaparecer no nada. *Você não trancou a porta*, pensou. *Você dormiu e não trancou a porta. Eles vieram e o levaram, e você não o manteve em segurança, e ele está por aí em algum lugar, no escuro. Ele está no frio.*

Muito bem, então.

É melhor levantar-se e ir procurá-lo.

Ele sentou-se e empurrou o cobertor. A dor o invadiu. Tinha um curativo sobre suas costelas. As roupas haviam desaparecido. Ele olhou em volta, tentando encontrá-las.

Ava estava sentada ao lado do fogo, olhando para ele. Ela levantou-se e sussurrou:

— Deita.

— Tenho que ir.

— Ah. — O rosto de Ava estava corado. — Eu posso te ajudar lá fora...

Ele balançou a cabeça, constrangido.

— Não é isso. Tenho que ir procurar o Matty.

Ela se aproximou, sentou ao seu lado, apoiou a mão aberta em seu peito e o empurrou de volta para os cobertores.

— Está tudo bem. Deita.

— Meu irmão...

— Shhh. Ele está bem ao seu lado.

Então Jack o sentiu ali. Encolhido de lado, respirando tranquilamente. Bem ali. Dormindo como uma pedra.

Fechou os olhos e tentou pensar em alguma coisa para dizer à garota que estava tão séria sentada ao seu lado, que o viu todo machucado e cheio de cortes. Sentia um olho fechado pelo inchaço. Estava encharcado de suor. Abriu um pouco o olho bom, e Ava levantou sua cabeça, pôs dois comprimidos sobre sua língua e aproximou um copo de água de seus lábios.

— Antibiótico. Engole.

A sala começou a rodar. Ele deitou sobre os cobertores com Matty ali perto, enquanto Ava desaparecia em um borrão de cor pálida, deixou a mente vagar. Teria que encontrar um novo lugar. Bem longe dali. Não encontrariam um lugar seguro. Arrumaria tudo de manhã. Levaria a valise, os brinquedos de Matty. Martelo, coisas. Coisas de cozinha.

A garota vai ter que ir embora.

— Vamos encontrar um lugar legal — ele disse a Matty, ou não disse. — Você vai ver.

Ele dormiu e acordou algumas vezes, em ciclos de queda da febre, sonhando com machados arremessados contra a cabeça dolorida. Red se debruçava sobre ele. Voz do homem de cartola, a qual dizia que era bom ser corajoso. Frio horrível... E correr com os pés em carne viva... Um lobo mordendo o ar com os dentes brancos...

"Você vai ver. Vamos ter até um cachorro"

A garota aproximou-se dele quando ainda estava escuro e o fez beber goles de água com açúcar. O calor o invadia, e quando a água chegava ao estômago, os músculos ressentidos se contraíam, protestando. Ela o segurava enquanto ele tremia. Eles podiam ter encontrado a caminhonete e seguido suas pegadas na neve.

— Tranca a porta — ele disse.

Ela respondeu alguma coisa, mas um sono superficial o dominou e se aprofundou, enquanto lembranças transbordavam das veias para aparecer na mente. O corpo da mãe balançando, pendurado no ventilador de teto, um pé sem chinelo. *Ela está embaixo de toda aquela neve... Porque se matou e você a enterrou, e não há mais nada a dizer sobre isso.*

O vento soprava lá fora e balançava as toalhas pregadas à moldura da janela.

A noite terminou em fragmentos.

XIX

Sejamos claros.
Não confio em ninguém.
Não levo nada para o coração.

Ao amanhecer, Jack acordou com Ava trocando seu curativo. Lavando a região onde a bala tinha arrancado a pele. Ela estava de cabeça baixa, com um olhar preocupado. A testa franzida em concentração. Usava o casaco verde desabotoado e, embaixo dele, alguma coisa branca. O cabelo era uma confusão. A luz em torno de sua cabeça parecia uma coroa. Mechas rebeldes brilhavam à luz do fogo. Ela olhou para ele.

— O sangramento não para.

— Estou me sentindo bem.

— Está se sentindo bem? Bom, parece péssimo.

Isso o fez sorrir. Ela parecia brava. Obstinada. Talvez as duas coisas.

— Precisa de pontos — ela disse. — Ou de alguma outra coisa. Nem sei o quê.

Ele parou de sorrir e balançou a cabeça, depois se encolheu quando o olho machucado latejou.

— Não vou a médico nenhum.

Ela o encarou, desafiadora. Seus olhos cor de avelã eram radiantes à luz do fogo.

Cory Anderson

— E o que eu faço com Matty se você morrer? — ela perguntou.

— Não vou morrer.

— Sério? — Ela levantou as mãos. Estavam sujas de sangue.

— Não vou.

— Você está com febre.

— Não posso ir, Ava.

Ela o observou em silêncio por vários segundos.

— Muito bem — disse finalmente. — Vai beber mais água. Comer alguma coisa. Se conseguir segurar no estômago, você fica. Se não, vai para o hospital. Eu mesma te arrasto até o carro.

Ele tentou dar uma resposta engraçadinha, mas a cabeça começou a doer de novo. O sono o dominou e o puxou para o escuro sedutor, onde o tempo não tinha que ser vivido inteiramente.

O escuro perdeu intensidade e uma voz o penetrou. Ouvia um rangido. Depois sentiu a mão sacudindo seu ombro. Abriu os olhos e viu Matty ao lado dele, com uma tigela de cereal sobre as pernas cruzadas, levantando uma colher de plástico.

— Ela trouxe leite — Matty contou, mastigando. — Cereal. Fez panquecas para você. Quer panquecas? Falei para ela que você gosta, mas só se tiver calda. Ela disse que não tem calda, mas fez as panquecas assim mesmo. Quer panquecas ou cereal?

Jack se sentou. Ficou sentado no forte de cobertores. Uma mancha de sangue do tamanho de sua mão no cobertor, embaixo dele. Na lareira, o fogo se alimentava de lenha nova e água fervia em uma panela. A caixa de cereal estava no chão ao lado de Matty. Ao lado dela havia um prato com maçãs fatiadas. Panquecas. Um copo de água.

— Ela falou que você tinha que comer quando acordasse.

Jack pegou o copo de plástico e bebeu. Comeu um pedaço de maçã. Engoliu com esforço. Sentia-se destruído. O curativo sobre as costelas estava molhado, e a pele em torno dele tinha mudado de cor. Roxo, verde. Ele pegou Matty olhando para ele.

Quão bela e brutal é a vida

— Está tudo bem — disse.

— Você parece mal.

— Não estou.

— Isso dói?

— Dói. — Ele confirma, balançando a cabeça.

— O que aconteceu?

— Só eu sendo burro. Pode pegar umas roupas para mim?

Jack pensou em Ava tirando suas roupas. Depois tentou não pensar nisso.

Matty deixou a tigela no chão, pulou do cobertor e foi pegar as roupas de uma pilha ao lado da valise. Ele levou a pilha para Jack. Camiseta, calça de pijama, meias.

Então... Ava olhou a valise.

— Pode me ajudar? — Jack pediu.

Matty empurrou a calça de pijama pelas pernas de Jack, uma de cada vez, depois Jack se levantou do cobertor para Matty conseguir fazê-la passar pelo quadril.

Não confiava nas pernas o bastante para ficar em pé. Quando terminaram, ele se sentou com a cabeça caída sobre o peito, respirando devagar. Uma vez, duas.

Meio vestido. Que grande conquista.

Você espera a vida toda, finalmente conhece uma garota, e sua aparência é esta?

Estava quase perguntando onde ela estava, quando a porta do fundo abriu e ela entrou na cozinha carregando uma sacola de mercado. Olhou para ele, para o copo vazio. Jack pegou uma panqueca e mordeu. O estômago protestou, mas ele engoliu. Ela puxou a panela das brasas pelo cabo e a deixou de lado. Não disse uma palavra a ele.

— Estou comendo — ele falou. — E bebendo.

Não vai vomitar, pensou. *Não vai vomitar.*

Ela se aproximou dele, abaixou-se e deslizou os dedos pela parte interna de seu pulso. Os raios matinais criavam reflexos em seu cabelo. Nos cílios. Na pele. A veia pulsando sob seus dedos.

131

Ela o estudou por um momento. Intrigada. Depois abriu a sacola, estendeu uma toalha no chão e pôs tudo em cima dela. Bolas de algodão, esparadrapo e gaze. Pinça. Seringa, tesoura. Agulha e fio de sutura. Um frasquinho de vidro. Embalagem de Betadine. Ela examinou tudo isso com uma atitude determinada.

Depois de um momento, levantou-se.

— Vamos acabar logo com isso.

— Onde conseguiu tudo isso? — Jack sentiu que as entranhas amoleciam, saltavam para a garganta.

— Meu pai.

— Seu pai é dono de farmácia?

— Ele mantém essas coisas à mão. — Ela desviou o olhar.

— O que disse a ele?

— Nada. Ele não sabe que peguei. Não sou idiota.

— E onde seu pai pensa que você está?

— Ele não sabe de nada. Deixa que eu me preocupo com isso.

Eles se encararam.

Fogo. Calor seco.

— O que Matty falou, aliás? — Jack perguntou.

— O suficiente para saber que você precisa de ajuda.

Ela cruzou os braços, adotou um ar firme. Parecia estar sofrendo pressão de uma lâmina afiada.

— É isso, ou você vai ao médico — disse. — A escolha é sua.

Durante todo esse tempo, Matty ouvia, interessado.

— O que está acontecendo?

A cabeça de Jack doía. De um lado do corpo, sentia o sangue quente pulsando de lugares machucados logo abaixo da pele. Isso era loucura. Idiotice. Mas, em alguma parte lúcida do cérebro, sabia que era inevitável.

— Não quero que ele veja. — Jack disse a Ava.

— Ver o quê? — Matty perguntou.

Ava reuniu os carrinhos e os levou para Matty. Abaixou-se e o encarou.

Quão bela e brutal é a vida

— Jack precisa da minha ajuda para melhorar, mas vai doer um pouco. Ele não quer que você veja isso. Então, acho melhor ir brincar com seus carrinhos perto do piano. Só tem uma regra. Enquanto eu estiver ajudando o Jack, você não pode se aproximar. Combinado?

Matty deixou os ombros caírem. Depois respirou fundo. Flexionou as pernas e segurou os joelhos.

— Pode dizer meu nome, se precisar de mim.

— Boa ideia. — Jack concordou balançando a cabeça. — Se ela disser seu nome, você vem. Mas só se ela disser seu nome.

— Mas... — O lábio de Matty tremeu. — Quero ficar com você.

Jack sentiu um lado do corpo úmido. O curativo. Ensopado. Ele virou e vomitou um pouco de água, maçã e panqueca. Não conseguiu nem chegar à vasilha. Caiu deitado no cobertor, furioso, tomado por uma frustração inexprimível.

— Faz o que estamos dizendo, droga. — Ele falou, zangado. — Vai.

Matty levantou-se e afastou-se.

Os olhos de Jack começaram a arder. Ficaram turvos.

Ava ajudou Matty a se acomodar do outro lado do piano. Prato de biscoitos, carrinhos e as cartas de UNO. Jack ouviu quando ela o tranquilizou. Depois, ela se aproximou da lareira, pegou a panela com água e voltou para perto de Jack. Tirou a tampa da embalagem de Betadine e lavou as mãos. Cheiro de antisséptico. Depois removeu o curativo. Com cuidado, sem falar, começou a espalhar água sobre a ferida com uma toalhinha.

Dor, dor lancinante. Jack se contorceu no cobertor, gemeu.

Ouviu Matty respirar fundo.

Como um balão que a mão deixa escapar, sentiu o corpo flutuar para cima, perder peso, e foi subindo, livre de gravidade, saindo dos cobertores sujos e flutuando para um lugar distante.

XX

Uma vez, vi um veado ser atingido por três flechas e continuar vivo. Ele demorou um dia inteiro para morrer. Eu o segui. Perdi o veado de vista por um tempo, mas depois o encontrei de novo, o segui até o fundo da floresta, mais fundo do que jamais tinha estado. Àquela altura, ele estava mais fraco, por causa das flechas lançadas pelo caçador. De perto, estava mais ferido do que parecia, de início, e coberto de sangue derramado na batalha que travara.

Quando finalmente caiu, eu me aproximei e ajoelhei ao lado dele. Seu pelo estava grudado, quente e escorregadio, e as costelas subiam e desciam. Longas orelhas e chifres de veludo. Ele piscou e olhou para mim. Cílios escuros, olhos marrons e mansos. Pus a mão em seu pescoço. Fiquei ali olhando dentro daqueles olhos até a última luz se apagar neles e as costelas pararem de se mexer. Então, eu me levantei e fui para casa.

Penso naquele veado.

Eu o vejo o tempo todo.

Ava seca a pele com cuidado e estuda o ferimento. Sangue claro vazando da carne rasgada. Pequenos pedaços de pano e sujeira presos ao tecido da pele. Um pedaço de osso de costela à vista. Ela pega o Betadine e vira o frasco sobre o ferimento. Jack não se mexe. Ela pega a pinça e começa a trabalhar, removendo sujeira com gaze, limpando o sangue.

Trabalhando depressa. Linha na agulha e pontos. Devagar, firme. Calma. *Como ele te ensinou.*

Quando termina, ela seca a área e abre pacotes de gaze, que dispõe sobre o ferimento e prende com esparadrapo. Rasga a embalagem de proteção da seringa e enfia a agulha no frasco de amoxicilina, puxa o êmbolo até encher a seringa. Depois espeta a agulha no tecido mais gorduroso que consegue encontrar perto do ferimento e empurra o êmbolo devagar. Suas mãos não tremem.

Com uma compressa fria, ela seca o suor da testa de Jack e limpa o sangue que estava em torno do curativo. Limpa os cobertores da melhor maneira possível. Depois só olha para ele. O cabelo colado à testa. O peito magro subindo e descendo, o ventre dividido pelas ondas das costelas. O olho inchado parece um pouco melhor.

Não há mais nada a ser feito. Ele podia dormir. Era isso de que mais precisava. Sono. E líquidos. O que mais? Dar uma olhada em Matty, verificar a porta. Encher um copo com água para quando ele acordar. Mais antibiótico em quatro horas.

Ela desinfeta as mãos novamente e põe tudo no saco de papel. Vai ver como está Matty. Os carrinhos estão no colo dele, abandonados, e os biscoitos ao lado dele, esquecidos. Seus olhos estão vermelhos. Ele os esfrega com a mão.

— Acabou — ela diz.

Matty assente.

— Lamento que isso tenha acontecido. — Ela abaixa-se ao lado dele.

— Eu sei — ele diz.

— Quer brincar de carrinho comigo?

— Está tudo bem, só quero ficar quieto um pouco.

Ela vai buscar um copo de leite para ele. Verifica o fogo. A porta. Enche o copo. Quando não consegue pensar em nenhuma outra tarefa, senta-se perto de Jack. Olha para ele. Deitado ali tão quieto. Pálido e inchado, machucado em quase todos os lugares. Agora, ela começa a tremer.

Segura a mão dele e afaga. Ele não responde.

Começa a nevar. Flocos brancos caem do céu escuro dentro da casa, passando pelos buracos no telhado, brilhando de um jeito estranho à luz pálida do sol. Sereno.

Ela fica sentada com a mão dele no colo.

Bardem estacionou embaixo das árvores a uns quinhentos metros da casa de Llewyn Dahl e abriu a janela. Era fim da manhã. O ar gelado soprava do rio. Um vento leve. Ele apoiou o cotovelo na janela aberta e examinou a casa com um binóculo potente. Fumaça na chaminé. Caminhonete no quintal. A maioria chamava Llewyn pelo apelido, Red.

Bardem girou lentamente o círculo do binóculo, focando os barris. As lentes mostraram um segundo veículo. Um Caprice vermelho.

Ele desceu do Land Rover e pendurou o interceptador da polícia no cinto. Pendurou no ombro a alça de couro do rifle Winchester Modelo 70, com ação de ferrolho. Ele carregava os próprios acessórios: um receptor retificado, pinos novos no gatilho e trava do ferrolho para remover a folga. Uma mira Leupold Mark 4 LR/T sobre rolamentos de aço. O rifle era compartimentado em .30-06 e atirava em um ângulo vertical de menos de um minuto com balas de 168 grãos a mil metros.

Quando chegou a um pequeno bosque, abaixou-se e estudou a casa pelo binóculo. Porta da frente, possível saída pelos fundos. Localização das janelas. Um veado sem a pele girando com um brilho de gordura pendurado em uma árvore ao lado da casa. Um cachorro no quintal.

O celular vibrou no bolso do casaco. Ele olhou para a tela e apertou um botão.

— Devia ter ligado ontem à noite.

— Desculpa. Fiquei ocupada com a lição de casa.

Bardem esperou.

— Está aí? — Ava perguntou.

— Sim. Achei que ainda tinha mais alguma coisa para falar. Uma explicação melhor.

Ela não respondeu. Depois disse:

— Desculpa.

— Não precisa se desculpar. Faça o que eu digo que deve fazer.

— Eu sei.

— As regras existem porque quero garantir sua segurança.

— Eu sei.

Bardem olhou pelo binóculo. A neve tinha sido removida da varanda naquela manhã.

Nenhum movimento.

— Sara me convidou para dormir aqui mais uma noite — disse Ava. — A mãe dela está aqui. Estamos fazendo a lição de casa e vendo filmes.

Bardem sentou-se sobre os calcanhares, estudando a casa.

— A mãe da Sara é divorciada?

— Sim.

— Sara tem irmãos?

— Não. Já falei que não.

— Sempre quero saber onde você está.

— Eu sei. Sei o quanto se preocupa.

— Você é minha filha.

Ele ouviu o barulho do motor antes de ver a Ford F-150. Preto, placas de concessionária. Abaixado, com o rifle encaixado na cintura, examinou a caminhonete pelo binóculo quando ela passou. Dois homens na cabine.

— Tudo bem — disse. — Se ligar, quero que atenda o telefone.

— Vou atender.

Ele desligou o celular e acompanhou o veículo que se aproximava da casa de Red. Os homens desceram. Nada de Jack Dahl. Eles bateram na porta, e uma mulher loira os deixou entrar.

Ele ligou o receptador no volume baixo e ficou ouvindo. Chupou uma laranja. Uma hora virou duas.

A transmissão entrou justamente quando a porta da frente da casa foi aberta. Alguma coisa sobre um veículo abandonado. Ele aumentou o volume. O veículo era uma caminhonete quatro por quatro. Encontraram sangue na cabine.

Red e três homens saíam da casa. Um deles era mais jovem. Cabelo preto. Bardem baixou o apoio duplo do rifle do antebraço, apontando o cano para as silhuetas distantes. Deitou de bruços atrás do rifle e encostou o cabo no ombro. Olhou através da mira. Respirando tranquilamente, soltou a trave de segurança.

Jack Dahl não estava com Red.

A primeira bala de ponta oca levou um segundo para chegar lá, e a segunda demorou o dobro do tempo. Ele inspirou e encaixou os homens na mira. Estavam em pé, olhando um para o outro e para o cachorro morto no chão.

Em seguida correram para a casa. O ruído alto do tiro de fuzil ecoando na neve. A segunda bala de Bardem atravessou a cartola do velho e a arrancou de sua cabeça.

Bardem voltou ao Land Rover e foi embora.

Doyle parou no acostamento coberto de neve, atrás da viatura de Midge, desligou o motor e desceu. Andou pela beirada da estrada, estudando o veículo abandonado: um Bronco reconstruído com suspensão elevada e pneus off-road.

— Parece que temos um veículo de guerra aqui.

— Sim, senhor — respondeu Midge. — Um verdadeiro guerreiro da estrada. Não toquei em nada no interior.

— Conhece esta caminhonete?

— Nunca a tinha visto.

— Nem eu. E não é do tipo que se esquece fácil.

— Acho que não.

— Imagino que já tenha verificado. — Ele acenou com a cabeça indicando as placas.

— Sim. Placa fria.

— Bom, vamos dar uma olhada.

Quão bela e brutal é a vida

Ele calçou as luvas e abriu a porta do lado do motorista, olhou o assento. Manchas de sangue, algumas já secas.

O volante estava coberto de sangue. Chaves na ignição. Ele estendeu o braço e ligou o motor. O ponteiro do combustível apontava para o vazio.

— Alguém teve um dia ruim.

— E uma noite ruim também, aposto.

Doyle olhou para Midge.

— O pessoal que telefonou mora mais para a frente — disse Midge. — Acho que viram a caminhonete parada aqui há um dia.

— Um dia.

— Isso significa que ela parou um dia depois de Frisby ter sido encontrado morto.

— Isso mesmo — Doyle disse, assentindo.

Ele abaixou o encosto do banco e examinou o assoalho. Alguns cartuchos de balas. Nove milímetros. Alguns cartuchos de .45 ACP embaixo do banco. Ele fechou a porta. Tinha sangue na lateral da caminhonete. Uma impressão digital seca.

— Acha que isso tem a ver com Frisby? — Midge perguntou.

— Ainda não acho nada.

Uma lona azul cobria o espaço de carga na traseira. Doyle a afastou. Havia uma camada fina de pó branco na carroceria. Ele deslizou o dedo dentro da luva pela carroceria e o apontou para o sol.

— Acho que carregaram metanfetamina nessa caminhonete.

— Como você sabe? — Midge levantou as sobrancelhas.

— Agora estou achando alguma coisa.

Midge fez uma anotação no livro e examinou a carroceria.

— Talvez estejamos diante de uma transação do tráfico que não deu certo. Acha que pode ser isso?

— Talvez. Ou pode ser outra coisa.

O ponteiro indicando falta de combustível o incomodava. Ele abaixou e olhou o tanque.

— Alguém atirou nesta caminhonete. Tiro de rifle, pelo jeito.

Cory Anderson

— Caminhonete alvejada pode significar um motorista ferido —
Midge sugeriu.

Doyle levantou-se. Não gostava do rumo que essa história estava
tomando.

— Para onde acha que foi o motorista? — Midge perguntou.

— Nem imagino. Pode ter chamado alguém, pelo que sabemos.

Ele abaixou-se ao lado da porta do motorista e examinou o chão.
A neve recente devia ter uns oito centímetros de profundidade. Não
havia pegadas. Ele varreu a neve com os dedos e encontrou uma área
manchada de vermelho. Moveu-se um pouco sem se levantar e encontrou
outra mancha.

Midge o havia seguido, estava atrás dele.

— Talvez não tenha chamado ninguém.

— É possível.

— O motorista pode ter se afastado andando.

— Nesse caso, duvido que tenha ido muito longe. — Doyle estudou
a neve.

Ele levantou-se e virou devagar, analisando a área congelada.
Campos desertos. Uma plantação morta embaixo da neve. Estava
pensando em Jack Dahl. Esperava que o garoto não tivesse caído morto
por ali. Ele parecia ser um bom menino. O irmão mais novo também.

O vento soprou, e Midge puxou o chapéu mais para baixo.

— Tempestade chegando.

Doyle balançou a cabeça, concordando com ela. O sol já se punha.
Logo estaria escuro.

— Volte para a cidade — ele disse a Midge. — Consiga um mapa
das casas em um raio de quinze quilômetros. Vamos começar à primeira
luz do dia.

— Certo.

— E telefona para o Boise. Pede para acionar a DEA — Doyle a
orientou. — Vamos precisar de ajuda.

Ele entrou na caminhonete e viu Midge se afastar em direção à
cidade. Ficou ali por um momento. Inquieto. Incomodado. Era um

140

Quão bela e brutal é a vida

sentimento que já tinha tido antes. Tentar antecipar o que encontraria pela frente. Tentar evitar.

Ele abriu o porta-luvas e pegou uma lanterna. Tudo silencioso, exceto pelo vento. Sentia o cheiro da tempestade chegando. Desceu da caminhonete, pôs a lanterna no bolso da frente e olhou para a área aberta. *Muito bem. Você está machucado. Está com medo. E alguém está atrás de você. Para onde você vai?*

Ele abotoou o casaco.

E começou a andar.

XXI

Se parece que o mundo de Jack está desabando, espera.
   Vai piorar.

Bardem estava parado com a janela aberta, a uns cinco quilômetros da caminhonete abandonada. Com o binóculo, ele viu o xerife. Ar frio soprando das montanhas. Neve começando a cair. O xerife parecia estudar a área.

   Ele comeu um pacotinho de maçãs desidratadas. Bebeu café de uma garrafa térmica. Durante todo esse tempo, observou o xerife. O Bronco abandonado era o tipo de veículo que podia ser dirigido por traficantes. Ele ficou pensando. Se o Bronco foi roubado. O que fariam? Talvez comprassem outro veículo.

   Talvez uma F-150 nova.

   Quando estava quase escurecendo, ele fez uma varredura na área com o binóculo. Havia casas em todas as direções. Algumas meio escondidas por árvores. Colinas e mais colinas. Ele estudou o território, estudou as casas, e calculou a distância até cada uma delas.

   A neve caía mais forte. O frio.

   Ele observou o xerife pela última vez. Não. O xerife ainda não tinha encontrado nada. Provavelmente, não encontraria agora. Na neve. No escuro.

Pegou a pistola no banco do passageiro. Abriu a porta e começou a caminhar em direção à casa mais próxima.

Quando Jack abriu os olhos, estava escuro, exceto pela luz fraca e alaranjada. Onde estava? E Matty? O que era aquele calor ardido em um lado do corpo? A neve caía em fios pulverizados pelos buracos do telhado. Um vento forte sacudia as tábuas da parede e descia pela chaminé. Ele precisou de um momento para lembrar.

"Você está na casa. Está machucado."

Olhou para o telhado. Pelo buraco, podia ver o céu escuro cheio de nuvens e as estrelas cintilantes. Um mundo distante. Inacessível.

Com uma das mãos, tocou o curativo. Úmido. Matty dormia a seu lado sobre os cobertores. O fogo da lareira fazia a cabeça dele brilhar e dava a impressão de que a linha do rosto era esculpida em mármore. Ele segurava o *Batman* em uma das mãos.

De repente, o peito de Jack ficou oprimido, doeu como se fosse envolto por um elástico muito apertado. Não conseguia respirar.

Ele sentou e engoliu o ar.

Tontura.

Ela dormia a alguns metros deles, perto do fogo. Encolhida no carpete úmido. O casaco velho a envolvia como um cobertor. A tatuagem no pulso. Um coração preto.

Ele engoliu. Esse peso no peito. Deitou e olhou para cima.

Só respira algumas vezes.

Estrelas brilhavam.

A respiração se acalmou. Ele lambeu os lábios secos. Virou a cabeça para olhar para ela por um segundo, ou por um minuto, ou por uma hora. O cabelo castanho. A pele, os cílios. A luz do fogo deixava ver a curva dos seios subindo e descendo sob o tecido fino do vestido. A garganta dele doía.

Jack estendeu a mão e puxou o casaco para cobri-la melhor. O movimento provocou um coro de dores. Ficou deitado de costas, na escuridão, olhando para cima, para o telhado destruído, tossindo baixinho. Contou até dez.

Vai, Jack. Só respira.

A dor reduziu-se a um sussurro.

Mais tarde, a neve parou de cair e nuvens encobriram as estrelas. Nenhum som, exceto o gemido baixo do vento. Neve caindo do telhado e a casa estremecendo. Talvez uma parte dele desejasse nunca ter voltado. A parte mais profunda queria que isso tudo tivesse acabado.

Teria sido melhor para Matty. Melhor para todo mundo.

Ele ficou deitado, só respirando. Esperando a doce anestesia do sono. Contou os minutos. As fatias de tempo. Cada fatia somando-se a algo que, uma vez perdido, ele temia nunca mais encontrar.

Um barulho o acordou. Sussurros baixos. A porta da frente aberta, o homem de cartola na soleira. A escuridão da noite o emoldurava por trás, transformando-o em uma sombra. Seus olhos pousaram em Jack. Brilhantes como obsidiana molhada. Ele levantou a semiautomática.

— Se quer tanto que isso acabe, eu posso ajudar — disse o homem.

Ele apontou a arma para Matty e apertou o gatilho, mirando a cabeça de Matty.

Jack jogou o cobertor longe, respirou fundo, mas a mente já sabia: era um sonho.

Não. Um sonho não.

Um aviso.

Eles vão encontrar a caminhonete. Vão encontrar a caminhonete e vão encontrar você. E vão encontrar Matty.

Fachos de luz fraca desciam pelos buracos no telhado. Neve. O ar frio. O fogo apagado. *Deve estar quase amanhecendo.* Ele se sentou.

Matty estava em pé ao seu lado, equilibrado sobre um pé perto dos cobertores. Parado e quieto, olhava para Jack.

Quão bela e brutal é a vida

— Olha só — ele disse. — Conta o tempo que consigo me equilibrar.

Jack empurrou o cabelo para trás e olhou em volta. Ava não estava ali.

Conseguia ver a própria respiração.

Matty levantou os braços magros e balançou como um ginasta sobre uma trave. Era como se pudesse ouvir os aplausos de alguma plateia invisível.

— Não sou bom, Jack? — ele perguntou.

— Sim. Você é.

Matty sorriu.

Jack dobrou as pernas para se levantar, mas a dor se apresentou como brasas queimando um lado de seu corpo e o pegou de surpresa. Ele passou a mão sobre o curativo com delicadeza, lembrando a febre, a noite, o sonho. *Eles podem encontrar este lugar a qualquer momento. Temos que ir embora.*

Na cozinha, uma batida de porta. Passos. Jack levantou-se de repente e tudo ficou escuro, depois clareou. Ava apareceu na soleira carregando uma pilha de lenha rachada.

— Ava, olha como eu me equilibro — disse Matty.

Jack não sabia para onde olhar. As bochechas de Ava estavam vermelhas do vento, e flocos molhados de neve cintilavam em seu cabelo.

Pensa. Não nela.

Para onde ir? Algum lugar distante. Pegar um ônibus, talvez.

— Temos que ir embora — Jack falou.

Ava o encarou, séria, por um momento. Depois foi deixar a lenha na lareira. Virou-se para ele, limpando as mãos. Parecia esperar que ele continuasse falando.

Matty parou de se equilibrar e olhou para os dois.

Jack andou pela sala até onde estava a valise e começou a guardar as coisas nela, sem se sustentar realmente sobre as pernas.

— Obrigado pela ajuda, sério, mas temos que ir embora.

— Tudo bem — ela respondeu. — Para onde?

— Você não. — Ele guardou o remédio na valise. Os curativos. — Só nós.

Ela cruzou os braços e o observou.

— Você está aqui — disse. — Então, imagino que não pode ir para casa. Ou procurar um médico.

Jack tentava não olhar para ela. Era difícil.

Foi pegar a comida perto da lareira. *Talvez tenha que deixar o galão de água. Nada muito pesado.*

— Pega os cobertores — ele falou para Matty.

Matty não saiu do lugar.

— E família? — ela perguntou.

A sala começou a rodar. Jack precisava se sentar. Podia vê-la envolta no cobertor de arco-íris. Ouvia o estalo da pá encontrando o solo congelado. *Não pensa nisso agora. Não. Pega as coisas. Vai embora.*

— Não vi um carro — ela comentou. — Está pensando em ir a pé?

— Depressa. — Jack olhou para Matty.

Matty continuou onde estava. Quase chorando.

O vento sacudiu as paredes. Ava se aproximou de Matty, abaixou-se ao lado dele e dobrou um cobertor. Olhou para Jack.

— Para onde vocês vão?

Jack levantou-se. Não sentia nada entre essas paredes. A cabeça doía, um lado do corpo. O curativo deixava escapar fios vermelhos. "Para onde vocês vão?" Ele não sabia. Onde? Como? Além de tudo isso havia a certeza de que o homem de cartola e os amigos dele o procuravam. Sabiam quem ele era, sabiam o que ele queria, e não iam parar de procurá-lo... Nunca.

Não havia lugar onde se esconder. Exceto a China, talvez.

— Você mal consegue ficar em pé. — Ela apontou.

Ele pegou a valise, em seguida a pôs no chão. Dor nas costelas.

Silêncio.

Acima deles, o sol estava nascendo. Entrava pelas fendas e pelos buracos no telhado e iluminava a sala de um jeito estranho. O vento

Quão bela e brutal é a vida

soprava a neve, um branco cintilante. Como se um animal com olhos brilhantes respirasse pelos buracos da casa. Encolhido e translúcido. Silencioso.

Jack desviou a atenção do telhado e olhou para Ava.

— As pessoas que fizeram isso — disse. — Estão vindo para cá. Não sei quando, mas estão. Acham que eu sei de alguma coisa. E eu acho que elas querem me dar uma lição. Ou alguma coisa assim.

Ela estudou seu rosto e não disse nada. Depois ficou em pé, pegou um copo e o encheu com água. Entregou o copo a ele.

— Bebe.

Ele aceitou a água.

— Devia procurar a polícia — ela disse.

— Não. — Jack balançou a cabeça, e algumas gotas caíram do copo.

— Por quê?

Ele não respondeu.

— É segredo — Matty sussurrou.

— Sei guardar segredos — Ava disse, depois de uma pausa.

Jack olhou para ela. Os olhos cor de avelã. O rosto intenso. Sentiu-se encurralado, desconfiado. E gostava dela.

— Não posso contar — disse.

— Você podia — Matty pediu. — Podia...

— Não.

O tom de sua voz o contorceu por dentro.

Ava o encarou, depois virou para outro lado.

Jack estendeu a mão de repente — para tocá-la, falar alguma coisa, explicar —, mas ela recuou e tropeçou, como se sofresse uma agressão. Em seguida recuperou-se, virou e foi para perto da lareira.

De costas para ele, pegou uma lata de comida. Uma caixa de cereal. Os dedos apertavam os objetos.

— Desculpa — ele falou.

Matty olhou para Jack com ar de reprovação, e ele repetiu com um tom mais gentil:

— Desculpa.

— Não gosto que toquem em mim, só isso. — Ela não olhava para ele.

O vento soprou e sacudiu o telhado. Ela olhou para ele nesse momento, e o sol que entrava pelo alto a transformou em sombra, impedindo-o de ler sua expressão. Quando a luz mudou, ele viu que Ava estava pálida. Ela foi guardar a comida na valise e pegou a sacola de compras. Sua pele brilhava, iluminada pelo sol. O coração em seu pulso.

— Vamos, então — ela disse. — Eu levo vocês para onde quiser. Tenho algum dinheiro, pode ficar com ele.

— Por que está ajudando a gente? — Jack ficou confuso.

— Porque vocês precisam de ajuda.

Ele corou com a resposta direta.

— Quem é você, aliás?

Ela hesitou. Aquela expressão surgiu em seu rosto — a mesma que vira na escola, um flash em água profunda — e sumiu.

— Não sou sua inimiga — Ava respondeu.

Eles se encararam.

Preciso da sua ajuda.

Foi isso que Jack pensou. Era algo que ele não queria admitir.

— É melhor a gente ir — Matty interferiu.

Jack não desviava o olhar de Ava. O ar frio. Os olhos dela nele.

— Tudo bem — Jack concordou. — Vamos.

XXII

As pessoas dizem que você não deve olhar para trás. Na Bíblia, disseram para a esposa de Ló não olhar para trás, para onde estiveram todas aquelas pessoas e suas casas. Mas ela olhou para trás.

Eu também olhei.

E em que eu pensava naquele momento? Quando recuei bruscamente?

Estou pensando em você, Jack.

Não pode saber quem eu sou. Se soubesse, não confiaria em mim. Você já não confia em mim agora. Eu vejo isso. Não deixa ninguém se aproximar, não é? Eu também não. Mas se você soubesse... Acho que me odiaria.

Você está machucado. Não quero que se machuque ainda mais.

Ou Matty.

Quero ajudar vocês.

Mas quero mais que isso.

Muito mais.

O que eu quero é justiça. Meu coração pulsa com esse querer. Meu peito dói com a necessidade. Quero que Bardem pague. Quero que ele fracasse. Quero que ele caia. Quero vê-lo no chão.

Às vezes, sinto o mesmo sal se formando em mim. Sinto o sabor nos lábios. Sou um pilar.

Cory Anderson

. . .

À luz relutante, Bardem surgiu do campo e aproximou-se lentamente da casa. Fora atingida por um incêndio havia muito tempo. Tijolos escurecidos e o esqueleto de uma varanda. As vigas do teto cedendo. Ele parou e estudou a entrada para carros. As marcas de pneus na neve não tinham mais que algumas horas. Nada se movia. Por fim, ele se dirigiu à varanda e subiu a escada.

Sacou a pistola da cintura, abriu a porta, entrou e a fechou. Percorreu a cozinha e a sala de estar. A neve descia do telhado. Havia pegadas no carpete coberto de cinzas. Um piano à esquerda. Ele pôs a mão sobre as brasas na lareira.

Guardou a pistola no cinto. Pegou um galão de água, tirou a tampa e cheirou o conteúdo. Deixou o galão no chão. Abriu a sacola de compras perto da lareira. Curativos ensanguentados. Frascos. Uma seringa usada.

O telhado estalou. Ele olhou em volta para ter certeza de que tinha visto tudo. Voltou a olhar o chão atrás do piano. O livro estava quase escondido atrás de um dos pés do piano. Ele abaixou e o pegou.

Um livro de escola. Um balão de ar quente na capa.

Ele o abriu.

Levantou-se com o livro na mão e foi embora.

Tinha alguma coisa errada nos olhos de Jack. Ele olhava pela janela do carro e via tudo ondulando — casas, cerca, celeiro, cavalo. Gato. Brilho da neve. Cada coisa real ondulava por um momento, cintilava como uma pedra pulando na água, depois voltava a ser sólida. Loja. Semáforo.

Ava dirigia por estradas vazias que ele reconhecia, mas não conseguia identificar. Matty estava no banco de trás. Uma dor maçante badalava, como um sino, dentro de Jack. Ele segurava um lado do corpo e pôs a outra mão no apoio de braço, dominado por uma súbita sonolência.

150

Quão bela e brutal é a vida

— Dá alguma coisa para ele comer — ouviu Ava dizer.

Matty entregou a Jack um pacote pequeno de batatas chips. Jack fechou os olhos e pegou o pacote. Os dedos tocaram a embalagem. Ele a abriria mais tarde. Mais tarde.

— Tudo bem — Ava comentou. — Ele precisa descansar, só isso.

Jack deixou a cabeça encostar na janela. Com quem ela estava falando? As palavras chegavam até ele como se viessem do fundo de um túnel.

— Ele vai melhorar? — Matty perguntou.

— Sim.

— Você pode estar falando da boca pra fora.

— Não.

— Ele parece péssimo.

— Não está tão mal quanto parece.

Silêncio. O carro seguia pela estrada.

— Tem alguém tentando matar ele — Matty falou. — Não tem?

— Acho que sim.

— Podem tentar de novo, se encontrarem a gente.

— Não vão encontrar a gente.

— Podem encontrar.

— Não vão.

— Ok.

XXIII

Era um hotel típico da década de 1950, com a recepção na frente e os quartos nas laterais. Onde se estaciona na frente do quarto. O estacionamento estava bem vazio. Por isso, eu o escolhi.

Pusemos Jack na cama. Ele dormiu imediatamente. Fechei as cortinas. Tranquei a porta. Apaguei o abajur. Enchi a banheira e pus Matty no banho. Depois sentei ao lado de Jack na cama. Só olhando para ele. O cabelo sujo e o olho inchado. O cansaço no rosto. As mãos finas. Alguma coisa de elegante nelas. Gentil.

Eu tinha me aperfeiçoado em não me importar com as coisas.

Agora estava me importando.

Não gostava disso.

Doyle chegou ao quartel-general pouco depois das sete da manhã, estacionou e entrou. Midge levantou os olhos do relatório que digitava em sua mesa.

— Parece muito cansado.

— Obrigado, Midge.

Ela dirigiu-se à cafeteira e serviu a bebida forte em um copo de isopor, que deixou sobre o balcão na frente dele.

— Encontrou alguma coisa?

— Na antiga casa dos Palmer. Alguém esteve lá, mas foi embora.

Quão bela e brutal é a vida

— Tem alguma ideia de quem foi?

— Não tenho certeza.

— Bom, eu encontrei uma coisa na caminhonete.

— O quê?

— Um agente em Boise viu aquele guerreiro da estrada há mais ou menos um mês. Em uma rodovia da região. Uma lona cobria a carga. O oficial informou pelo rádio que ia parar o veículo e dar uma olhada, o passageiro na cabine abriu fogo. Matou o agente.

Doyle tirou o chapéu e o pendurou em um gancho.

— Muito bem — disse.

— Acho que é bom saber o que temos aqui.

— É, sim.

— Telefonei para Boise. Eles virão no começo da manhã.

— Isso é muito bom.

Ela pegou o casaco no encosto da cadeira e vestiu.

— Fiz um mapa, como você disse. Consegui dois ajudantes de Rexburg, estão a caminho. Vamos dar uma olhada mais de perto, agora que está claro.

— Espera aí. Eu vou com vocês.

— Não. Bebe o seu café.

— Certo.

Na metade do caminho para a porta, ela virou:

— Ei, Doyle?

— O que é?

— Espero que quem dirigia aquela caminhonete tenha voltado para Boise.

— Eu também espero.

— Mas tenho um pressentimento de que não voltou.

— Eu também tenho. — Doyle concordou, balançando a cabeça.

• • •

Doyle comprou uma lata de Coors no posto de gasolina. Quando chegou à prisão, passou direto pela segurança e seguiu para uma sala de interrogatório, entrou e fechou a porta. Sentou na cadeira diante de Leland Dahl. Tinha uma mesa entre eles. Ele pôs a Coors em cima da mesa.

— Oi, Leland — disse.

Leland estava sentado na cadeira com um ar casual, olhando para Doyle. Indiferente. Sentado ali, só olhando.

— Quando foi a última vez que viu seu garoto? — Doyle perguntou.

— Qual deles?

— Digamos que qualquer um.

— Não sei. — Leland deu de ombros.

— Muito bem. Arrisque uma data.

— Já faz tempo.

— Não devia mentir para mim, Leland.

Leland o estudou. Seu olhar era inexpressivo. Opaco. Como uma cortina fechada.

— Tudo bem, eu vi o Jack. E daí?

— Jack veio fazer uma visita. A você. Um homem com quem ele não falou durante anos. Por que isso? Não consigo pensar em nenhum motivo. Exceto um.

Leland esticou-se e pegou a Coors. Abriu a lata, levou-a aos lábios e bebeu.

— E de repente — Doyle continuou —, tenho um agente penal morto, dois meninos desaparecidos e um automóvel que parece ter servido de cenário para eviscerar um cervo. Agora, quais são as chances de tudo isso ser coincidência?

O aquecedor vibrou. Leland inclinou a cabeça para trás, virou a lata de Coors e bebeu com vontade, fazendo um barulho com a garganta. Deixou a lata vazia em cima da mesa e limpou a boca.

— Onde estão seus garotos? — Doyle perguntou.

— Não sei. Ei, conhece algum detetive?

— Acho que tem de pensar em como você chegou aqui. O que fez e com quem fez isso.

Leland sorriu sem humor, não disse nada.

Quão bela e brutal é a vida

— Você envolveu os meninos com gente da pesada.

Um barulho parecido com uma gargalhada sufocada escapou de Leland.

— Tem toda razão.

— Esses caras vão matar seus meninos, Leland. Não vão desistir.

— É, bom... Jack também não vai desistir. Ele vai lutar.

— Se sabe onde eles estão, devia me contar...

Leland pulou para a frente na cadeira e pegou a lata vazia de cerveja. Amassou-a com uma das mãos, jogou em cima da mesa e bateu nela com a mão aberta para esmagar a lata de Coors. Um vergão de sangue surgiu na palma de sua mão. Ele cerrou o punho e endireitou as costas.

— Não me sobrou nada além daqueles meninos, mas eu não sei onde eles estão. E também não diria, se soubesse.

Doyle olhou para Leland, que sustentou o olhar.

— Você sabe o que fez? — Doyle perguntou.

Leland não respondeu. Depois balançou a cabeça em uma resposta afirmativa.

— É. Eu sei o que fiz. E o que vou fazer.

• • •

Quando voltou à cela, Leland sentou na beirada da cama, enquanto o agente trancava a porta. Ficou ali sentado por muito tempo, sem se mover. Em sua cabeça, gaitas tocavam canções agudas e rápidas que foram aumentando de volume até encher a cela, os sons agudos mais e mais altos.

Eles estão seguros. Eles se esconderam.

Ou estão mortos em algum lugar.

Enterrados na neve.

Jogados em uma vala escura.

Uma onda de tremores o dominou. Ele levantou-se, sentindo os nervos vibrarem. A primeira coisa que fez foi pegar um lápis de cima da mesa. Depois voltou para perto da cama, levantou um braço e pegou um livro do esconderijo entre a parede e a estrutura de metal da cama.

Caninos Brancos. A capa com o lobo, as páginas de cantos marcados. Arrancou uma página do livro, virou-a de lado e rabiscou duas palavras nela. O que era necessário, nada mais. Dobrou a página, colocou-a em um envelope e escreveu nele o endereço. Lambeu a aba para ativar a cola e fechou o envelope.

Em algum lugar, um detento riu. Um som sem corpo. Como cinzas flutuando.

Ele encaixou o envelope na cintura da calça de moletom e sentou-se na cama. Depois levantou-se e começou a andar. A laje de cimento. Cadeira de plástico, vaso sanitário de aço. Cheiro de suor. Ele andava de um lado para outro, as mãos cerradas.

Sentou-se na cama. E esperou.

O ruído das gaitas perdeu força. A cela e ele ficaram em silêncio.

Às seis horas, a campainha vibrou e a porta destrancou. Ele se levantou e ficou parado na frente do espelho acima do vaso sanitário. Com os dedos, ajeitou o cabelo de lado. A caminho do corredor, tirou o envelope da cintura e o jogou no meio da correspondência que seria levada para fora da prisão.

Estava escuro quando Jack acordou. O quarto de hotel, vazio. Ele levantou-se da cama, aproximou-se da janela e afastou a cortina. Luzes na rua. Neve descendo em aglomerados de flocos sob o brilho vivo das lâmpadas de vapor. O horizonte baixo e pobre sob o céu chuvoso. Ele procurou o carro de Ava. Não estava ali.

Tinha um bloco de papel sobre a mesa de cabeceira. A caligrafia de Matty: "Fomos buscar comida. Espero que durma bem."

Ele foi ao banheiro, encheu um copo de plástico com água e bebeu. A boca doía quando engolia. Ele encheu o copo e bebeu novamente. As roupas de Matty estavam no chão. Anel de sujeira na banheira. *Batman* sentado na beirada.

Ele virou e se viu no espelho. O olho inchado, a boca cortada. Vômito seco no cabelo. *Bom, você nunca foi bonito mesmo*, pensou.

Quão bela e brutal é a vida

Eles voltariam logo, provavelmente, mas podia correr. Jack sentou na beirada da banheira. Depois de enxaguar a sujeira, fechou o ralo e abriu a torneira. Deixou a porta entreaberta para poder ouvir qualquer barulho lá fora. Depois se despiu e tirou o curativo com cuidado. O chão ficou turvo. O ferimento era amarelo e roxo e estava inchado nas bordas.

Parecia uma mordida. Alguma coisa tirada de um filme de zumbi.

Ele entrou na água. Sentia uma fraqueza estranha. Apoiou a mão na beirada da banheira.

Está tudo bem. Só respira. Você merece tudo isso. Não é?

Quando o formigamento passou, ele mergulhou uma toalhinha na água e lavou o ferimento. Pequenos fragmentos de sangue seco se soltaram e flutuaram na água. A cor quase preta. Como pedaços de fuligem. Ele se abaixou e estudou a vala profunda de pele interrompida, os ossos das costelas espiando embaixo dos pontos.

Não parecia nada bom.

Um novo pensamento passou por sua cabeça: "Tem pontos."

Uma sutura bem-feita, regular.

Cinco pontos.

Era isso. Ela o havia costurado.

Ele sentiu uma onda de calor no rosto. Estava nu. Fedido, provavelmente. O que ela teria pensado dele?

Ele lavou o corpo todo, esfregou e enxaguou o cabelo. Quando levantou-se para sair da banheira, a água estava cor-de-rosa de sangue, e um fio rosa claro ainda escorria do estrago feito em um lado do corpo. Ele pegou uma toalha de cima do vaso e enxugou o ferimento batendo de leve com uma das mãos, enquanto a outra permanecia apoiada na bancada da pia. Suas roupas cheiravam mal, por isso enrolou a toalha na cintura e segurou uma toalhinha de banho limpa contra os pontos. Ficou ali por alguns momentos. Não conseguia respirar fundo. Encheu o copo de plástico com água e bebeu de novo.

Um pensamento o atormentava.

Por que ela está te ajudando? Por quê?

Cory Anderson

Nenhuma resposta.

Ele saiu do banheiro segurando a toalhinha sobre a ferida. Poupando as costelas doloridas. Pegou uma calça de moletom e uma camiseta da valise. Vestiu a camiseta com uma das mãos, enquanto a outra segurava a toalhinha. Depois sentou-se na cama e ficou olhando para a porta.

O quarto escureceu.

Silêncio.

Faz tempo. Quanto tempo?

Uma descarga em algum lugar. Uma torneira aberta. Jack se levantou e olhou pela janela. A neve caindo à luz da lâmpada de vapor. Nenhum carro. Nada.

Eles foram buscar comida. Só isso. Vão voltar logo.

A toalhinha se tingia de rosa.

Uma dor nauseante invadiu seu estômago. Como quando você vai nadar, tenta apoiar os pés no chão, mas a profundidade da água é maior do que imaginava e não dá pé. Ele sentou-se na cama. Pensou que devia deitar, mas não deitou, ficou olhando para a porta. Tentava respirar pelo nariz. Respirar mais devagar.

Eles vão voltar. Ava vai trazê-lo de volta.

A menos que não traga. E aí?

Minutos se passaram. Ele olhava para a porta. A estranha sensação do tempo se desfazendo. Um desfiar lento.

XXIV

Levei Matty ao Big J's para comer um hambúrguer. E para tirá-lo do quarto de hotel: deixar Jack dormir. Era o que eu esperava que ele fizesse... Descansasse.

Mas foi isso aqui que aconteceu.

Eles pediram cheeseburgers e milkshakes de frutas vermelhas e comeram batatas fritas com molho rosé. Sentaram a uma mesa alta. A grande janela atrás deles deixava ver a escuridão e a rua. Neve caindo. Luz suave da lâmpada na parede. Calor e aconchego. Cheiro de gordura e carne fritando. Ava observava Matty. Ele comeu uma batata devagar, mergulhando cada pedaço no molho. Ainda está de casaco e chapéu.

Parece perdido. O menino olha para ela.

— Come — ela diz. — Antes que esfrie.

— As batatas são boas.

— É, são.

— O milkshake também parece bom.

— Devia experimentar.

— Ok.

Mas ele não se mexe.

— Você está bem?

Ele balança a cabeça para dizer que sim.

Cory Anderson

— Está enjoado?

— Não.

— O que é, então?

— Acha que é melhor guardar um pouco? — Ele a encara e pisca.

— Guardar um pouco?

— Para mais tarde.

— Pode comer tudo. Olha. Pode pôr o molho no hambúrguer.

— Certo.

Ela o observa ali, sentado e quieto à luz fraca da lâmpada. Círculos cinzentos sob seus olhos. Ele olha para o hambúrguer.

— Que foi? — ela pergunta.

— Estava pensando. A gente podia levar um pouco para o Jack. *Ah.*

— Podemos — ela diz —, mas vamos acabar de comer, depois levamos um hambúrguer com fritas só para ele. Não precisa guardar o seu.

— Ele gosta de milkshake de frutas vermelhas.

— Levamos um milkshake também.

— Então, tudo bem. — Ele olha para toda a comida.

— Sim. Tudo bem.

— Você vai comer tudo?

— Vou. — Ela morde o hambúrguer. — Vou, sim.

Ele pega a colher de plástico, mergulha no milkshake e põe a colher na boca.

— Uau, isso é bom.

Entre fritas e pedaços de hambúrguer, Matty fala sobre *Batman*. Como ele não tem superpoderes, mas é corajoso. Como Jack. Quando termina, ele lambe a colher do milkshake, pega o copo e bebe o que sobrou do líquido doce e rosado. Depois fica olhando para a janela, para a rua. Encolhido embaixo do chapéu e dentro do casaco. Parece desanimado. É como se ele fosse dormir. Depois de um tempo, ele fala:

— Minha mãe morreu.

— Sinto muito. — Ela o observa. O estômago dá um nó.

160

— Tudo bem.

— Eu acho que a minha também — ela diz.

— Você não sabe?

— Acho que sei. No fundo, eu sei.

Ele continua ali sentado, olhando para a neve e para o escuro. Diz:

— Gente má está procurando o Jack, não é?

— Sim.

— O que querem dele?

— Não sei.

— Querem matar ele?

— Não sei.

— Querem matar ele.

— Sim.

Ele assente. Depois cobre o rosto com as mãos.

— Não sei o que fazer.

— Escuta o que eu vou dizer.

Ele balança a cabeça. Abaixa as mãos e olha para ela.

— Eu vou ficar com vocês. Não vou deixar nada acontecer.

— Você promete? — Ele a encara, seu rosto se ilumina.

— Sim.

Do lado de fora da porta, um motor de carro foi desligado e uma porta abriu. Jack levantou-se.

Ava. Matty.

Uma onda de alívio o invadiu, uma onda tão forte que ele precisou se dobrar e segurar a beirada da cama.

— A gente trouxe um cheeseburger para você — Matty anunciou quando Ava abriu a porta.

Jack olhou para Ava. Seu casaco surrado abotoado até em cima, o cabelo castanho-escuro. Ela sustentou seu olhar.

Ele sentou-se na cama. Matty pôs um saco de papel branco em seu colo.

Cory Anderson

— E batata frita com molho rosé. E milkshake de frutas vermelhas. — Ele pôs o milkshake em cima da mesinha de cabeceira e foi pendurar o casaco e o chapéu. — Leu meu bilhete?

— Li — ele respondeu. — Muito bom.

Ava acendeu a luz. Olhou para onde Jack segurava a toalhinha embaixo da camiseta.

— Tomei banho — Jack falou.

Não dava para acreditar nas coisas idiotas que saíam de sua boca.

— Não é ótimo? — Matty perguntou. — A água sai sempre quente.

Ava atravessou o quarto, e Jack sentiu o calor de sua atenção. Mas fingiu não notar. Abriu o saco, pegou o hambúrguer e deu uma mordida.

— Obrigado — disse a ela. — Pela comida.

Matty ligou a televisão e sentou-se no chão com os brinquedos. Ava trancou a porta. Depois tirou a sacola de compras de cima da mesa e sentou-se ao lado dele na cama.

— Está se sentindo bem? — perguntou.

— Nem sei mais.

Mas o estômago estava acordando: o queijo e a carne. Ketchup. O hambúrguer ainda quente. Ele comeu tudo em segundos.

— Viu alguém? — ele perguntou.

— Não — respondeu Ava.

— Ninguém seguiu vocês?

— Não.

— Não? Como sabe?

— Eu sei.

Alguma coisa no olhar dela o convenceu. Jack assentiu e abaixou a cabeça. A mão segurava a toalhinha, agora vermelha. Devia estar péssimo.

— É melhor refazer o curativo — ela sugeriu.

— Estou me sentindo bem. — Ele se levantou, repentinamente acanhado. — Eu cuido disso.

Ela o encarava com aqueles olhos cor de avelã. Cheios de incerteza, mistério. Ava entregou a sacola para ele.

Quão bela e brutal é a vida

— Tudo bem.

No banheiro, ele retirou a toalhinha. O sangramento quase havia parado. Ele o lavou de novo, fez o curativo com gaze e tomou o antibiótico. Depois se olhou no espelho. O hematoma no olho estava mais escuro, e o cabelo era uma confusão de cachos emaranhados. Ele abriu a torneira e molhou o cabelo, os penteou com os dedos.

Bom, não vai ficar melhor que isso.

Ele voltou ao quarto. O vento começava a soprar lá fora, e a neve caía mais intensa. No chão, Ava brincava com Matty. Jack pegou o milkshake de cima da mesinha, sentou-se na cama e bebeu. Frutas doces, ácidas. O sabor trouxe algumas imagens de volta. Cenas da infância, ele, o pai e a mãe colhendo frutas silvestres no bosque. Matty era só um bebê. Preso às costas do pai por uma faixa. Ar da montanha, chuva fina. As frutas vermelhas penduradas em ramos molhados. A voz da mãe flutuando no silêncio frio.

Feliz.

Ele desligou o pensamento e acabou com o milkshake e as batatas enquanto via Matty e Ava brincando. Matty rindo. Quando foi a última vez que ouviu isso? E ela. De quatro, empurrava um carrinho pelo carpete. Ainda usava o casaco de lã. Sua voz era suave. Como uma canção que ele jamais esqueceria. Alguma coisa se moveu dentro de Jack. *Passou toda a vida tentando imaginar como seria. E então acontece.* Ela olhou para ele, como se tivesse sentido seu olhar, e ele olhou para a televisão. Quando Ava retomou a brincadeira com Matty, ele voltou a observá-la. "Quem é ela?". Não conseguia decifrá-la.

Ela? Uma complexidade de opostos. De gentileza e dureza, de escuridão e luz.

— O que está fazendo? — Ela sentou no chão e ficou séria.

— Quê?

— É que... fica olhando para mim o tempo todo.

Ele não sabia o que dizer, por isso só deu de ombros e continuou olhando para ela. Estava de estômago cheio e não sentia dor, e uma névoa morna e dourada o envolveu, trazendo coragem.

Ela o estudou.

— Que foi? — Jack perguntou.

— Nada. — Ava quase sorriu. Mas olhava para o cabelo dele.

— Já sei — ele disse. — Está horrível.

Matty deitou no tapete e olhou para a televisão. Ava se levantou. Um rubor rosa se espalhou por suas bochechas quando ela respirou fundo.

— Posso cortar — disse.

— Tudo bem.

Ela o sentou na cadeira ao lado da lâmpada. A luz brilhante da televisão se espalhava pelo quarto. Ava umedeceu uma toalha com água morna e molhou novamente o cabelo dele. Seu toque era hesitante. O jeito como olhava para ele.

— Está pronto?

— Sim.

Ela parou na frente dele com a tesoura, estudou seu cabelo, refletiu sobre as escolhas que tinha. Então começou a cortar. As mãos no cabelo dele. Os dedos no couro cabeludo, no pescoço. Levou algum tempo, e ele podia perceber que ela queria fazer o melhor. Sua concentração. Sem uma palavra sequer. Jack sentia os olhos quentes e olhou para baixo, para as próprias mãos. Era muito bom ser tocado por ela, a sensação do contato. Confiança, risco, esperança: era demais. Ele levantou -se de repente.

— Que foi? — ela perguntou.

— Nada. — Jack tremia.

O olhar dela o deixava nervoso. Mal conseguia pensar. Precisava sentar.

— Quer que eu termine?

— Acho que sim. Sim.

O quarto brilhava. Com cuidado e gentileza, ela retomou o corte. Tudo transitório naquela luz. Tudo fugaz. Quando terminou, ela limpou suas orelhas e o pescoço com outra toalha morna. Levou-o ao espelho para ver o resultado. E viu a cara dele.

Quão bela e brutal é a vida

— Qual é o problema?

— Nenhum. Você fez um bom trabalho.

— Sinto muito.

— Não, eu gostei. — Ele procurava as palavras. — Estou me sentindo com sorte. Faz muito tempo que não me sinto assim.

Ela o encarou, os olhos cor de avelã tinham sardas. Depois assentiu. Alguma coisa entre eles, algo tácito. Uma conversa.

Matty já dormia no carpete. Ela desligou a televisão. O quarto ficou silencioso.

Ava pegou cobertores e um travesseiro do armário e fez uma cama para eles no chão.

— Está cansado — disse com uma expressão séria. — Não devia deitar?

Jack sentiu a exaustão se manifestar. Ficou tonto.

— Não sei.

— Eu acho que devia.

Jack deitou embaixo das cobertas. Viu Ava pegar Matty e acomodá-lo na cama improvisada. Continuou olhando para ela. Essa imobilidade nele. Tinha sonhado com isso?

Não. Não tinha.

Ele fechou os olhos. De algum lugar na lembrança veio uma palavra, só uma palavra de uma canção, ou de uma prece, alguma fonte que não conseguia identificar: "aleluia". Segundos passaram, vários, enquanto ele vivia naquele breve espaço entre vigília e sono, seu alcance sombrio. Até não conseguir mais evitá-lo.

XXV

Meu doce Jack: Me deixa fotografar você esta noite, caso seja a última vez que vamos ficar exatamente como estamos neste momento. Esse vislumbre descuidado e fugaz da terra das maravilhas. Esse êxtase de visão, toque e som. Ah, meu coração. A glória aqui, nesse tremular de minutos.

Deixa eu fotografar isso.

Ele acordou na frágil escuridão azul, atento. Tinha ouvido alguma coisa. Um som baixo. Esperou os olhos se ajustarem. Ela estava em pé diante da janela, sua silhueta. A luz era proveniente do rádio-relógio. Números azuis brilhando sobre a mesa de cabeceira. Ela tirou o vestido pela cabeça e ficou ali nua, o cabelo descendo pelas costas. Ele sentiu a pulsação acelerar, e pegou uma de suas camisetas e vestiu no escuro. Depois virou-se.

Ele fechou os olhos. Sentimentos o inundavam. Ondas do oceano.

Movimento na cama. Um farfalhar de lençóis. Ela estava ali, deitando sob as cobertas. Encolheu-se ao seu lado, de costas para ele.

Ela pensa que você está dormindo.

Então finja que está dormindo.

Fique completamente quieto.

Em vez disso, ele virou e se acomodou atrás dela de conchinha. Pulmões, cabeça, coração. Não a tocava. Tomava o cuidado de manter

Quão bela e brutal é a vida

cada pedaço dele alguns centímetros distante dela. Pernas, joelhos. O peito não tocava suas costas. Os lábios não tocavam seu cabelo. Cheiro de gengibre. Seu corpo completamente acordado. O calor familiar. Senti-la ali, ouvir sua respiração. Ele fechou os olhos e estava imaginando que podia vê-la, quando ela murmurou:

— Jack?

— Que é?

— Você gosta de mim?

Ele engoliu a saliva. Não se moveu.

— Sim. Gosto... Muito.

Ela ficou quieta.

Jack esperou, mantendo-se muito quieto sob os cobertores. A curva das costas diante dele. Os joelhos dobrados, a cintura. Cada detalhe era inesquecível.

O vento assobiou lá fora.

Ela estava dormindo. Ele achava que sim.

Então, o sussurro:

— Ainda gostaria de mim se eu não fosse o que pensou que eu era?

— Como assim?

Ela não respondeu. Dava para sentir sua hesitação.

— Nada — disse.

Ficaram ali, deitados na escuridão. Ela perto dele. A luz fraca nas paredes, a respiração. Uma sensação de que a alma podia se libertar do corpo e flutuar na direção dela. Não a tocava. Mas, ah, queria. Na cama, sobre os lençóis, seu corpo esguio. Tocá-la, sua boca na dela. Sentir o sabor de sua pele. Sentir os dois tremendo. Como queria... Sentia-se ávido. Ela o deixava faminto. As mãos podiam descer, encontrar a barra da camiseta, levantar-se...

Mas ele não fez isso.

Ele não fez isso.

Magoá-la. Odiava esse pensamento.

O ferimento começava a doer. Isso o deixava cansado. Pensou se ela ainda estava acordada e levantou um pouco a cabeça para ver seu rosto, tentar adivinhar em que ela estava pensando, mas não conseguiu.

"Ainda gostaria de mim..." Palavras na cabeça dele. "... Se eu não fosse o que pensou que eu era?"

Ele sussurrou:

— Você não confia em ninguém. Não é? Eu também não. Você vê as pessoas. Elas estão sorrindo. Vão à aula, ou ao cinema. Fazem a lição de casa na biblioteca ou saem com os amigos. — Tentava encontrar as palavras certas. — Você pensa que talvez possa ser daquele jeito. Um dia. Talvez possa ser assim.

Ouviu a respiração dela. O silêncio. Depois sua voz.

— Jack?

— Quê?

Para sua surpresa, ela virou para encará-lo. O cabelo caiu sobre um lado do rosto, os olhos brilhavam. Um reflexo dos dele.

— Obrigada por não me tocar.

Por um instante, ele a observou. Depois, ela fechou os olhos.

Ele ficou ali naquele pequeno paraíso, tingido de luz azul.

Era tudo que podia fazer.

Um minuto depois, ele estava dormindo.

XXVI

Caos: coisas que não são aleatórias, mas parecem ser.

O carteiro saiu da agência postal ao amanhecer com sua carga de pacotes e cartas. Percorreu a estreita e limpa faixa de estrada em meio à névoa e à neve, foi entregando a correspondência. A neve era soprada na horizontal em grandes rajadas. A temperatura era dez graus abaixo de zero. Os limpadores de para-brisa raspavam neve. Ao meio-dia, ele chegou a um lugar onde a neve tinha coberto a estrada quase completamente, exceto por uma pequena faixa limpa. Ele seguiu a trincheira de estrada ao longo da margem do rio congelado. Pneus rodando, a neve rangendo baixinho. Flocos brancos levados pelo vento. Na última caixa postal, ele abriu a porta de metal e pôs a carta lá dentro. O envelope não era endereçado a Red Dahl, mas o endereço era aquele. Ele fechou a porta de metal e seguiu em frente.

XXVII

Acordei com o barulho do vento. Soprando na porta, na janela. Levantei-me, me vesti, pus o casaco e calcei as botas. Ia sair de mansinho. Era necessário.

Cheguei perto da cama e olhei para Jack dormindo. O rosto machucado, o cabelo rebelde.

Tudo que posso dizer é isto: Algumas coisas você quer tanto, que isso te rasga por dentro. Vira você do avesso.

— Oi — disse Matty.

Ava virou. Matty estava deitado na cama improvisada, olhando para ela.

— Oi — ela cochichou.

— O que está fazendo?

— Tenho que sair um pouquinho.

— Aonde vai?

Ela se aproximou dele e abaixou.

— Para casa. Faz muito tempo que estou fora.

— Não quero que você vá. — Matty se sentou.

— Eu volto.

— Quando?

— Amanhã.

Ele ficou em silêncio.

Quão bela e brutal é a vida

— Deixei dinheiro em cima da mesa — ela avisou. — É para a comida.

— Está bem.

— Vão sentir minha falta, se eu não for.

Ele continuou sentado, olhando para ela. Sem dizer nada. Dobrou as pernas e abraçou os joelhos.

— Pode ligar para o meu telefone, se precisar de mim — disse Matty.

Ava balançou a cabeça para cima e para baixo.

— Boa ideia. E você pode telefonar para o meu. Se precisar de mim.

— Está bem, Ava.

— Certo?

— Eu vou cuidar de Jack.

Eles se olharam.

— Não vá a lugar nenhum, Matty.

— Certo.

— Não quero que você saia deste quarto.

— Está bem. Eu vou cuidar dele.

— Tranca a porta quando eu sair.

— Certo.

Ela o observou por mais um minuto. Depois se levantou, foi até a janela e afastou as cortinas. A neve caindo, o vento. A vidraça vibrando de leve. Não havia nenhum carro lá fora, além do dela. Ava abriu a porta e virou.

— Matty? — Ele ainda a seguia com os olhos. — Não tenha medo.

Os dois ficaram em silêncio: Ava com medo, Matty despreocupado. Ele começou a brincar com os carrinhos ao lado do cobertor. Ela o observou por um momento. Vento frio entrando. Um pouco de neve.

Ela saiu e fechou a porta.

Ficou parada na neve até ouvir o estalo da fechadura.

171

XXVIII

Acha que você teria feito uma escolha melhor? Que teria alterado o curso das coisas? Alterar o quê? O que faria naquele momento? O fim se aproxima, e logo seus julgamentos estarão embaixo da terra.

Eu sei disso: Depois que tudo aquilo aconteceu, eu ainda teria feito a mesma escolha.

Quando Jack abriu os olhos, Matty estava em pé ao lado da cama, olhando para ele.

— Quer assistir a um programa, Jack? — ele perguntou.

Jack bocejou.

— Tem maratona do *Batman* — Matty acrescentou.

Jack se sentou. O outro lado da cama estava desarrumado. Vazio. Ele olhou em volta. Passava um comercial na TV. Lucky Charms. "Magicamente deliciosos!"

— Também podemos jogar UNO — Matty continuou.

— Cadê Ava?

— Nós temos que ficar aqui.

Jack se levantou, foi até a janela e afastou as cortinas. Um lado do corpo ardia levemente. Marcas de pneus na neve. Quase apagadas. Nenhum carro.

— Aonde ela foi?

— Para casa. Volta amanhã.

— Ela disse mais alguma coisa? — O coração de Jack começou a bater descompassado.

— Deixou dinheiro para a comida, e temos que ficar aqui.

Jack olhou para o dia lá fora através da cortina de neve, depois soltou as cortinas. Foi se sentar na poltrona. Matty sentou ao lado dele, no braço da poltrona. Depois de um minuto, pôs a cabeça no ombro do irmão.

Eles passaram a manhã comendo cereal direto da caixa e vendo *Batman*. Lado a lado embaixo dos cobertores. Ele planejava se levantar e tomar uma ducha, mas ficar com Matty era uma justificativa suficiente para esperar. A neve diminuía. A tempestade se afastava. Logo alguém poderia dirigir por aquelas estradas. Red. Os traficantes. A polícia. Eles dormiram um pouco, mas Jack não dormiu de verdade. Ficou pensando que não devia ter ido procurar Red, mas agora era tarde demais. Não devia ter corrido o risco de se machucar. Devia ter cuidado melhor de Matty.

Ao meio-dia, ele levantou-se, tomou um banho e limpou o ferimento com uma toalhinha e água morna, enquanto Matty assistia à televisão. Tomou o antibiótico, vestiu-se e respirou fundo algumas vezes. Inspirar pelo nariz. Expirar. Quando pensava em cuidar de Matty, não conseguia inspirar com a profundidade necessária para encher os pulmões. Um latejar na cabeça. Ele disse a si mesmo para ficar bem.

Para de palhaçada. Você está bem.

Ela volta amanhã.

Arrumou a cama. Sua camiseta estava dobrada em cima do travesseiro — a que ela usou. Ele aproximou a camiseta do nariz: cheiro dela, a fragrância sutil. Ele a vestiu.

Arrumou as coisas. Guardou o cereal, recolheu as roupas sujas. Depois sentou-se na cadeira ao lado de Matty. *Batman* e Robin estavam amarrados, pendurados sobre um fosso cheio de crocodilos famintos.

Jack olhou para Matty vendo TV, viu seu rosto tranquilo. Tentou não se preocupar.

Sério, Jack. Você só precisa superar isso.

Põe a cabeça no lugar. Segue em frente.

Você vai ficar bem.

Ele passou algum tempo ali sentado. Tentando fazer o pior parecer melhor.

O tempo passou.

Uma hora.

Ou duas.

Talvez devesse telefonar para Ava.

Sabia que não devia ligar, mas procurou o pré-pago mesmo assim. Quando o encontrou, viu a mensagem de texto.

SEU PAI QUER TE FALAR UMA COISA.

O coração disparou. Ele leu o número do telefone.

Era da Bev.

— Que foi? — Matty perguntou, olhando para ele.

Pode ser uma armadilha. Claro que pode.

Mas Bev é legal. Ela não nos faria mal.

Mas Bev faria o que Red mandasse. Não, o perigo era Red.

Qual era a decisão mais sensata?

— Vamos dar uma volta — disse Jack.

Matty olhou para ele.

— Acho que a gente não devia ir a lugar nenhum.

— Não vamos longe.

— Ava disse que era para ficar aqui.

— Nós vamos voltar.

— Você nunca faz o que eu acho melhor.

Matty olhou para o outro lado. Jack o abraçou, mas ele estava tenso.

Quão bela e brutal é a vida

— Escuta — disse Jack.

— Que é?

— Bev mandou uma mensagem. Acho que a gente precisa ir falar com ela.

— Por quê?

— Ela quer contar alguma coisa. Pode ser algo importante.

— E se os homens maus estiverem atrás de você?

— Eles podem nem estar mais por aí.

— Por que não podemos só esperar?

— Temos que tentar. Não podemos ficar aqui.

Matty olhou para ele. Finalmente, concordou balançando a cabeça.

— Pega o casaco — disse Jack.

XXIX

Por que Jack saiu daquele quarto de hotel? Por quê?
   Não sei. Talvez ele precisasse agir. Fazer alguma coisa, se mexer. Não ficar esperando para reagir.

É como estar na beira de um precipício.
   Você recua,
      ou dá um passo para a frente.

Eles passaram pela entrada do hotel, e Jack verificou se a faca estava no bolso, sentiu sua forma de metal. Subiram a rua Barley e passaram por uma velha ponte de ferro que atravessava o rio. Na esquina da rua, pararam e ficaram olhando tudo. A luz do semáforo ficou vermelha. A neve no chão, macia sob os pés. O vento era frio. Eles atravessaram o cruzamento e continuaram em frente pela rua. Passaram pela Hunter's Drug & Hardware. Floricultura Pink Petals. As fachadas gastas. Ele olhou para Matty. O gorro puxado sobre as orelhas, o rostinho tenso de medo. Os pés se arrastando. Jack segurou a mão de Matty.
   — Fica perto de mim — disse.
   — Certo.
   — Vamos ficar bem.

Quão bela e brutal é a vida

— E se acontecer alguma coisa ruim?

Jack não respondeu.

— Desculpa — disse Matty.

— Por quê?

— Pelo que eu falei.

— O que você falou?

— Que você nunca faz o que eu acho que devemos fazer.

— Bom, às vezes não escuto muito bem. Vou me esforçar mais.

— Está bem.

Jack abriu a porta do Happy Hair & Nails, e eles entraram. A garota na recepção deixou de lado a lixa de unhas. Ela usava delineador preto e grosso e um suéter cor-de-rosa de couro falso. Olhou para Matty.

— O garoto quer cortar o cabelo? — perguntou.

— Estamos procurando Bev — Jack falou.

— Pedicure hoje é oferta especial. Dois por vinte.

— A Bev está?

Ela o encarou de cara fechada.

— A Bev está lá no fundo.

Eles passaram entre fileiras de cadeiras de cabeleireiro e pedicure em direção ao fundo da loja, onde Bev lia a sorte para quem quisesse pagar.

Jack afastou as cortinas de fios de pedras falsas, e eles entraram. Bev tinha decorado a sala do estoque com papel de parede florido e almofadas exóticas. Tapetes felpudos que pareciam ter vindo de terras distantes. Cortinas de palco cobriam a parede do fundo, e uma mesa coberta com veludo vermelho ocupava o centro do tapete maior.

Tinha fumaça no ar e uma vasilha grande cheia de incenso em cima da mesa. O incenso queimava sobre carvão para ajudar nas previsões. Coentro, cânhamo, erva-doce. Um cheiro pungente. Picante, amargo. A fumaça não se movia no ar parado.

Os olhos de Jack lacrimejavam. Matty apertou o nariz.

Bev apertou um botão do celular e o deixou em cima da mesa.

— Entrem, garotos. Estava esperando vocês.

177

Ela vestia um quimono azul-cobalto e usava óculos gatinho com cristais. O cabelo estava preso em um coque alto, frouxo. Dois palitos brotavam da massa de cabelo. Os lábios pintados tinham cor de framboesa.

— Fiquem à vontade — ela disse. — Tenho biscoitos e chá.

Jack olhou para ela e desviou o olhar.

— Não podemos ficar.

— Sentem. Eu não mordo.

Eles sentaram à mesa. Um lustre, que pendia de uma corrente aparafusada no teto, espalhava pela sala uma luminosidade trêmula, como luz de velas. Em cima da mesa, um delicado jogo de porcelana para chá preparado com fatias de limão e biscoitos caseiros em forma de coração. Um espelhinho de vidro escuro e aparência antiga descansava ao lado da tigela com incenso. Cartas de tarô de prontidão ao lado do chá.

— Jack, eu esqueci... Você prefere com mel ou leite?

— Na verdade, não gosto de chá.

— Experimenta o meu. Comprei na Amazon. Quer fumar?

— Não.

— Eu mesma enrolo. Sem química.

— Não, obrigado.

— Matty, quer leite?

Ele olhou para Jack.

— Não, obrigado.

Ela encheu as xícaras mesmo assim.

Eles beberam. Jack não gostava de chá, e mesmo com o mel o sabor floral tinha uma nota azeda que o fez torcer o nariz. Um rádio em algum lugar tocava suaves sons da natureza.

— Recebi seu recado — disse Jack.

Bev assentiu pensativa. Em cima da mesa, seu telefone enfeitado cintilava à luz trêmula. Ela estendeu a mão para a vasilha com incenso e soprou de leve as ervas, estudando a fumaça que subia. Um fio escuro.

— Não viemos ler as cartas — Jack esclareceu. — Só quero saber...

Quão bela e brutal é a vida

— Silêncio.

Com os dedos cheios de anéis, Bev pegou uma pitada de incenso de um pote perto dela e salpicou sobre as brasas. Fechou os olhos e soprou de novo. Sementes estalaram e queimaram. Uma chama coberta de fuligem subiu sinuosa.

Silêncio. Gotas de chuva caíam na floresta.

— Meu pai — disse Jack. — O que ele quer falar pra mim?

Bev levantou a cabeça e olhou para Jack do outro lado da mesa, com a fumaça rodopiando entre eles.

— O que você procura não está perdido, só parece estar.

Jack a encarava. Estava confuso, não conseguia entender o que ela dizia. A fumaça subia em espiral e morria no lustre acima dela.

— Não sei o que isso significa — ele disse.

Ela o fitou sobre a vasilha fumegante. Depois afastou a tigela de incenso e pegou o espelho escuro. Cabia na palma da mão, era redondo e emoldurado em estanho. O vidro ligeiramente convexo, como um olho. Ela levantou o espelho em sua mão com delicadeza, olhou para o vidro translúcido.

— Removam da cabeça os pensamentos turvos.

Matty mordeu um biscoito.

— E o meu pai? — Jack perguntou.

Bev olhou para o celular. Pôs o espelho diante de Jack e inclinou-se para segurar as mãos, seu olhar radiante à luz do lustre, terno.

— Doce Jack. Como você vai saber em quem confiar?

— Quê?

— Os homens são animais, Jack. E fantasmas.

Ele removeu as mãos.

— Eles observam e esperam — ela continuou.

— Para de falar desse jeito.

Matty sentiu um arrepio e chegou mais perto de Jack, juntando sua cadeira à dele. Jack olhou para o espelho. Podia vê-lo — o olho — apagando e brilhando à luz. De repente, sentiu uma coisa estranha e pensou ter visto alguma coisa no vidro sujo: uma floresta de pinheiros muito altos cobertos de neve; os olhos de algum animal selvagem, brilhantes e imóveis, no meio das árvores...

Ele levantou a cabeça, estava tremendo.

— Meu pai. Só quero saber o que ele queria...

Sua voz soou aguda e calou.

Bev olhou para o espelho. Respirou fundo de repente, como se houvesse sofrido algum golpe. E olhou para Jack.

— Ele está aqui — disse.

Jack levantou-se, assustado. O espelho vibrou, e uma xícara de chá caiu.

A voz de Bev, penetrante:

— Ele não vai te fazer mal, Jack. Só quer falar...

Jack puxou Matty, virou-se e o empurrou através da cortina de contas, segurando seu casaco. Red estava ali, na recepção.

Jack olhava diretamente nos olhos dele.

O rosto de osso. A cabeça deformada.

Jack empurrou Matty de volta pela cortina, o derrubou.

— Levanta — sussurrou. — Droga, Matty. Vai!

A faca. Ele a tinha no bolso.

— Espera — Red chamou. — Espera!

Jack passou por entre as contas. Bev estava ao lado da cortina no fundo. Havia uma porta. Ele segurou a mão de Matty.

— Corre — disse. — Corre.

Eles saíram para a neve. Quando chegaram na metade do beco, Red já tinha passado pela porta atrás deles. Jack segurou o pulso de Matty com mais força, quase o tirou do chão.

— Rápido — disse.

Eles saíram correndo para a rua. Jack olhou para trás, para o beco, mas não viu nada. Em que direção ir? Ele escorregou em uma camada de gelo e caiu, levando Matty junto.

— Levanta — disse. — Corre.

Matty estava caído na neve, apavorado. Jack pegou a mão dele e o levantou. A dor explodiu de um lado do corpo, ele olhou para trás. Red estava atrás deles, a três metros. Os dois ficaram paralisados.

Ele pegou a faca, sacou a lâmina e a apontou para Red. Uma sensação de peso no corpo. Este era o momento. O momento.

Red parou na rua. Olhou para a faca.

— Não se mexe — Jack avisou. — Mais um passo, e eu enfio a faca no seu pescoço.

Red não se mexeu. Estava com a cabeça descoberta, e seus olhos deslizaram por Jack como uma cobra descendo por um buraco. Continuava imóvel. Flocos de neve pousavam sobre a cabeça marcada e derretiam nela.

Com a mão livre, Jack tirou do bolso a chave do quarto de hotel. Pôs a chave na mão de Matty.

— Volta para onde estávamos, Matty. Espera por ela. Entendeu?

Matty assentiu.

— Não — Red protestou veemente. — Vocês dois ficam aqui.

Matty ficou onde estava, pálido. Olhando para Jack.

Jack se colocou na frente de Matty e perguntou:

— O que você quer?

— Ajudar. Só isso.

— Ah, sério?

— É sério, Jack. Eu errei, peço desculpas.

— O que quer de nós?

— Tenho uma coisa para você.

— Não quero nada seu.

Red olhou para Matty.

— Não olha para ele.

Ele olhou para Jack. Não disse nada.

— Aqueles outros homens estão com você?

— Não. Estavam me vigiando. Achavam que você poderia voltar. Mas foram embora, Jack. Juro.

— Para onde eles foram?

— Voltaram para o lugar de onde saíram.

— Aposto que sim.

— Não vão voltar. Rompi com eles. Definitivamente.

Jack quase deu risada.

— Eu sei que errei, Jack. Mas estou tentando consertar meu erro. — Red levou a mão ao casaco.

— Mantenha as mãos junto do corpo. Não dê nem um passo.

Red abaixou as mãos.

— Não sei onde você esteve, mas acho que devia ir embora daqui. Não é mais seguro.

Jack segurou a faca com mais força.

— Não é de mim que precisa ter medo, Jack. Não vou te machucar. Não precisa me ameaçar com essa faca.

Jack olhou para Matty. Ele mantinha as mãos sobre o rosto, espiava por entre os dedos. Quando Jack levantou a cabeça, Red tinha dado um passo.

— Recua.

— Eles não vão parar de te procurar.

— É. Eu sei.

Red não se moveu. Olhou para a rua.

— Pensa, Jack. Qualquer um pode ver você aqui com essa faca.

— Acha que não vou te matar, mas está enganado.

— Não vai.

— Paga para ver.

— Você não é esse cara, Jack.

Enquanto olhava para Red, Jack sentiu o chão vibrar e ouviu o ronco de um motor a diesel. Um lampejo de metal. O veículo acertou Red entre o peito e o joelho com um estrondo; o mundo explodiu em mil pedaços. Red foi arremessado para o alto, para longe da caminhonete, girando no ar. Aterrissou a uns doze metros, no cruzamento. A caminhonete derrapou de lado e parou. Dois homens estavam parados na calçada, olhando. No cruzamento, a caminhonete preta girou e arrancou em alta velocidade.

Jack empurrou Matty e o jogou deitado no chão, fora do caminho da caminhonete. Ele tropeçou e derrubou a faca. Não tinha tempo para encontrá-la. A caminhonete passou acelerando.

Ele olhou para trás. No fim da rua, o veículo reduziu a velocidade. Agitou a neve e parou em meio a uma nuvem branca. Uma Ford F-150. Uma pessoa na cabine.

O homem de cartola.

Ele levantou Matty.

— Corre.

Mas Matty olhava para ele com o rosto vazio. Nenhuma expressão. Jack o pegou e jogou sobre um ombro. Dor. Horrível. Tinha mais gente na calçada. Uma mulher com um celular. Ele estava consciente do ronco da F-150 se afastando, seguindo em direção ao norte.

Silêncio. Neve caindo.

Ele cambaleou meio encolhido para o cruzamento, caminhando em direção a Red com Matty sobre um ombro, um lado do seu corpo doendo muito, mas precisava saber.

Não podia deixar Red morrer ali sozinho, a menos que ele soubesse.

Quando o alcançou, caiu de joelhos na rua e segurou Matty, que escondia o rosto em seu ombro.

— Segura firme — disse Jack. — Não olha.

Matty envolveu a cintura de Jack com as pernas e olhou para os próprios tornozelos. A dor quase impedia Jack de respirar.

A cabeça de Red estava aberta, e uma coisa cor-de-rosa se espalhava na neve. Seu braço e uma das pernas formavam ângulos terríveis. Jack tirou o chapéu e cobriu a cabeça de Red com ele, escondendo a confusão de sangue e tecidos. Jack não queria que as pessoas vissem Red daquele jeito. Red nunca gostou de mostrar esse lado defeituoso.

Ele ficou ali por alguns segundos. Com Red. Segundos demais, e não o suficiente.

Um vento norte soprou e levantou a parca de Red, que se abriu. No bolso interno, um envelope branco tremulava. Fragmentos de neve umedeciam o papel. Jack conseguiu ler duas palavras:

"Para Jack."

O silêncio agora era completo.

De repente, Bev saiu do salão gritando:

— Red! Red! Ah, não, Red! Você não...

Ela correu para a rua e desabou.

Jack se sentia fraco. Abaixou e pegou o envelope, o peso de Matty espalhando a escuridão aos pés dele, depois virou e cambaleou, começou a correr. Segurando os joelhos de Matty para mantê-lo firme.

— Segura em mim — ele sussurrou para Matty, cuja cabeça permanecia baixa, que não respondia. — Temos que correr.

Ao longe, uma sirene uivou. Ele ouvia os gritos. Os gritos de Bev.

— Jack! Por favor... Jack! Para!

Ele continuou correndo. Entrou em uma rua lateral rumo ao hotel. Segurava Matty pelos joelhos. *Não caia. Segure ele.*

— Não olha para trás.

Na metade do caminho para o hotel, eles chegaram à ponte de ferro, e Jack começava a arfar. Quase não tinha fôlego.

Ao ouvir o barulho de pneus esmagando neve, obedeceu a um instinto que não sabia ter e desceu da rua para a margem do rio. Ficou atento, tentando escutar a caminhonete, mas não ouvia nada. Até a sirene tinha parado. Ele cambaleou por algumas centenas de metros, e a neve era profunda. Finalmente, caiu de joelhos e tirou Matty de cima do ombro. Colocou-o sobre a neve. Enfiou o envelope dentro do casaco. O mundo todo pulsava devagar. Matty não ia andar. Estava tremendo, e Jack se sentou. Puxou-o para perto.

— Está tudo bem — disse. — Vamos só descansar por um minuto.

Quando chegaram ao cruzamento ao lado do hotel, Jack parou para observar o tráfego, antes de descer da calçada e seguir mancando pela rua. Matty queria ser carregado, e foi o que Jack fez. Entrou pela

Quão bela e brutal é a vida

lateral do hotel, mantendo-se perto da parede, fazendo o possível para correr. Os olhos varreram o estacionamento. Nada. Do lado de fora do quarto, ele pegou a chave do bolso de Matty e a introduziu na fechadura. Fechou a porta assim que entraram e a trancou imediatamente. Pôs Matty na cama, tirou seu casaco e o chapéu e o enrolou nos cobertores. Depois despiu as próprias roupas molhadas. A camisa tinha manchas de sangue. Ele foi ao banheiro, pegou uma toalha e limpou a área do ferimento. O curativo estava molhado. Não conseguia fazer o corpo parar de tremer. Pensamentos vagos. *Banhos vão ter que esperar. Como você vai ouvir o barulho de carros com a torneira aberta? Como pode ter certeza de que ele está seguro no quarto? Tão longe?* Jack vestiu uma camisa nova e foi para a cama, onde Matty estava encolhido contra a cabeceira.

— Fala comigo — disse Jack.

Matty olhou para ele. Inexpressivo.

— Você se machucou?

Matty balançou a cabeça. E começou a chorar.

Jack sentou-se ao lado dele. A morte de Red pairava no quarto como vapor. Esses homens iriam mais e mais longe. Não iam parar nunca... Nunca.

Jack puxou Matty para perto, o abraçou enquanto ele soluçava. Só isso. Tentava pensar em alguma coisa para dizer. O que poderia dizer? Não havia palavras para isso. Sentia amargamente sua incompetência e apertava os olhos, beijando a cabeça de Matty. Beijou de novo. *E se...? Você pode imaginar? Essa cabecinha adorada, esmagada? Essa cabeça abençoada? O que você faria? Segura ele em seus braços. Abraça ele. A vida se foi. Muito depressa.*

XXX

INVICTUS
William Ernest Henley

Desta noite que me cobre,
Negra como breu do início ao fim,
Agradeço a qualquer deus, se existir
Por essa alma invencível em mim.

Nas garras firmes do destino
Não me acovardei nem chorei
Sob os desdobramentos do acaso
Minha cabeça sangra, mas não a curvei.

Além deste lugar de ira e lágrimas
Nada a espreitar, senão o Horror nas sombras,
Mas a ameaça dos anos
Ao me encontrar, não me assombra.

Não importa se é estreita a passagem,
Nem quanto pesa em punições do mundo a mão,
Sou o senhor do meu destino,
De minha alma sou o capitão.

Quão bela e brutal é a vida

Tenho uma palavra para esse poema: besteira.

Doyle parou na frente do Happy Hair & Nails. A rua havia sido isolada por uma faixa amarela, e a viatura de Midge estava parada no cruzamento com as luzes acesas. Alguém tinha posto um lençol sobre um corpo no chão. Ele passou por baixo da faixa de isolamento.

— É uma guerra — disse Midge.

— Alguém viu a caminhonete?

— Era uma Ford F-150. Nova. Sem placas.

Ele abaixou e levantou a ponta do lençol.

— Droga.

— Cadáveres na rua. — Midge desviou o olhar. — Quem poderia acreditar nisso?

Doyle cobriu Red e levantou-se.

— Bev esteve com os garotos Dahl?

— Sim, senhor. Estavam a pé.

— Não foram longe, então.

Ele estudou as pegadas. Rastros de sangue na neve. O menino mais velho tinha pisado por ali. Havia passos irregulares, talvez estivesse ferido. Ou também fora atropelado. Depois de alguns passos, as pegadas menores desapareceram.

Ele havia carregado o pequeno.

Doyle levantou a fita amarela para Midge passar por baixo dela.

— Não tem mais nada a fazer aqui. Vai para casa.

Ele seguiu as pegadas devagar. Estudando a neve em busca de outros rastros.

Manchas de sangue.

Aqueles meninos. Não parava de pensar neles. *Tem coisas que me lembro como se tivessem acontecido ontem*, disse a si mesmo.

• • •

— Senhora — ele falou, parado sob a luz da varanda.

Ela estava de camisola e descalça, a mão caindo devagar da maçaneta. Nenhuma expressão. Não se movia. Estava escuro. Finalmente, ela disse:

— Eu sabia que viria.

— Sinto muito.

— Não está com ele.

— O quê?

— Preciso sentar.

Quando ela olhou, policiais já cercavam o celeiro por todos os lados. Eram quatro, todos armados. A luz das estrelas era refletida pelos barris. A porta abriu com um estrondo. Um ruído baixo de luta, depois o tiro e o flash de luz amarela.

— Meu Deus — ela disse.

Saiu da casa cambaleando, caiu no chão e escondeu o rosto nos braços sobre a terra. Eco de tiroteio. A noite rasgada. Ar quente de verão. Doyle não conseguia ver nenhum sinal de Leland no interior da casa. Ele se ajoelhou ao lado dela.

— Bobbi Jean.

— Meus Deus — ela repetiu.

Um policial empurrou o homem para fora do celeiro, para a noite, e o jogou no chão. Leland foi rápido. Caiu e rolou, mas o agente o parou imediatamente com a pistola em seu peito. Leland parou com um grito e virou para olhar para a esposa, mas ela estava no chão, soluçando.

— Estou implorando — ela disse para a terra.

— Sinto muito por tudo isso — respondeu Doyle.

— Sabe o que fez com a gente? Sabe? — Bobbi Jean ergueu o rosto amassado para olhar para ele. — Não fala que sente muito.

Doyle pôs Bobbi Jean em pé e a levou para dentro de casa, enquanto seus homens algemavam Leland e o colocavam na parte de trás da viatura. Doyle fechou a porta da frente. Estava escuro na casa. Bobbi Jean foi sentar-se à mesa da cozinha e virou o rosto para outro lado. Tremendo. Ela levou a mão ao peito, sobre o coração.

— Ah, Leland — disse.

Quão bela e brutal é a vida

— A culpa não é sua — Doyle falou.

Ela balançou a cabeça, soluçando baixinho.

— Você não fez nada de errado. — Ela balançou a cabeça novamente.

Doyle não sabia mais o que fazer. Foi acender uma lâmpada.

— Droga — sussurrou.

Um menino muito magro, de pijama, encolhido contra a parede. Ele abraçava alguma coisa, protegia aquilo com as mãos: uma criança pequena. Embrulhada em um cobertor. O menino a segurava contra o peito. Estava paralisado de medo.

Pelo amor de Deus.

Doyle tinha pensado que os meninos talvez estivessem dormindo, mas agora tinha a sensação de que o mais velho havia assistido a tudo, o tempo todo. *Pelo amor de Deus*.

Ele se aproximou e abaixou devagar. A criança pequena estava dormindo. Embrulhada em um cobertor branco. Ele olhou para o menino.

— Oi — disse. — Como é seu nome?

O garoto não respondeu.

— Está tudo bem — Doyle continuou. — Não vou te machucar.

O menino só abraçava o irmão.

— Quem é você? — ele perguntou, finalmente.

— Sou um amigo.

XXXI

Fui para a escola. Depois fui estudar na biblioteca. Às vezes, você faz as coisas no piloto automático. Vai cumprindo etapas com a mente desligada. Como quando você vê pelo canto do olho alguma coisa se aproximando, mas não se permite olhar para ela diretamente. Ainda não está pronta para encará-la.

Eu sabia que ele estaria esperando por mim em casa.

Ele estava.

Ela sai da estrada e se aproxima da casa pela alameda estreita que sobe sinuosa entre cercas de pedras. A neve cobre os postes e forma montinhos em cima das colunas de pedra. Está quase escuro. Um longo crepúsculo azul com galhos de árvores atravessando a neve e o vento, fazendo os galhos sussurrarem. Ela estaciona na frente da garagem e desce. A calçada entre a garagem e a casa foi limpa, mas não há luzes acesas no interior. Ela para e observa. A casa branca e alta. Persianas na frente. Bonita e bem cuidada. Ele não aceitaria que fosse diferente. Ela sobe os degraus para a varanda, bate as botas no tapete trançado e entra.

O saguão está frio. O piso é de pedra. A escada de madeira sobe para a escuridão.

Ele não está aqui.

Quão bela e brutal é a vida

Os nervos tensos relaxam um pouco, e ela abre o closet, pendura o casaco e deixa a bolsa da escola sobre o banco de nogueira.

Atravessa o hall para o outro lado da sala de estar e, andando, desliza a mão na parede para encontrar o interruptor e acender a luz. Nada. Estão sem energia, talvez por causa da tempestade.

Um isqueiro estala. A chama irrompe e se consolida no vidro escuro da janela, ao lado da qual Bardem está sentado. Ele leva a chama até a boca e acende um cigarro. Olha para ela e não fala nada.

Ela fica parada na soleira. Toda a sala começa a girar. Alguma coisa no jeito como ele a encara desperta a sensação de que ela não pode se mover. A sala fica mais fria com ele ali dentro. Os sons são mais altos. Os minutos são mais lentos.

Ele apaga o isqueiro. Ela vê a brasa vermelha do Marlboro. A sombra dele. Cheiro de tabaco. Ele fica sentado, fumando. Na poltrona de couro. A lareira com o grande console de madeira escura. Ele desvia o olhar. Seus pensamentos parecem estar em outro lugar.

Ela encontra a voz.

— Tudo bem?

Ele não responde.

— Não tem energia.

Ainda nada. Ele age como se ela não estivesse ali.

— Deve estar com frio — ela insiste.

— Sabe por que te chamo de meu passarinho?

A voz é baixa e mansa, um pedaço de veludo que você poderia passar no rosto, só para sentir a textura macia na pele.

— Quê?

— Seu coração. Sempre o sinto acelerado. Como um passarinho na gaiola. Desde a primeira vez em que segurei você. — Ele dá uma tragada no cigarro. — Ainda lembro. Você era só um bebê. Segurei você contra o peito, e senti seu coração batendo. Através da minha camisa. Tremulando, como o de um passarinho.

Ela atravessa a sala em direção à lareira. Tudo está zumbindo. Ela enche a lareira com lenha e gravetos e risca um fósforo. A fumaça sobe em um fio. Seus pensamentos giram. *Ele não sabe nada. Onde você esteve. Com quem esteve.*

Ele não sabe. Ele não sabe.

— Você é uma boa menina — ele diz, por fim.

O combustível pega fogo. A sombra das chamas dança no papel de parede de qualidade.

— Está com fome? — Ela se vira.

Conhece essa artimanha dele. Gato e rato.

É para enganar.

Para pegar ou ser pego.

— Vou preparar uma sopa — ela diz. — Sopa de mariscos?

Ele encosta na cadeira. Olha para ela. Seu rosto é iluminado pelo fogo. Aqueles olhos. Serenos.

— Fala uma coisa para mim — diz.

— O quê?

— Se tivesse uma coisa no mundo que fosse muito importante para você, abriria mão dela?

— Não sei o que quer dizer.

— O que te faria desistir?

Ela o encara.

— Estou falando sobre fraqueza — ele explica.

Ela o estuda. Vê que a analisa à luz trêmula. Ela permanece imperturbável. Organizada. Ela se concentra nisso.

Ele sorri.

— Pensei que pudesse querer dizer alguma coisa. Para me convencer.

— Convencer você de quê?

— Convencer de tudo.

— Não estou entendendo.

Ele aproxima o cigarro do cinzeiro sobre a mesa lateral, bate as cinzas. Olha para o fogo.

— Todo mundo chega a este mundo intocado pela experiência. Puro. Sem defeito. Seis trilhões de células de biologia impecável. Moléculas e proteína. Então começa a existência. É só vida. O grande jogo.

Sentimento, esperança, sonho. O coração é envolvido nisso. Começa a se importar. Sonhos se desfazem, esperanças são despedaçadas. Amor é perdido. Aquele brilho imaculado se apaga. Aí está o dano, Ava. A fraqueza. A vida quebra o molde perfeito de que saímos, e nós somos apagados, ofuscados. Somos todas cascas escuras daquele começo que um dia foi brilhante. Não tem como evitar. — Ele para, pigarreia. — Só tem um jeito.

Ela espera. Não faz a pergunta. A que ele quer que faça.

O tempo é lento. Tique.

Tique.

Ele olha para ela. Os olhos azul-claros como água. Pacíficos.

— Você se tornar intocável.

Ela se agita.

— Como se faz isso?

— Como qualquer outra coisa. Treinando.

O vento sopra forte e sacode as janelas de leve. O fogo crepita. Uma lâmpada acende. A energia voltou. Ele não desvia o olhar dela.

— Vou fazer uma sopa.

— Cortei tudo — ele anuncia. — Seu dinheiro. Cartão de débito, conta no banco. Você agora não tem nada. Exceto eu.

Silêncio.

Ela vira e obriga os pés a se moverem até chegar à cozinha. Lava as mãos na pia, abre o armário e olha para as latas de sopa de marisco. Três fileiras delas, estocadas com perfeição. Pega uma, tira a tampa e aquece a sopa em uma panela. As mãos tremem. Ela tenta fazê-las parar. Ele não sabe de nada. É só um homem. Nada pior. Sal e pimenta. A vasilha sobre um prato. Bolachas salgadas, uma colher. Ela leva para ele perto da lareira. Suas mãos estão firmes.

— Sua favorita.

— Meu passarinho. Obrigado.

— Estou cansada. Acho que vou para a cama.

Ela vira e se dirige ao hall. A voz dele a segue.

— Meu passarinho. Você é uma boa menina, não é?

Ela sobe, entra no banheiro e tranca a porta. Está tremendo. Não consegue se conter. Não é assim. Lava as mãos. O pulso. O coração preto. Esfrega, arranha. Enxagua, ensaboa de novo. Mas não é o suficiente. Às vezes não é.

Ela verifica a porta por precaução. Depois tira as roupas e vai tomar banho. Abre o chuveiro no quente. Tão quente que a pele arde. Lava tudo. Cabelo, rosto, braços, pernas. Da cabeça aos pés. Ela esfrega. Para tirar a sujeira. Até se acalmar. Até ter certeza de que está bem. Depois lava de novo.

Enrola-se em uma toalha, enxuga o corpo e veste uma blusa de pijama e um short. Ela não tranca a porta do quarto. Ele virá de qualquer jeito. Vai esperar até mais tarde. Virá e sentará na cadeira. Ela afasta as cobertas, levanta o travesseiro e lá está o macaquinho. Pelo marrom. Uma das orelhas se soltou. Ela o pega, deita e se cobre.

Vai dormir.

Dorme. Só fecha os olhos. Você vai ficar bem.

Ele não sabe nada.

Jack.

Doce Jack.

O pequeno Matty.

Você vai aguentar.

Eles precisam de você.

Ela abraça o macaquinho com força.

XXXII

Uma vez, eu falei para você que, para entender a verdade, é preciso começar do começo. Mas onde é isso, realmente?

O caminho para a verdade é torto
e o tempo é um círculo.
Vem ver.

A terra agora está coberta de neve, e a luz lenta e perolada da manhã envolve tudo. O céu, os campos congelados. Os galhos das árvores congelados, com pequenos cristais nas extremidades. Ava tem sete anos. O pai a levou para caçar pela primeira vez.

Ele está ensinando. Está ensinando a ela o que é a vida.

— Aqui tem um lugar bom, com uma boa linha de visão — ele diz. — Deve ter alguma coisa naquela colina.

Ele pendura o rifle no ombro e solta a bolsa de lona. Vai se refugiar entre os troncos escuros de árvores coníferas, e ela imita cada movimento dele. Grandes galhos se curvam do alto. Não há pegadas em nenhum lugar, exceto as deles. O mundo conhecido ficou para trás. Do outro lado do campo tem uma floresta branca.

— Você precisa segurar o rifle com firmeza para manter a mira reta. Está vendo? — Bardem mostra a ela como segurar a arma. — Deita de bruços. Está vendo? Seu corpo fica mais estável nesta posição.

A mão fica aqui. Tem que ser leve. Como um aperto de mão ruim. Pulso reto, dedos flexionados. Apoia o cabo no ombro. Assim.

Ela observa atentamente. Ouve. Para deixá-lo feliz.

— Cotovelos para baixo e para dentro. Não flexiona o dedo sobre o gatilho até estar pronta para atirar.

Ele entrega o rifle, e ela segue cada etapa com precisão. Respirando com tranquilidade. Controlada. O cabo do rifle na depressão do ombro. Ela é o que ele quer que seja.

— Precisa segurar o rifle do mesmo jeito todas as vezes — ele diz. — Vai treinar para segurar na mesma posição. Firme. Sólido. Estável. A mesma posição todas as vezes, sem mudar nada. Precisão é uma função de consistência. Entende?

Ela balança a cabeça para dizer que sim.

Ele a observa com grande ternura. Pega o rifle da mão dela, deita ao seu lado e vira seu queixo, de forma a fazê-la olhar para ele. E sorri.

— Bom trabalho.

— O que fazemos agora?

— Esperamos.

Eles observam a colina cintilante e bebem café quente direto da garrafa térmica, vendo a respiração formar nuvens no ar. A sombra das árvores cai sobre o campo. A barriga de Ava esquenta. Ela transpira dentro do casaco. Das botas. O sol se eleva no céu, e as árvores silenciosas brilham em todos os lugares. É como glitter dentro de um globo de neve. Intocado.

— Está vendo ali? — pergunta Bardem.

Ela olha para a direção que ele aponta.

— Bem ali — ele diz. — Um dia, é lá que vamos construir uma casa. Uma cabana. Vai ser um lar só para nós.

O lugar é tranquilo. Ela olha, imagina e almeja.

Ele levanta-se, pega um Marlboro e um isqueiro do bolso da jaqueta, acende o cigarro e fuma. Senta-se sobre os calcanhares com os cotovelos em cima dos joelhos, observando. Não desvia os olhos da linha das árvores.

Quão bela e brutal é a vida

Uma brisa balança os pinheiros e some. O céu é uma abóbada azul.

Enquanto ela está ali deitada, olhando para o campo coberto de neve e para a área escura das árvores, uma rápida sombra passa pelas manchas de sol. Desaparece, e ela se empertiga e redobra a atenção. Pensa que sua imaginação a enganou, até que a silhueta emerge do limite da floresta.

É um veado. Ágil, gracioso. Uma corça, ela pensa. O animal para na neve fresca, pura, levanta as orelhas e o focinho e escuta. E Ava pensa: "Quanta beleza tem neste mundo."

Bardem levanta o rifle. Aponta e atira.

O disparo ecoa pelo campo. Galhos estremecem, e neve cai das árvores. O ar se rasga bruscamente em dois. Longe, o veado cai na neve convulsionando. Ava sente o coração pesar como se tivesse parado no peito, mas não faz nenhum barulho. Fecha os olhos.

— Pega o rifle. — Ele se abaixa ao lado dela.

Ela balança a cabeça.

— Pega. Faz o que eu digo.

— Não.

Ele segura suas mãos e põe o rifle nelas.

— Olha pela mira. Olha.

Ela vai chorar. Quer correr. Sair dali. Lavar as mãos, ficar bem. Alguma coisa escura e vazia se prepara para devorá-la.

— Olha — ele repete.

Ela olha sem dizer nada. Pela mira. O veado está deitado na neve, e tudo em torno dele se tinge de rosa. Como uma raspadinha.

— O que você põe nesse círculo é seu — ele diz. — Só precisa pegar. Entende?

Ela assente.

— Fala.

— Entendo.

— Ótimo.

Ele pega o rifle e a abraça. A embala suavemente, para a frente e para trás. Ajeita seu cabelo embaraçado atrás da orelha.

— Pronto, pronto — diz. — Meu passarinho. Está tudo bem.

XXXIII

As pessoas tentam criar ordem. Disciplina. Regras. Isso dá paz a elas. Uma sensação de regulamentação. De força. Faz sentir que estão no controle.

Mas a vida é caos, leitor. Quanto mais depressa você aprender isso, melhor.

Repita comigo.

É só por um tempinho.

Quando Matty parou de chorar e começou a respirar mais regularmente, Jack o deitou na cama e o cobriu. Ele levantou-se e foi até a janela. O luar iluminava o hotel, e o estacionamento estava imerso em sombras. As lâmpadas de vapor ainda estavam apagadas. Em algum lugar, Red estava arrebentado em cima de uma mesa de metal. Jack foi ao banheiro, abriu a torneira da banheira e jogou xampu na água para fazer espuma. A melhor coisa a fazer era ignorar aquele peso no coração e pôr a cabeça para funcionar. Contar com a cabeça. O que fazer? Ele virou-se e voltou à cama. Matty estava deitado, olhando para ele.

— Vem — ele disse. — Esse vai ser o melhor banho que você já tomou.

Quão bela e brutal é a vida

Matty foi para o banheiro, tirou a roupa, entrou na água e sentou-se. Pálido, magro e nu. Com as mãos sobre as partes íntimas. Jack entregou o *Batman* a ele.

— O que acha?

— Isto é que é vida.

— Isto é que é vida?

— Sim.

— Onde ouviu isso?

Matty deu de ombros, tímido.

— Está bem quente?

Ele confirmou, balançando a cabeça.

Jack lavou o cabelo de Matty e o esfregou com uma toalhinha ensaboada, depois o enxaguou. Ossos salientes. Joelhos e ombros. Coluna. Ele deixou a água escorrer pelo ralo, enrolou Matty em uma toalha e enxugou seu cabelo. O vapor se desprendia de seu corpo como névoa.

— Põe o pijama — Jack falou.

— Está bem.

— Está com fome?

Matty assentiu.

No quarto, Jack pegou uma barra de granola com gotas de chocolate e uma salada de frutas da sacola de compras e acomodou Matty à mesa. Matty comeu em silêncio. Olhava para a porta a todo instante.

— O que foi?

Ele se mexeu na cadeira.

— Fala para mim.

— Acha que a caminhonete pode estar lá fora?

— Acho que não.

— Eles não vão conseguir achar a gente aqui.

— Não, não vão.

— Tinha sirenes. — Matty deu uma mordida na barra de granola, mastigou.

— Sim.

Cory Anderson

— A polícia acha que a caminhonete é dos homens maus?

— Acho que sim.

— Porque eles atropelaram Red.

— Isso.

— E Red agora está morto.

— É, está.

— Como a mamãe.

Jack assentiu. Os olhos doíam. A garganta.

— Nós vamos morrer?

— Não. Não vamos.

— Mas não sabemos.

— Não. Acho que não.

Ele comeu um pedaço de pera da salada de frutas.

— Então, temos que ser espertos.

— Temos que ser espertos. Sim.

— Para eles não encontrarem a gente.

— Não vão. Eles não vão encontrar a gente.

— Podemos ficar aqui agora, até Ava voltar?

Jack hesitou.

— Acho que sim.

Matty terminou de comer as frutas, lambeu o copo e amassou a embalagem da barra de granola. Parecia estar pensando.

— Somos os bonzinhos — disse. — Não é verdade?

Jack confirmou, balançando a cabeça.

— E somos espertos porque estamos aqui.

— Sim.

— Porque estamos juntos.

— Sim. Porque estamos juntos.

Eles ficaram deitados lado a lado na cama, de pijama e embaixo dos cobertores.

— Canta uma música? — Matty pediu.

Era uma coisa que ele pedia quando não conseguia dormir.

— Canto. Qual?

— Você escolhe.

Jack pensou em uma música que eles costumavam cantar. Às vezes, ele a tocava no violão, e Matty cantava. Achava que Matty ia gostar dessa. Ele começou cantarolando a melodia, e depois de um tempo começou a cantar baixinho. Sua voz não era muito boa, mas Matty nunca se importou. Cantou em voz baixa e suave, até Matty fechar os olhos. E continuou cantando por um tempo depois disso. Matty sempre acordava, se parava de cantar cedo demais. Mais tarde, quando Matty já dormia, ele continuou ouvindo a música em sua cabeça. A letra.

I see trees of green, red roses, too
I see them bloom, for me and you.

Ele olhou para a escuridão. O azul-pálido do rádio-relógio nas paredes. Aquela sensação no peito — agora estava sempre ali — de não ter ar suficiente.

Tentou pensar sobre a manhã seguinte. O que fazer. Queria poder levar Matty a uma biblioteca em algum lugar e ler um livro para ele, ou desenhar em folhas brancas de papel, ou talvez levá-lo ao cinema para uma matinê. Comprar pipoca e refrigerante. Seus olhos doíam, e ele os esfregou com o braço. O aquecedor rangeu e entrou em ação. Assobiava baixinho. Ele ficou no escuro azulado e desejou um mundo mais bonito do que o que tinha.

À noite, inventou histórias nas quais Ava não tinha ido embora. Ela estava na janela, sua sombra projetada no vidro. Aproximava-se dele vestindo apenas sua camiseta, levantava as cobertas, deitava e escorregava para perto dele. A pele morna. O cheiro dela. Sentia o desejo

Cory Anderson

crescendo como uma fome. Seria muito bom ser tocado por ela. Ser necessário, sentir tanta necessidade. No sonho, ele a puxava para perto. As mãos em seu quadril e o nariz em seu cabelo. Os dois tremendo. Os dois prontos.

Pouco antes do amanhecer, ele se levantou, deixou Matty dormindo e aproximou-se do casaco que havia deixado na cadeira, pegou o envelope no bolso. Acendeu o abajur e sentou-se para estudar a caligrafia. Garranchos manchados de água, palavras inclinadas para a direita. Letras bruscas. De contornos duros. Como ele.

Jack abriu o envelope e desdobrou a folha amarela que encontrou dentro dele. A página arrancada de um livro: *Caninos Brancos*. Tinha uma textura granulosa. Duas palavras rabiscadas sobre o texto no sentido do comprimento, em letras escuras, inclinadas. Palavras riscadas fortemente.

Volta lá.

XXXII

Onde é o fim e o começo, e a coisa que causa o fim que leva ao começo? Como você conta onde estava ou a diferença de onde está? Tudo levou a este momento? A esse único grão de areia?

Ava se arruma, depois espera. Senta na cama. Escuta. Ele vai tomar banho. Fazer a barba. Depois vai preparar o café da manhã. Café. Ovos e bacon. Mais tarde, ele vai lavar a louça, enxugar tudo e guardar nos lugares corretos nas prateleiras. Nas gavetas. Vai limpar a bancada de mármore com um pano de microfibra.

Barulho de pratos. A porta de um armário se fechando.

Ela escuta e espera.

E espera.

Pronto. A porta da frente se fecha. Segundos se passam. Um motor ligado. Ela vai até a parede ao lado da janela e afasta a cortina. A neve cai em pedaços finos como nuvens de um céu azul-cobalto. Lá embaixo, na entrada para carros, Bardem dá ré no Land Rover, passando por camadas de neve, depois engata a primeira e se afasta entre árvores cobertas de neve. Ela vê o brilho do metal entre os galhos até o Land Rover sumir de vista. E fica olhando mais um pouco. Até não poder mais ouvir o motor. Até ter certeza.

Silêncio.

Cory Anderson

Seu sangue. Ela o sente correr. Correndo em explosões rápidas.

Põe roupas em uma bolsa quadrada. Coisas de viagem. Escova de dente, xampu, sabonete. Seu macaquinho. Coisas necessárias. Pendura a bolsa no ombro e se aproxima da escada para descer. No fim do corredor, a porta do quarto dele está fechada. Como sempre. Ela vai até lá e gira a maçaneta. Abre a porta e fica parada na soleira. O cheiro dele invade suas narinas. Uma fragrância sutil. Almiscarada. Feroz.

Não tem autorização para entrar ali.

Ela deixa a bolsa na porta e se aproxima da cômoda. Abre a gaveta de cima. Dentro dela tem duas canetas e alguns papéis. Envelopes. Pilhas organizadas. Nada se tocando. Ela fecha a gaveta e abre o guarda-roupa. As camisas limpas e passadas, penduradas nos cabides. Oito camisas. Todas de flanela, abotoadas na frente, arranjadas por cor, do cinza ao preto. Na cômoda tem meias. Cuecas brancas. Jeans dobrados.

Nada aqui. Nenhum sinal do que ele sabe.

Mas ele sabe alguma coisa. Ah, sim, ele sabe.

Sobre a mesa, uma fileira solene de livros em pé, em ordem, organizados por nome do autor. Hemingway, *Por quem os sinos dobram*. Livros de filosofia. Maquiavel, Sun Tzu e Nietzsche. *Assim falou Zaratustra*. Um volume de poemas vitorianos. Capas de couro, encadernação elegante. Maravilhas elevadas e místicas sustentadas por apoios para livros de metal escuro queimado.

Seu altar.

Esta casa é sua, passarinho. Mas não meu quarto.

Vá a qualquer lugar. Mas não ao meu quarto.

Ela vira. A cama é espartana. Algodão liso; dobras perfeitas, vincadas. Travesseiros arrumados com perfeição. Sobre a mesa de cabeceira, um decanter de uísque. Um cinzeiro. Seu isqueiro.

Nada.

Não tem nada. Nada aqui.

Embaixo da cama. Embaixo da mesa. Atrás da porta. Ela olha todos esses lugares. Nada aqui, nada aqui.

Sangue. Em sua têmpora, pulsando.

Ele pode voltar a qualquer momento.

Pensei que pudesse querer dizer alguma coisa. Para me convencer.

Convencer você de quê?

Convencer de tudo.

Segundos passam, se afastam.

Ela se dirige à porta. E para, vira.

Não há razão para isso, mas ela faz assim mesmo. Segue uma intuição que diz "olha aqui" e vai até o lado da cama onde ele dorme, levanta o travesseiro. E encontra o livro de cálculo. O balão de ar quente na capa.

Ela abre o livro. Para ter certeza.

Sim, seu nome está ali.

Ela dá um passo para trás, a cabeça latejando loucamente – peças de quebra-cabeça se alinhando, encaixando em seus lugares.

Então... ele sabe.

Onde você esteve.

Com quem esteve.

Ela não perde tempo pensando, só se aproxima da mesa, da fileira de livros, e os joga no chão. Os volumes pesados caem no chão de madeira, se abrem. Baques surdos ecoam no ar. Ela bate nos apoios para livros, e eles caem, rolam no chão e desaparecem embaixo da cama.

Silêncio de novo.

"Meu passarinho. Você é uma boa menina, não é?"

Ela olha para os livros. As capas castigadas. Espinhas quebradas.

Silêncio.

O sangue pinga de um arranhão na mão.

Ela abaixa e pega *Por quem os sinos dobram* do chão de madeira, e o coração no pulso chama sua atenção. A rapidez com que o coraçãozinho de tinta pulsa, bem em cima da veia.

O livro treme em sua mão. Ela segura as páginas e as arranca da encadernação. Depois segura *O príncipe* com as duas mãos, rompendo a costura e jogando as partes do livro em cima da cama. Agora não tem silêncio. Ela ouve a respiração entrecortada, os sons dolorosos presos na garganta.

Para e recolhe os livros, equilibra todos nos braços e os coloca no centro dos lençóis brancos. Pega o decanter da mesa de cabeceira, remove a tampa e despeja uísque sobre os livros, molhando Nietzsche e Sun Tzu. Acende o isqueiro. Estende a mão com a chama. Abre a mão.

O fogo se espalha pela cama.

Ela vira. Com o calor às costas, vai pegar a bolsa. *Quando vir a fumaça, ele vai voltar.* Na cozinha, ela lava as mãos. Suavemente. Só uma vez. Enxuga as mãos em uma toalha. Passa pelo hall de pedras e sai pela porta da frente, caminha sob a neve que cai. O cheiro de papel queimado atrás dela. Cinzas dançam no ar frio. Quando entra no carro, ela põe a bolsa ao seu lado, no banco do passageiro.

Na metade do caminho, para e olha pelo retrovisor. Essa imobilidade do sangue nas veias. Com exceção de uma pálida luz cor de laranja nas janelas da casa, o fogo é imperceptível. Ela fica parada vendo a casa queimar.

Depois segue em frente, para a área mais densa das árvores e para a estrada.

A uns oitocentos metros da casa, a luz do fogo cintilou na lente do binóculo. Bardem ajustou o foco para dar mais nitidez à visão da casa. Ajustou os anéis para corrigir a dioptria. Quando fez isso, o fogo ficou mais brilhante. Estava sentado com a pistola no colo. A espingarda e o rifle estavam na bolsa fechada por zíper, ao seu lado. Ele observava a casa, tirava conclusões. A de que ela tinha feito uma escolha, mesmo conhecendo as consequências. A ação e a reação que conduziram a essa circunstância desesperada. Estudou o carro, que se afastava da casa e desaparecia entre as árvores brancas.

Ele abaixou o binóculo e ficou parado no frio e no silêncio, com o motor ligado. O céu cinzento era baixo no horizonte diante dele. Nuvens de neve desciam flutuando.

Lá na frente, longe, Ava entrou na estrada.

Ele saiu do acostamento e a seguiu.

XXXI

Eu costumava ter esse sonho de que alguma coisa me seguia. Não sei o que era, mas sei que queria me machucar. Nunca olhava para trás para ver como era aquela coisa. Mas sei que era escura. Meio indistinta. Acho que era uma pessoa, mas também era algo pior. Uma espécie de parasita. Como se fosse possível sentir aquilo penetrando em mim para pegar o que queria. Acho que nunca teria escolhido virar para trás e ver. Acho que, para isso, é preciso estar disposta a se entregar. Eu nunca vou virar para trás e enfrentar isso.

O sonho não fazia sentido, incoerentes como sonhos são. Às vezes, a coisa me encontrava do lado de fora e me seguia de longe até em casa. Às vezes era em uma loja, ou na biblioteca. Uma vez, me encontrou na escola, mas na maioria das vezes era no meu quarto, à noite. Esperava ao lado da minha cama até eu acordar. Mesmo no escuro, não tem como não sentir. Não dá para se esconder. E você não pode fugir. Eu sei, porque tentei.

Ela segue, sempre.

Se você tem medo, ela vai saber. Vai saber em um instante. E, então, vai seguir mais depressa. Acho que você não pode se deixar alcançar. E eu não vou deixar. Nunca vou deixar. Se você deixar, vai ser tarde demais.

O que acontece é isso aqui.

Todas as vezes.

Começo a correr. Desço a rua, ou atravesso um parque. Entro em uma loja. Qualquer lugar. Aquela coisa me segue. Pode haver outras pessoas por perto, no sonho, mas ninguém vê. Sou eu quem ela quer. Mais ninguém. Eu sinto. Corro muito, mas a coisa nunca se afasta. Ela me segue. Não sei o que fazer, e fico cansada, muito cansada, até que, no fim, sempre corro para minha casa. Porque a gente devia ter segurança em casa.

Corro pelos cômodos. Para a escada. Subo correndo. Ela me segue. Um lance de escada termina, outro aparece. Escadas estranhas que fazem voltas e curvas. Subo correndo. Mais e mais alto. Até que a escada fica mais estreita. Mais instável. Ela range. Sinto a coisa atrás de mim. Mais perto. Corro mais. Corro, tropeço. Ela me segue. Subo até chegar ao topo, e de repente estou ao ar livre, e a escada termina naquele parapeito com vista para a noite. Céu preto. Estrelas. Recuo do parapeito e fico ali parada, balançando e olhando para a escuridão — até que sinto a coisa ali, atrás de mim. Até ela estar respirando dentro da minha alma. E é nesse momento que eu pulo.

E aí

Acordo.

E sei: Em algum lugar lá fora, tem uma coisa sombria perseguindo todos nós.

Doyle chegou ao Motel Dunes às dez e quinze da manhã, estacionou na frente da recepção e entrou.

A mulher atrás do balcão tinha os cabelos brancos em cachos duros, os quais ela mantinha no lugar com um lenço amarelo. Fumava um cigarro e lia um romance de banca. Quando ele tocou o chapéu, ela levantou a cabeça sem grande interesse no que via e voltou ao livro, *Soldado caubói*. Ele tocou a sineta. Ela soprou a fumaça em sua direção.

— Oi, benzinho — disse. — Vai querer um pernoite? Ou o preço por hora?

— Estou procurando uns garotos.

Quão bela e brutal é a vida

Ela o encarou desconfiada.

— Este estabelecimento funciona dentro da moralidade.

Doyle a encarou de volta. Olhou para a recepção esquálida.

— Tem dois meninos hospedados aqui? Um deve ter uns dezessete anos. O outro é menor.

— Meu bem, não posso dar informação sobre os hóspedes.

— E agora? — Ele pôs o distintivo em cima do balcão.

— Bom, senhor, peço desculpas. — Ela fechou o livro. Não parecia preocupada.

— Alguém fez check-in nas últimas 48 horas?

Ela levou o cigarro à boca, tragou. Soprou um pequeno círculo de fumaça.

— Uma garota. Bonita. Jovem.

— Estava com alguém?

— Não fico vigiando.

— Talvez possa pensar melhor agora e lembrar.

A recepcionista continuou onde estava, um pilar de ameaça de lenço amarelo.

— Esses garotos estão em perigo — disse Doyle. — Precisam de ajuda.

— Talvez eu a tenha visto com um menino pequeno.

O telefone dele tocou. Ele o silenciou. Olhou para a tela.

Midge.

Doyle apertou o botão para atender e ficou ouvindo.

— Casa de quem?

Na estrada, um caminhão de bombeiro passou apressado, com a sirene ligada. Ele resmungou um palavrão.

— Tudo bem. Não faça nada. Estou a caminho.

Jack afastou um pouco as cortinas e deu uma olhada lá fora, segurando o martelo em uma das mãos. O sangue pulsava nos ouvidos. Neve interminável.

A caminhonete do xerife estacionada na frente da recepção. Ele vigiava as portas. Tentava pensar. Segurava o martelo com firmeza.

Você é capaz disso?

Se ele entrar aqui?

Levanta e bate. Rápido e com força.

Com força.

Ele esperou, tentando respirar. Trinta segundos. Um minuto.

Luzes brilharam ao longe, depois na estrada, um caminhão de bombeiros passando em alta velocidade. O xerife saiu da recepção e entrou na caminhonete. Não olhou para o quarto de Jack. Ligou o motor. Acendeu os faróis. Jack assistia a tudo sem piscar.

O xerife foi para a estrada, seguiu o caminhão de bombeiros. Jack esperou. Quando o carro desapareceu, ele soltou a cortina.

Silêncio total.

Foi até a cama e agachou-se para olhar embaixo dela. Matty estava deitado de bruços embaixo do estrado empoeirado, o rosto pálido nas sombras. O queixo no carpete.

— Ele já foi?

— Sim.

Matty saiu de lá rastejando com a ajuda dos cotovelos e ficou em pé, enquanto Jack continuava abaixado com o martelo na mão. Tinha a sensação de estar despencando de um lugar muito alto. Escorregando entre partículas de ar. Matty continuava parado, olhando para ele. Parecia atordoado.

Jack soltou o martelo e puxou Matty para perto. Limpou as teias de aranha de seu cabelo. *Abraça ele com força. Assim.*

— Desculpa — disse Jack. — Desculpa.

Ele abraçava Matty e tentava respirar. Levava ar aos pulmões. O esforço de se manter vivo. Estava ficando idiota. Era idiotice passar tanto tempo ali, e sua cabeça não funcionava direito. *Concentra*, disse a si mesmo. *Você tem que raciocinar melhor.*

Doyle. O que podia ter feito com ele.

O que ele podia ter feito com você.

Quão bela e brutal é a vida

E depois: *ele vai voltar. E, quando voltar, vai ser tarde demais. Tarde demais para pensar ou fazer alguma coisa.*

— Quem era? — Matty perguntou.

— Temos que ir.

Matty ficou onde estava, olhando para o martelo.

— Vai — disse Jack. — Pega tudo. Temos que ir embora.

XXX

Uma vez, aprendi na escola sobre um físico austríaco que contava uma história sobre um gato. Era um experimento envolvendo o pensamento, ou alguma coisa assim. Não sei por que ele usou um gato, mas me lembro que era um gato. Gosto de gatos.

Ele disse para imaginar uma caixa. Era um tipo especial de caixa, na qual você pode ver ou ouvir qualquer coisa dentro dela. Imagine que alguém chega e põe um gato na caixa, e essa pessoa deixa um frasco de veneno com o gato e tampa a caixa. Se o veneno derramar, o gato morre. Não há como evitar. E as chances de o frasco vazar ou não vazar são iguais. As chances são exatamente iguais.

O que acontece?

Simples, você diz.

O veneno vaza e o gato morre.

Ou o veneno não vaza, e o gato continua vivo.

Você olha para a caixa e se pergunta: o gato está morto lá dentro, ou ainda está vivo?

Mas você não abre a caixa.

Você não olha.
Você não vai olhar.

Quão bela e brutal é a vida

. . .

Jack recolheu as roupas e as enfiou na valise, pegou o cereal da gaveta e toda a comida que restava e guardou na sacola de compras. No banheiro, encontrou o *Batman*, o esparadrapo, a gaze e a embalagem de antibióticos e levou tudo para o quarto.

Durante todo esse tempo, Matty ficou abaixado ao lado da cama. Não se mexeu. Jack abaixou ao lado dele. O pânico nunca esteve muito longe, agora ele chegava a qualquer momento. A página arrancada no bolso de seu casaco. Duas palavras rabiscadas. Volta lá.

— Temos que ir — disse Jack.

Matty não respondeu.

— Não podemos ficar aqui. Você precisa fazer o que eu digo.

Ele ficou em silêncio.

— Olha para mim. Você precisa levantar.

— Não quero ir.

— Não perguntei se queria ir. Levanta.

Mas Matty não se mexia.

O pânico ameaçava alcançar Jack, e ele tentava mantê-lo afastado respirando. Foi até a janela, abriu as cortinas e olhou para o estacionamento, mas não tinha ninguém.

Flocos de neve caindo à luz incandescente. As marcas de pneus estavam desaparecendo. Mas Doyle voltaria.

Que seja.

Ele pegou o *Batman* da valise, sentou-se no carpete ao lado de Matty e deu a ele o boneco. Matty o pegou sem falar nada, e foi isso. Ficaram ali, em silêncio.

— Eu devia ter sido mais cuidadoso — disse Jack.

Matty não olhava para ele.

— Fala comigo.

Matty continuava ali, sentado, de cabeça baixa, segurando o *Batman* entre os joelhos. Depois de um minuto ele disse alguma coisa, mas Jack não conseguiu entender.

— O quê? — perguntou.

Matty levantou a cabeça. O rosto cansado.

— Não quero ir sem ela.

Os dois se encararam.

— Eu também não quero. — Sua voz era grossa. Ele falou de novo. — Eu também não quero...

Engoliu, respirou fundo. Dor na garganta. Palavras não podiam transmitir essa dor absurda. A luz da janela se derramou sobre eles. Jack estudou Matty, as linhas em sua testa franzida. A mandíbula contraída, teimosa. Ele engoliu a raiva. *Você vai viver para ver isso? Para ver ele se tornar um homem?*

— Vamos, baixinho — disse.

— Ela disse para esperar. — Matty se mexeu.

— Não podemos ficar esperando.

— Ela disse que não era pra gente ir a lugar nenhum.

— Eu sei, mas...

— Mas fomos. E Red foi atropelado.

Os dois ficaram em silêncio. Jack olhou para a janela, viu a neve na vidraça.

— Escuta — falou. — Você é meu irmão. É minha obrigação cuidar de você. Eu sempre vou fazer isso. Vou manter você seguro. Vou fazer o que for necessário. Entende?

— Ele era da polícia.

Jack engoliu, não respondeu.

— Os policial são os homens bons. Certo?

— Eu continuo fazendo tudo errado. Desculpa.

Mas Matty não respondeu.

— Também não quero deixar ela aqui. Mas não podemos ficar neste lugar. Não podemos. Não posso deixar ninguém machucar você.

— Sei.

— Você disse que precisávamos ser espertos. Para que eles não encontrem a gente. Bom, isso é ser esperto.

— Tudo bem.

Quão bela e brutal é a vida

— Tenho que garantir que ninguém vai fazer mal a você.

— Não quero que você chore.

— Não estou chorando.

— Parece que vai chorar.

— Não vou.

— Certo.

Silêncio. O sol sumiu e apareceu de novo.

Matty olhava para ele, o olhar claro, o rostinho molhado na luz vívida. Ele se levantou, vestiu o casaco e pôs o gorro de lã. Segurava o *Batman* em uma das mãos.

— Muito bem — disse Matty. — Vamos.

Eles passaram pela porta do hotel e seguiram para o sul por uma estrada secundária, andando depressa. Atravessando bancos de neve sob um céu de granito. Jack levava a valise pendurada no ombro e a sacola de comida em uma das mãos. A neve caía cintilante. Ficava mais intensa. Ele segurou a mão de Matty e olhou para a estrada, mas não tinha estrada. Nem uma trilha aberta na neve. Ouviu o barulho de uma moto só uma vez. Foram andando até chegarem à ponte, e então Jack teve que parar. Ele se apoiou na grade de ferro e tentou recuperar o fôlego. Um lado do corpo começava a doer. O coração pulsava, batucava no peito. Não gostava desse latejar. Como uma piscina escura pulsando.

Matty puxou a mão dele, e Jack olhou em volta, mas não tinha ninguém ali. Nenhuma viatura de polícia. Nem xerife. *Tudo bem*, pensou Jack. *Vai dar tudo certo. Ótimo.*

Eles seguiram em frente, Jack andando devagar e Matty bem perto dele. Jack não sabia para onde ir. Não tinha pensado nisso com antecedência. A estrada parecia se mover. *Mas não está*, Jack pensou. *Está vendo, Jack? Você sabe que o movimento só existe na sua cabeça. Viu? Está raciocinando direito. Ótimo. Está indo bem.* Ele continuou. Movendo-se por pensamentos, águas profundas. A cada pulsar do coração, ficava mais escuro.

Cory Anderson

Na rua principal, ele parou de novo, enquanto flocos de neve desciam do céu e dançavam por todos os lados. Correntes de ar percorriam a neve. Carros, barulho. Lojas abertas. *O balanço só existe na sua cabeça.* Matty puxou a mão dele com urgência, e Jack piscou. Viu Matty ali, parado, olhando para ele de uma distância incompreensível. Brilhando no frio.

Um carro reduziu a velocidade e se aproximou deles. Alguém parava. Ele virou para mandar Matty correr, mas não falou nada. Ficou parado na rua, esperando. Segurando a mão de Matty.

A janela do carro desceu.

Ava inclinou-se sobre o banco do passageiro e olhou para ele com seus olhos encantadores.

— Entrem — ela disse.

Jack pigarreou e resmungou:

— Oi.

Matty sorriu para ela — um sorriso marcado, cansado. Aliviado.

— O que estão fazendo? — ela perguntou.

Jack tentou responder e não encontrou palavras.

— Andando — disse Matty.

— Entrem no carro — ela repetiu.

Matty abriu a porta de trás e entrou.

Jack continuou parado, inalando os flocos de neve. A piscina escura em seu peito pulsava, e ele soube que precisava se sentar. Olhou para Ava. Queria sentar perto dela. Por todo o tempo que pudesse.

Ele abriu a porta do passageiro. Entrou.

Ela pôs o carro em movimento. Jack apoiou a cabeça no encosto e olhou para o que passava diante dele. Fachadas de lojas, galhos de árvores. Um parque. O olhar encontrou o pulso de Ava. Cada vez que respirava sentia um desejo intenso.

— O coração no seu pulso — perguntou. — O que significa?

— Um monte de coisas. — Ela olhou para ele e desviou o olhar em seguida.

— Gostei — disse Matty.

Quão bela e brutal é a vida

— O que aconteceu? — ela perguntou.

Ele deu de ombros, sentindo-se obstinado. Sentindo-se cansado.

— Um monte de coisas.

O calor aconchegante soprava das grades de ventilação, e os pneus esmagavam a neve. Barulho do motor. Ele fechou os olhos.

A voz dela:

— Para onde quer ir?

Ele considerou a pergunta por um longo minuto.

— Para longe — disse.

— Ok. — A resposta dela foi casual.

Mas Jack ouviu na voz dela. O pacto feito com ele. Franco.

Um juramento.

Ficou mais um momento de olhos fechados, pensando no mundo restrito dentro do carro. Esse pequeno santuário. Calor, paz. O suficiente para conservar. Tudo além do limpar de para-brisa, lá fora. A tempestade. Chegando imparcial, fria.

Ele virou a cabeça e olhou para ela, o coraçãozinho em seu pulso focando e desfocando.

Se pudesse parar o ponteiro do relógio. Se.

— Primeiro, tem uma coisa que preciso fazer.

XXIX

Às vezes ainda o sinto. Um lampejo de memória. O jeito como ele se move. Seu cheiro, a solidez branda da voz. O jeito como ele não fala alto. O jeito como ele aceita o que lhe é dado e nunca age como se soubesse mais que você.

Dá para amar alguém assim.

Daria, para qualquer pessoa que tivesse um coração.

Quando Doyle chegou à rua de três faixas, viu uma longa e negra nuvem flutuando sobre as árvores. Uma névoa densa de fumaça. Ele parou o carro perto da casa e desceu.

Cobriu a boca.

Cheiros se misturavam no ar: papel queimado, alumínio. Gás de esgoto. Brasas vermelhas. Ele ficou na área iluminada pelas luzes azuis e vermelhas, olhando para os caminhões de bombeiros junto da casa. Trechos de paredes expostas fumegando no ar frio. Contornos de objetos domésticos. Uma cama enegrecida. Uma poltrona.

Midge se aproximou. O uniforme dela estava coberto de fuligem. Seu rosto estava todo sujo. O cachecol rosa em seu pescoço tinha manchas escuras.

— Xerife — ela disse. — Temos um problemão aqui.

— Alguém lá dentro?

Quão bela e brutal é a vida

— Não, senhor. Tem dois veículos registrados no nome dele. Nenhum sinal deles.

— Hum.

— A casa estava vazia até um mês atrás. Sabe quem a comprou?

— Sei, Midge.

— Acha que temos uma operação de metanfetamina aqui?

— Não, o Sr. Bardem está acima de tudo isso. Esse homem é diferente.

Eles olharam para os bombeiros, que jogavam água no que restava da varanda. Vapor se desprendia da madeira como fumaça.

— É algo curioso — disse Doyle —, essa casa pegar fogo.

— Sim. Não faz duas semanas que eles estão aqui.

— Como assim, "eles"? — Ele a encarou.

— Bardem e a garota — explicou Midge.

— Namorada?

— Não, filha.

— Como é que eu não sabia disso?

— Não sei, senhor. Eles acabaram de se mudar.

Doyle continuava olhando para a casa. Revia tudo mentalmente.

— Temos dois garotos desaparecidos e a casa de um homem queimada; um conhecido associado do pai desses meninos, que se serviu de um bom dinheiro do tráfico de drogas. Dinheiro que ninguém jamais encontrou. E ontem mesmo uma garota reservou um quarto no Dunes. E ela foi vista com um menino pequeno. Quais são as possibilidades de tudo isso?

— Não são boas, acho.

Eles se encararam. A casa gemia baixinho enquanto era resfriada.

— Providencia uma descrição dos dois veículos — disse Doyle. — Telefona para todo mundo. Explica que não se sabe o que essas pessoas podem fazer. Fala com eles.

— Sim, senhor.

— Temos o nome da filha do Bardem?

— Ainda não.

219

— Descubra. Quero o nome dela. Depois, mande agentes a todos os hotéis e motéis em um raio de oitenta quilômetros. Rodoviárias. Dá uma olhada nelas. Telefones celulares. Quero números.

Foi um tremendo erro não olhar aquele quarto no hotel. Agora eles já devem ter saído de lá.

Doyle viu Midge caminhar em direção a casa, gritando instruções para os outros oficiais, o cachecol rosa e imundo tremulando ao vento. Ainda faria dela uma xerife. Depois, ele voltou à viatura, manobrou e voltou ao Motel Dunes.

Queria ajudar aqueles garotos.

Podia impedir o que estava para acontecer.

Certamente podia.

XXVIII

Cá estamos nós, você e eu. Presos no círculo do tempo.
Tudo é um amontoado de mentiras.
Não tem fim.

Depois de se registrarem no hotel Sunshine, em Rexburg, eles seguiram de carro até a parte de trás do prédio e levaram a valise e as sacolas pela escada de metal até um quarto no segundo andar. Matty subia os degraus cobertos de neve na frente de Jack. Ava ia atrás deles. Matty queria carregar a valise, mas era pesada demais, por isso Jack a pegou. Jack olhou para o quarto. Mobília barata. Madeira laminada. Duas camas de casal. A porta do banheiro estava aberta. Sobre a banheira havia uma janela deslizante que parecia grande o bastante para alguém passar por ela. Matty o observava. Ele se sentia suado. Sentia que estava prestes a cair. *Vai, Jack,* disse a si mesmo. *Você tem que aguentar.*

Enche os pulmões. Bate, coração.

— Este lugar é bom, Jack? — Matty perguntou.

— Acho que sim.

— Estou com medo.

— Está tudo bem. Aqui é legal.

Ele deixou a valise sobre uma das camas, voltou à porta e acendeu a luz. Paredes marrons. Cortinas de renda na janela, amareladas de

Cory Anderson

fumaça de cigarro. Um cheiro ruim. Ele tirou o casaco e os sapatos de Matty, colocou-o sentado na cama e ajeitou a colcha barata de chenile sobre seus ombros. Pôs a valise no chão e tirou o casaco. Mancha seca de sangue na camisa. Matty insistia em perguntar como ele se sentia.

— Está tudo bem — disse Jack, sentando ao lado dele. — Não dói.

Ava estava parada na porta aberta, embaixo da luz branca. Flocos de neve brilhavam em seu cabelo e derretiam. Jack deitou na cama e olhou para ela. Os olhos, as faces coradas. Se olhasse por tempo suficiente, conseguiria decorar tudo, não perderia nenhum detalhe. Não sabia depois de quanto tempo acabou pegando no sono.

Ela examina o material de primeiros socorros, mas não sobrou muita coisa. Dois pacotes de gaze e o desinfetante. Ibuprofeno. O antibiótico: uma cápsula. Ela o põe na palma da mão e aproxima-se da cama, olha para o rosto de Jack, para os hematomas ainda azulados. Os lábios dele estão secos. Ela o toca na testa. Pegajosa. Quente. Enche um copo de plástico com água, põe a cápsula na boca dele e sustenta-lhe a cabeça para ajudá-lo a beber. Depois tira as botas. Matty está deitado ao lado dele. Ela vira e se senta na outra cama. *Você precisa pensar*, diz a si mesma. *Tem que ser esperta. Para poder ajudar os dois. Aconteça o que acontecer.*

E por que isso importa para você? Por que importa tanto?

Não sei, ela pensa. *Não sei.*

Silêncio. Ela examina as mãos, o casaco sujo.

A voz de Bardem: *você é uma boa menina, não é?*

Horas se passam. Ela observa os irmãos dormindo. Matty, o cabelo rebelde com as orelhas aparecendo. As sombras escuras embaixo de seus olhos. Jack encolhido, protegendo-o com o corpo. Pela primeira vez, seu rosto está tranquilo.

Ela pega a mão dele e a segura. Pensa: "Não quero te machucar."

XVII

Talvez você ache estranho eu me importar tanto. Era estranho para mim também. Tudo o que posso dizer é que, às vezes, você vive sua vida inteira por uma coisa que revele quem você é.

Não tem por quê.

Quando Jack acordou, mal sabia onde estava. Empurrou o cobertor e levantou-se em um sobressalto. Entardecer cinzento. Ava o observava.

— Oi — ela disse.

Ele olhou em volta. Camas, televisão, cortinas. O quarto de hotel. Vento lá fora. Matty dormia ao lado dele.

— Eu dormi?

— Sim. Como se sente?

— Esquisito.

— Esquisito como?

— Só esquisito. Mas acho que estou melhor.

— Está com sede?

Ele pôs os pés no chão e virou-se de frente para ela. Ava estava sentada na outra cama, mordendo o lábio. Esperando para ver o que ele ia dizer. O suor em sua testa agora era frio. Sentia-se menos cansado. De repente, o raciocínio era claro, urgente.

— Quer ir embora daqui?

— O quê?

— Quer ir embora daqui? Deste lugar. Comigo.

Ela hesitou. Mas parecia decidida. Como se fosse dizer sim.

— Para onde? — ela perguntou.

— Não sei. Qualquer lugar.

Ela o fitava, confusa. O cabelo iluminado pelo crepúsculo, com reflexos de castanho-escuro, de dourado. Não respondeu.

— Desculpa... — Jack desviou o olhar, constrangido.

— A gente não se conhece de verdade. — Ava disse isso em voz baixa, um sussurro. Séria, ainda o observava.

Os dois esperavam, cada um em uma cama. Nenhum dos dois sabia o que dizer. Jack tentava enxergar pelos olhos dela, ver o que ela sabia. Saber se ela conseguia ver como ele estava. O que ele era. Virou as mãos e estudou as palmas. Desgastadas rapidamente, em carne viva por causa da pá.

Cavando. Há tanto tempo.

— Minha mãe era dependente. Opioides — disse. — Foi ficando pior a cada dia. Há uma semana, mais ou menos, voltei para casa da escola e ela tinha se enforcado no quarto. Não chamei a polícia, nada disso. Eu a enterrei no nosso quintal.

As palavras provocaram um silêncio entre eles. Ela o fitava com aquele olhar impressionante — aquela mistura linda de âmbar e verde —, e ele sustentava esse olhar.

— Sinto muito — ela disse.

— Vou entender, se não gostar de mim agora.

— Eu gosto de você.

A verdade estava ali, na voz dela. Ela o olhava de um jeito intenso.

— Quis dizer que você não me conhece, na verdade — Ava explicou.

Alguma coisa passou rapidamente pelos olhos dela nesse instante. O quê? O que quer que fosse, desapareceu em um instante. Um brilho rápido na penumbra. Água escura capturando uma repentina luz furtiva.

Ela desviou o olhar, o cabelo escondeu o rosto.

Quão bela e brutal é a vida

Jack quase não suportava ficar longe dela. Queria tê-la mais perto. Ela podia ouvir o coração dele batendo no peito?

— Sei o suficiente — ele disse.

A luz fraca. O uivo e o assobio do vento na porta.

Ele levantou-se e pegou o casaco. Tirou do bolso a página de livro dobrada. Amassada, áspera, fina. E pesada de significado.

Sentou-se ao lado dela na cama. Não a tocava.

— Meu pai está preso — disse. — Foi condenado por roubo, mas todo mundo sabe que ele roubou de um lugar que lavava dinheiro do tráfico de drogas. Ele foi identificado pelas imagens de uma câmera, mas nunca encontraram o dinheiro. As pessoas dizem que ele escondeu. Que ele fez um monte de coisas. Dizem que ele matou um homem, mas não acredito nessa parte, e ninguém nunca provou. Acho que ele não fez isso. Fez algumas coisas ruins, mas ele não era um homem mau.

Jack passou a mão no cabelo. Sentia uma necessidade perigosa de falar, contar tudo a ela, mas revelar esses segredos era uma coisa terrível.

— Quando eu era criança, ele costumava ler para mim. Antes de tudo desmoronar. Íamos à biblioteca, ou ele me levava a uma livraria onde eu podia escolher qualquer livro por 25 centavos. Foi lá que ele comprou meu livro favorito: *Caninos Brancos*. Eu era só um menino, mas implorava para ele ler para mim. Ele lia. No verão anterior à prisão, ele leu o livro muitas vezes. Falou que tudo que eu precisava saber estava naquele livro. Ele disse: "O selvagem persiste em você, Jack."

Por um momento, ele se tornou confuso no esforço para se expressar. Seu coração. Que escuridão habitava nele.

— Fui visitá-lo na prisão — Jack continuou —, perguntei sobre o dinheiro que ele roubou. Onde estava. Eu tinha que cuidar de Matty.

Ele estudou o rosto de Ava à luz do crepúsculo, procurando algum sinal de aversão ou desgosto, mas não viu nenhum.

— Ele se recusou a me dizer onde escondeu o dinheiro — prosseguiu Jack.

Ela esperava e o observava.

Por alguns instantes, ele também a observou.

225

As coisas que ela o fazia sentir. Como se ele fosse suficiente.

— Mas ele me deu uma pista — Jack prosseguiu. — Na hora, eu não percebi. Depois ele me mandou isto.

Desdobrou a página e mostrou para ela.

— Volta lá — Ava leu baixinho.

Ela pronunciou as duas palavras como uma interrogação. Ou como as palavras de um encantamento.

A página na mão de Jack tremeu, e ele a dobrou.

— Meu pai lia *Caninos Brancos* para mim no celeiro da nossa casa. Ele tinha um cantinho com um sofá e uma máquina de Coca. Sentávamos no sofá, e ele lia para mim.

Viu a compreensão se espalhar pelo rosto dela. Era como se os ventos de uma tempestade removessem camadas superficiais.

— Você quer voltar.

— O dinheiro está lá. — A voz dele ganhou força, impulsionada por um pico de sentimento.

Na outra cama, Matty se mexeu. Jack levantou-se e foi se sentar na cama de Matty, ajeitou o cobertor em torno dele. Podia sentir o calor da atenção de Ava em suas costas.

Olhou rapidamente para ela, meio com medo, como se um olhar mais longo pudesse resultar em uma queimadura. Ele não sabia o que dizer, então não disse nada.

Silêncio.

— A polícia deve ter olhado — ela sugeriu.

— Olhou. Viraram a casa do avesso. O celeiro também. Mas não encontraram nada.

Ela balançou a cabeça.

— Está lá — ele disse. — Eu sei.

Silêncio mais profundo. Os lábios dela pareciam se aproximar do rosto dele cada vez que ela respirava. Seu cheiro, muito próximo, um desabrochar de calor no frio. Se pudesse se inclinar para ela de um jeito suave e beijá-la... A ideia o invadiu como um êxtase.

Cuidado, Jack. Essa garota vai partir seu coração.

Na cama, Matty se mexeu de novo. Suas pálpebras tremeram, depois o ar foi invadido pela respiração comedida do sono.

Ava ficou em pé, parecia determinada. Quando conseguiu falar, sua voz era estranha. Como se alguma corda muito esticada tivesse alcançado seu limite e se libertado do corpo.

— Temos que sair daqui, Jack.

Ele fechou os olhos.

— Vamos — ela insistiu. — Para algum lugar distante.

— Tenho que fazer isso primeiro.

— Por quê?

A respiração o sufocava. Mesmo de olhos fechados, via Matty deitado ali, enrolado nos cobertores, o cabelo amassado pelo gorro. O baralho de UNO no bolso de seu casaco.

— Não podemos só ir embora — ele falou, com voz rouca. — Não temos nem comida.

— Essas pessoas são perigosas.

— Eu sei. — Ele olhou para ela.

Mas ela não o encarava. Sua expressão era distante. "Em que está pensando, Ava? Por que não me fala?"

Ele pôs a mão na boca e a limpou.

— Não temos nada. Eu tenho três dólares e 64 centavos.

— E se o dinheiro não estiver lá?

— Está.

Ela o encarou. Não falou, só balançou a cabeça.

Se pudesse segurar a mão dela, puxá-la para sentar-se perto dele...

— Eu preciso fazer isso — disse.

— Eles vão te pegar.

— Não vão.

A luz minguante. A respiração serena de Matty. Ava cruzou os braços e olhou para o outro lado.

— Eles vão te machucar.

— Não.

— Vão.

— Vou tomar cuidado.

— E isso adiantou alguma coisa até agora? — Ela sorriu para ele. Não era um sorriso que tivesse visto antes, ao mesmo tempo sábio, triste e cheio de medo. Ela fez Jack se arrepiar. No crepúsculo, o coração no pulso dela brilhava, preto.

Vento. O quarto suspirou, rangeu.

Jack imaginou as próprias mãos, a camisa suja de sangue. Ele sabia. Tinha noção de todo o perigo que se dispunha a correr. Por Matty. E agora por Ava. O rosto dela na escuridão. A voz dela uma súplica. *Por favor*, ele pensou. *Não desiste de mim*.

Jack respirou fundo e falou lentamente.

— Ele é meu irmão. Tenho que mantê-lo em segurança. — Olhou para ela, prendendo seus olhos nos dele. — Tenho que nos manter seguros.

Lá fora, nas rajadas de vento além da cortina coberta de renda, uma cortina de neve desce e escurece a paisagem. O vento começa a gemer.

Medo.

Espalhando-se por Ava como enguias. Ela se arrepia. Jack não conhece o perigo, não entende.

Tenho que contar para ele, pensa. *Não posso contar para ele*.

Jack olha para ela. Está ferido e pálido. Magro a ponto de parecer doente.

Ela olha para o rosto adormecido de Matty. Ouve sua respiração suave e estável. A respiração de Jack é ruidosa. Ele quase foi obscurecido pela penumbra.

Segundos se passam, vão embora.

— Eu vou ficar bem. — Jack se inclina para a frente, aparece em seu campo de visão.

— Você não sabe.

— Sei. Acredito nisso.

Quão bela e brutal é a vida

Seus olhos eram inflexíveis. Ava podia quase ouvir as engrenagens de teimosia girando dentro de seu cérebro. Ela argumenta com si mesma sem conseguir se convencer.

Conta para ele quem você é.

Agora, independentemente de qualquer coisa.

O que dizer: *Ele vai fazer você sofrer. Vai tirar o que é mais importante. Vai fazer isso sorrindo, depois vai fumar um cigarro.*

— Não quero que você vá — Ava diz.

— Eu sei. Sinto muito. Mas tenho que ir.

Por um instante, ela não fala nada. Tenta dizer a si mesma: *Vai ficar tudo bem.*

Bobagem.

— Vai ficar tudo bem — ele diz. — Você vai ver. Precisa acreditar nisso. Só não desiste de mim. Combinado?

Silêncio de novo.

Mas não totalmente. O vento sopra lá fora, e o frio envolve o quarto. A luz gritante, o cheiro de poeira.

Ela quer contar. Fazê-lo mudar de ideia. Mas o rosto dele está ali no escuro. Doce e quieto Jack. Uma coisa pela qual ela não ousa alimentar esperança. Quando olha para ele, o medo perde força. Alguma coisa em Jack é confortante. Responsável. Ele é gentil, é forte. Ela confia nele.

Espera, então.

Conta tudo depois. Quando ele voltar.

São e salvo.

Ela se senta ao lado dele na cama. Fica quieta, ele também.

Cada um deles começa a ter esperança.

— Certo — ela diz. — Quando você vai?

XXVI

Tenho essas lembranças.
Às vezes, essas lembranças me têm.

Jack tentou convencer Ava a ficar, mas ela não quis ouvir. Estava sentada na cama olhando para ele, inabalável. Nada a convenceria. Finalmente, ele desistiu. Levantou-se e foi pegar alguma coisa na valise. Entrar na casa seria a primeira dificuldade. *Vá pelas estradas secundárias. Estacione o carro e siga a pé pelo sul, não pela frente. Depois o celeiro. Encontre a mala. O dinheiro.* Uma lanterna seria útil, mas não tinha nenhuma. *Então, leva a vela. Os fósforos. Deixa o abridor de latas.*
É possível que alguém esteja vigiando.
Sim. Então, entre e saia.
Depressa.
Leve o martelo.
Ele pensou em traçar mais de um plano, mas não conseguia pensar em nenhum bom, e depois de alguns minutos se sentou na cadeira e ficou lá. Não se atrevia a conversar com Ava. Estava se preparando para levantar, quando Matty acordou.
— Está escuro — ele disse.
— Sim. Você dormiu. — Jack acendeu o abajur.
Matty sentou-se e olhou para Ava. Depois para Jack.

Quão bela e brutal é a vida

— O que está acontecendo?

— Nada.

Jack respondeu depressa demais. Matty empurrou o cobertor dos ombros e olhou para a valise em cima da mesa. Não disse nada. Jack levantou-se e caminhou até a janela. Uivo do vento. Neve em rajadas. Os olhos de Ava nele. Depois de um minuto, disse:

— Não vai ter muita gente fora de casa hoje à noite.

— Por causa do frio — Matty concordou.

— É, por causa do frio.

— Está muito frio, acabei de peidar flocos de neve.

— Você peidou flocos de neve?

— Um garoto na escola disse isso uma vez.

Ava deu risada. Era um som suave, quente. Como o sol no inverno.

— Você é engraçado.

Matty começou a rir, depois Jack riu também. Alguma coisa revirou dentro dele. Se pudesse capturar este momento... Agarrar-se a ele.

— Devíamos ficar por aqui — Matty disse. — Por causa da tempestade.

Jack olhou para o rosto de Matty.

— Por que está guardando as coisas na valise? — Matty perguntou.

— Só para deixar tudo pronto. Quando a gente precisar dela.

— Quanto tempo vamos passar aqui?

— Não sei.

— Isso significa que não é muito.

— Não. Não muito.

Ouvia a estranheza na própria voz. Matty torceu a colcha da cama entre os dedos e desviou o olhar. Ava ficou em pé.

— Vou ao banheiro. — Olhou para Jack, e sua expressão estava séria. — Conta para ele.

Ela entrou no banheiro e fechou a porta.

Jack sentou-se na cama ao lado de Matty. Por um minuto, os dois ficaram olhando a neve cair além da vidraça.

— Desculpa — Jack pediu.

231

— Você não me conta muitas coisas, mas eu sei, mesmo assim.

— Eu sei.

— Acha que está me protegendo. Mas sou eu quem tem que ser corajoso.

— Tem razão.

— Você vai sair?

— Sim. Mas não vou demorar.

— No escuro?

— Sim, no escuro.

— Ava também vai?

— Acho que sim.

— Quando vocês voltam?

— Antes de amanhecer. Antes de você acordar.

— Estou acordado agora.

— Eu sei.

— Quero ir com vocês.

— Eu sei. Mas tem que ficar aqui.

Matty dobrou o corpo para a frente e esfregou os olhos. Não olhava para Jack.

— Quando estávamos andando pela rua, você parecia estar com muito medo.

— Eu sei. Desculpa.

— Está melhorando?

— Sim.

— Não está falando da boca para fora?

— Não.

Finalmente, Matty olhou para ele. O cabelo enrolado e bagunçado se tingia de dourado à luz do abajur.

— Tudo bem.

— Você vai ficar bem.

— Tudo bem. Não precisa mais falar sobre isso.

Jack levantou-se e foi buscar uma caixinha de suco de uva, entregou-a para Matty. Eles ficaram sentados na cama, lado a lado, com as costas apoiadas na cabeceira. Jack passou um braço em torno de Matty. Seu peito era uma ferida aberta. *Você precisa fazer isso, Jack. Precisa. Não tem outro jeito.*

— A gente pode ver televisão? — Matty perguntou.

— Podemos, sim.

Jack ligou a TV e encontrou um episódio de *X-Men*.

— Esse é bom?

— Sim, esse é muito bom.

Matty bebia o suco. Wolverine rosnou e mostrou as garras.

— Uau — disse Matty.

Os pontos de Jack precisam de um curativo novo, e ele vai ao banheiro tomar uma ducha. Ava faz um lanche de cereal e frutas para Matty e deixa sobre a mesa de cabeceira. Caso ele fique com fome. Prende o cabelo em um rabo de cavalo, veste o casaco e calça as botas. O que mais? Procura no celular o contato do xerife na delegacia. Escreve o número no bloquinho de papel ao lado da comida. Matty a observa, não fala nada. Está ficando sonolento de novo. Ela pega o pijama e vira-se de costas, enquanto ele troca de roupa.

— Não olha — ele diz.

— Não vou olhar.

— Eu sei que vai. — A voz dele é franca. — Sinto o perigo. Como o Homem-Aranha.

— Não vou olhar.

No banheiro, a água do chuveiro continua correndo.

— Pronto. Pode olhar.

— Certo.

Ele está em pé, tremendo.

— Estou com frio.

— Vou pegar meias para você.

Ela se senta na cama e o ajuda a calçar as meias.

— Melhor?

— Sim.

Do lado de fora da janela, sombras vagas se movem. Sombras da neve que cai. Flutua no vento. Está escuro, quase escuro demais para ver alguma coisa.

Ela aponta o bloco de papel.

— Isso é para você. Se não estivermos aqui de manhã, quero que ligue para esse número. Entendeu?

— Mas vocês vão voltar.

— Sim. Mas só para o caso de não voltarmos.

— Não posso telefonar para as pessoas.

— É verdade, não pode. Mas, nesse caso, tudo bem.

— De quem é o número?

— De alguém que virá te ajudar.

— Uma pessoa boa?

— Sim.

Ele prende as mãos nas axilas e olha para ela com ar desconfiado. Finalmente, diz:

— Tudo bem.

— E deixa a porta trancada.

— Certo.

— Você tem o celular.

— Tenho.

— Se aparecer alguém, se esconde embaixo da cama.

Ele assente.

— Não sou burro.

O chuveiro silencia no banheiro.

— Vem, vou te ajeitar na cama — ela diz.

Afasta o cobertor, e ele se acomoda. O cabelo quase esconde seus olhos.

— Quero perguntar uma coisa.

— Pergunta.

— Se você for, sempre vai voltar, não é?

— Eu ainda não vou a lugar nenhum.

Quão bela e brutal é a vida

— Eu sei. Mas quando for.

Ela ajeita o cabelo dele atrás da orelha. Não confia na própria voz. Matty está em silêncio, esperando.

Ela olha para ele, um olhar profundo.

— Sim. Eu sempre vou voltar.

— Aconteça o que acontecer.

— Aconteça o que acontecer.

Do outro lado da rua, Bardem bebia seu café e vigiava o hotel. Era quase uma hora da manhã, e não havia carros na estrada. O gelo cobria o para-brisa. Noite sem estrelas. Silêncio. Quando uma porta se abriu no segundo andar do hotel, ele pôs a garrafa térmica no console e endireitou as costas.

Jack saiu primeiro. Depois Ava.

Eles desceram para a parte de trás do prédio, onde Bardem sabia que o carro dela estava estacionado. Ele esperou. Ar gelado entrando. Um minuto. Dois. No estacionamento dos fundos, surge a luz dos faróis. Ele levanta o binóculo e vê Ava sair com o carro, seguir na direção oeste.

O menino não estava com eles.

Ele pensou nisso por um minuto.

Abriu o porta-luvas e pegou o carrinho Hot Wheels. Estudou o brinquedo iluminado pela luz fraca do painel do Land Rover. Uma Ferrari verde. Passou o carrinho sobre o painel, viu as rodinhas girarem.

Suspiro do vento. Neve.

Por um momento, ele olhou para a porta no segundo andar do hotel. Depois guardou o carrinho no bolso da camisa.

Engatou a marcha do Land Rover e saiu devagar, indo em direção leste. A respiração formava nuvens brancas no frio. Uns duzentos metros depois do Abrigo Nuzzles para Animais, ele saiu da estrada e parou. Tinha uma corrente com cadeado em volta do portão do abrigo, e as janelas estavam escuras. Ele desceu e abriu a porta da carroceria.

Cory Anderson

O cortador de parafusos na caixa de ferramentas era profissional, daria conta de três centímetros de aço.

No frio e na neve, ele andou pelo acostamento da estrada com o cortador de parafuso na mão. A escuridão o encobria. Ele a usava como um casaco. Sobre a porta do abrigo havia uma placa: DEIXE O AMOR VENCER. ADOTE UM ANIMAL HOJE.

XXV

Ainda agora, não consigo dormir pensando em Matty, que olhava para mim com o rosto tão confiante. Cujos olhos diziam: "Você me falou que sempre voltaria".

Matty dormiu por algum tempo. Quando acordou à noite, Jack e Ava não tinham voltado. A luz do banheiro estava acesa. Ele ficou deitado na cama por um bom tempo, depois levantou-se, foi até a janela e afastou as cortinas. Havia luzes lá fora, sobre as portas, e a neve descia flutuando na luminosidade amarela. Ninguém à vista. Quando terminou de olhar, ele voltou para a cama, ligou a televisão e foi mudando os canais.

O segredo além do jardim, no Cartoon Network. Gostava dessa série — Wirt era parecido com Jack. Ele assistiu por quase uma hora, segurando o bloco de papel. O que tinha o número de telefone. Às vezes via flocos de neve grudados na janela. Ninguém à vista.

Mas eles voltariam.

Jack disse de manhã.

Estava começando a cochilar, quando ouviu, no quarto, um barulho de que não gostou. Um barulho sinistro. Também ouvia o velho Woodsman alertando Wirt e Greg sobre a Besta. Abriu os olhos. A TV iluminava o quarto com um verde arrepiante, e a música era assustadora. Ele se sentou. Desligou a televisão.

Silêncio.

Luz fraca do banheiro.

A janela coberta de neve estava escura.

Matty sentiu os pelos arrepiarem e imaginou que havia alguma coisa na neve. Mas isso era bobagem, essas coisas de garras famintas por carne de menino não existiam. Todo mundo dizia que não, e, mais importante, Jack dizia que não.

Ele ouviu um gemido.

Em algum lugar lá fora.

Encolheu-se sob as cobertas e ficou ouvindo até a respiração voltar ao normal. Prestou atenção.

Silêncio de novo.

Mas não era um silêncio completo. Ventos frios assobiavam lá fora. No metal. No corredor do segundo andar.

Ele não se mexia.

Pronto. Era esse o barulho, provavelmente.

Idiota!

Não existem Bestas de verdade.

Para provar, ele saiu de debaixo das cobertas e olhou em volta. Televisão, cama, janela, porta. Sombras assustadoras. Ficou sentado e esperou.

Nada.

O que fazer? Podia se esconder embaixo da cama, mas não foi. Pegou o celular e o segurou sobre as pernas. Só ficou ali, sentado com o bloco de papel na mão.

Silêncio.

Ele começou a rir baixinho. *Que c-ção! Com medo do escuro. Que bebê.*

Um ganido o fez dar um pulo e levantar. Do lado de fora da porta.

Ele se aproximou da janela e espiou. A neve caía na luz amarela e na escuridão sem fazer nenhum barulho.

— Ahh... Ah! — O ar saiu de seu corpo.

Havia olhos lá fora.

Quão bela e brutal é a vida

Brilhantes olhos castanhos — olhos bondosos. Grandes e vivos.

É um animal, ele pensou.

Puxou a cadeira de perto da mesa e a colocou atrás da porta. Subiu na cadeira com o coração disparado e olhou pelo olho mágico. Dava para ver movimento. Uma pata clara no escuro. Agora a outra. Duas orelhas.

Um cachorrinho.

Ele piscou e olhou de novo. O cachorrinho esperava na frente da porta.

Tinha um cachorrinho lá fora. A luz não era muito boa, mas era suficiente para ter certeza. Era realmente um cachorrinho, e ele chorava de frio. Pelo cor de mel fofo e orelhas caídas. Um focinho preto farejando. Ainda era bem pequeno, ele conseguia ver. Estava parado ali fora. A cabeça meio abaixada e os olhos voltados para cima. Uma cara triste.

Era magro. Precisava comer, pelo jeito.

Olhou para a tranca da porta, olhou para o cachorrinho. Ele poderia fugir a qualquer minuto.

Desceu da cadeira e a puxou para trás. Depois foi até a mesa de cabeceira, deixou o bloco de papel e pegou uma caixa de cereal, que levou para a porta. Pôs uns grãos na mão aberta. Destrancou a porta. Abriu devagar.

Flocos de neve entraram. Frio.

O cachorrinho tremia. Olhava para ele.

Matty ajoelhou-se no chão e estendeu a mão.

— Oi. Está com fome?

Estava a poucos passos. O cachorrinho abaixou o focinho e esticou o pescoço.

Não se mexe.

Deixa a mão estendida.

Espera. Ele está com medo. Está vendo se pode confiar.

O cachorrinho deu um passo e lambeu seus dedos. Foi a melhor coisa do mundo. Matty afagou o pelo macio.

Cory Anderson

— Como você veio parar aqui?

Foi recuando enquanto o cachorrinho pegava o cereal de sua mão, um pouco de cada vez, até ele e o filhote estarem dentro do quarto. Com cuidado, virou para bloquear a porta, para impedir o cachorro de sair, e sentou no carpete de pernas cruzadas. Abraçou o pescoço do filhote. O frio entrava pela fresta da porta, mas ele nem notava. Podia ver que o cachorro era macho.

— Está perdido, garoto? Hã?

Mais sentiu do que viu o movimento atrás dele. Virou. O homem que apareceu na soleira e parou ali, olhando para ele, usava botas caras. Carregava uma espingarda no ombro e uma bolsa preta na mão. Uma cicatriz atravessava seu rosto. Os olhos eram calmos.

— Oi, Matty — ele disse.

Matty sentiu o sangue correr mais depressa. Endireitou as costas.

— Não posso abrir a porta — disse.

O homem inclinou a cabeça e olhou para ele.

— Conselho sábio. Mas a porta está aberta.

O cachorrinho rosnou baixinho e se escondeu atrás das pernas de Matty.

— Eu vi... Vi esse cachorro — disse o menino.

O homem não respondeu. Só continuou ali, segurando a bolsa. A espingarda. Então ele entrou. Fechou a porta devagar. Trancou.

Matty olhou para o celular em cima da cama e para o homem de novo.

— Preciso ligar para o meu irmão.

— Não. Não precisa.

Luz saindo do banheiro. Matty recua na direção dela. Podia entrar lá e trancar a porta. Tem uma janela em cima da banheira.

O homem apontou a cama.

— Senta.

O cachorro ganiu. Olhos tristes.

Matty se sentou, e o homem puxou a cadeira para perto da cama, sentou-se na frente dele com a espingarda no colo.

Quão bela e brutal é a vida

— Se você gritar, eu vou machucar o cachorro.

Matty tremia.

— Seu irmão tem sido mau.

Ah, como isso fazia o estômago de Matty doer.

— Abre a mão. — O homem estava esparramado na cadeira, tranquilo.

Matty olhou para a janela. Escuro, neve. Esperava que Jack estivesse longe. Ava.

— Você precisa abrir a mão — o homem insistiu.

Matty estendeu a mão aberta. O homem pôs a pequena Ferrari verde nela.

— Pronto. Viu? Um carro.

Matty fechou os dedos em torno das rodinhas ásperas. O metal. Estava pronto para correr, correria para a porta em um ou dois segundos, assim que conseguisse pensar direito...

— Olha para ele.

Matty olhou para baixo.

— É seu?

Ele balançou a cabeça para dizer que sim.

— Quero ouvir sua resposta.

— Sim.

— Bom, é um brinquedo. Nada especial. Mas é seu. Não é? Você entende o problema. Peguei uma coisa sua. As pessoas fazem isso. Pegam todo tipo de coisa. Coisas que não são delas. É só um carrinho de brinquedo, dizem. Como se isso sugerisse que não tem importância. Mas tem importância. Não acha? É importante, não faz diferença se você merece ou não ter essa coisa. Se fez por merecer. Então, um dia, tem um acerto de contas. E nada volta a ser como antes, nunca mais.

Ele abriu a bolsa preta e tirou dela três braçadeiras, uma tesoura e fita adesiva. Deixou tudo enfileirado em cima da mesa de cabeceira.

— Seu irmão pegou uma coisa que é minha.

O cachorrinho deitou aos pés de Matty. Lambeu seu tornozelo e farejou suas meias.

241

Cory Anderson

— Quer saber o que ele pegou?

Matty não respondeu.

— Ele pega muitas coisas, seu irmão. Coisas que não fez por merecer. Ele é como o pai. Não acha? Eles pegam coisas que não mereceram.

Matty continuava sentado.

— Não? Bom. Tudo bem, Matty. Tudo bem.

O homem levantou-se, pegou a espingarda e as braçadeiras e olhou para ele.

— Está morrendo de medo, não está?

Matty olhava para ele paralisado pelo terror.

Aos pés dele, o cachorrinho rosnou.

O homem sorriu. A estranha tranquilidade em seus olhos.

— É só um carrinho de brinquedo. É verdade.

Bardem amarrou o menino e fechou sua boca com fita. Àquela altura, Matty tremia de frio. Bardem o envolveu com um cobertor, pegou-o nos braços, jogou-o sobre um ombro e desceu a escada do hotel. Tinha uma caixa de alumínio com fechamento hermético na carroceria do Land Rover. Tinha sido modificada para atender às suas necessidades, insulada para conservar calor, com buraquinhos abertos na tampa. Ele pôs o menino lá dentro, com o cobertor, fechou a caixa e travou as presilhas de metal.

Depois voltou ao quarto de hotel e esperou.

XXIV

Tudo é caos, leitor.
Os "quando", "por que" e "como".
Quanto mais cedo você aprender isso, melhor.

Eles estavam no carro observando a casa, mas estava tudo escuro. Noite preta, estrada deserta. Ninguém ia ou vinha. Não havia vizinhos próximos. Jack pegou a valise e transferiu tudo para a mochila, de forma que pudesse carregar nos ombros. Mãos livres, melhor.

Ele arriscou vários olhares para Ava e sentiu o peito doer. Não sabia com o que a dor tinha a ver, mas achava que era com algo relacionado à bondade ou à graça. Confiança. Coisas em que não pensava havia muito tempo.

— E agora? — Ava perguntou.
— Vamos ter que ir ver.
— Acha que tem alguém lá?
— Não. Parece que está tudo quieto.
— O que não significa que não tem ninguém.
— Talvez. Quer ficar aqui?
Ela o fitou no escuro, o rosto sério.
— Não.
— Eu vou ficar bem.

Cory Anderson

— Eu vou com você.

Eles saíram.

A neve cobria o campo ao norte e fazia montinhos sobre a vegetação morta. Eles criaram a própria trilha pelos novos campos de neve, abrindo um caminho de trinta centímetros de profundidade. A distância devia ser de um quilômetro e meio, talvez. Aproximaram-se do celeiro pela lateral.

O céu da noite preto e baixo. Pontos de estrelas solitárias refletidos no chão. O galpão de madeira envelhecida era uma silhueta solitária. No frio silencioso, eles se agacharam e observaram. Nenhuma luz em nenhum lugar. Não havia marcas na entrada para carros.

Uma coruja olhava para eles de cima de uma árvore. Um manto branco de penas. Os olhos amarelos brilhando.

Ninguém.

Não tem ninguém aqui.

Jack pegou o martelo da mochila e foi para a parte de trás do celeiro. Neve rangendo sob os pés. A fechadura da janela dos fundos era fraca. Madeira cinza. Ao ser puxada, a veneziana abriu ruidosamente. Eles ficaram ouvindo.

Nada.

O vento nos galhos nus das árvores.

— Fica perto de mim — ele sussurrou. — Combinado?

— Ainda podemos ir embora.

— Vai dar tudo certo. Vamos.

Ele a levantou e a ajudou a pular a janela, depois pulou também e caiu do outro lado, no chão sujo. Frio e madeira. Vigas expostas.

À esquerda, um gancho pendurado em uma corda presa a uma polia de metal. O formato de uma pá. Os cantos escuros. Tudo isso velado pela escuridão, difícil demais de ver. Jack encaixou o martelo no cinto e abriu a mochila para pegar vela e fósforos. Um lado do corpo doía.

Eles ficaram parados, respirando.

Fumaça branca no ar. Cheiro de decomposição.

Quão bela e brutal é a vida

Jack riscou o fósforo. O cabide de chifres de alce sobre a porta se projetou em raios sombrios e se retraiu nas extremidades dos chifres. Na parede de tábuas, ele conseguia ver parte de uma foto em uma moldura antiga. Verão.

A mãe em pé na frente de um lago, segurando Matty, sorrindo. Matty era só um bebê. Jack era um menino ao lado dela, segurando sua mão. "Nesse dia fomos pescar." Jack desprezou o repentino aperto no peito e apontou a vela para a escuridão. A máquina de Coca no canto. O sofá de estampa floral. A estante de livros.

Ele ouviu.

Nada. Um rangido distante de galhos.

Vento.

Eles atravessaram o celeiro, suas sombras projetadas no chão. Mais tarde, Jack teria tempo para pensar em todas as dores que despertavam nele. Lá estava a máquina de M&M's para a qual ele implorava por moedas. O fogão a lenha de ferro fundido. "Nas noites de tempestade, quando a energia acabava, sentávamos ali no sofá, na frente do fogão. Eu e meu pai. Ele me ensinou a ler." Sombras dançavam na madeira. Quando os policiais chegaram, cortaram as almofadas do sofá com uma faca e procuraram dentro delas. Reviraram a estante de livros. Viraram a máquina de Coca. Abriram o fogão, escavaram as cinzas.

Jack segurou a vela à esquerda e abaixou-se perto da estante. Luz trêmula, espinhas de papel em mau estado. Romances. Um livro de gravuras manchado. Ava parada ao lado dele, observando. "Minha prateleira é a de baixo. Aqui está a cópia de *Hatchet*. Manuseada e com os cantos marcados. *O doador. Uma dobra no tempo.*"

Ele puxou o último livro da fileira e virou as páginas. Amareladas e surradas. "Caninos Brancos conhecia bem a lei: oprimir o fraco e obedecer ao forte." Ele fechou o livro e o pôs no bolso.

— Jack — Ava sussurrou.

— Shhh.

A mala estava aqui.

Tinha que estar.

245

Cory Anderson

Ele empilhou os livros no chão, meio que esperando descobrir algum esconderijo secreto. Passou para o sofá. Nada. Terra fria.

Olhou para cima e estudou as vigas expostas, mas não havia sótão nem alçapão. Atrás da máquina de Coca era só tábua de madeira. Ele revistou o espaço novamente. Mudou livros de lugar. Olhou o fogão. Não sabia quanto tempo havia se passado.

— Vamos embora — disse Ava. — Vamos.

Ele olhou para ela ali, parada com as mãos fechadas. Olhando para ele. Ava falou em voz baixa:

— É só dinheiro.

— Não. — Estava sufocando. — Não, não é. Não é.

Como explicar? Não é dinheiro. É comida. Sapatos para Matty. Um lugar para morar. Red morreu por isso. Não quero que eles vençam.

A cera da vela pingava no chão. Uma pontada de dor.

Ele se abaixou, segurou um lado do corpo. Um cheiro. De repente pensou que tinha levado a sério demais as dicas de *Caninos Brancos*. Agora via a mentira de tudo isso.

Não tinha mala nenhuma nesse sepulcro de poeira. Nenhum castelo no ar. Ele disse a si mesmo o que não tinha se permitido dizer antes. *Você quer a morte. Você a deseja. Isso, pelo menos, não é uma mentira.*

Jack abaixou-se e pegou um livro do chão. Colocou-o de volta e se apoiou na estante.

Calor nos olhos. Cera derretida queimando a mão. Uma raiva correndo dentro dele. "A vida vivia da vida. Havia os que comiam e os que eram comidos."

Ava abaixou-se e puxou a mão dele.

— Temos que ir.

Estava quase levantando-se, quando percebeu que tinha abaixado sobre uma área de terra.

Terra congelada.

Em pé, atravessou o celeiro para ir pegar uma pá, voltou com ela na mão. Entregou a vela para Ava.

— Segura. Não deixa apagar.

Quão bela e brutal é a vida

Com a garganta ardendo, Jack enterrou a lâmina afiada da pá na terra. Segurava o cabo com firmeza. Pôs um pé sobre a parte de cima da pá e empurrou, usando todo o peso do corpo.

A pá escapou de sua mão e caiu na terra. Ele quase caiu.

— Jack, o solo está congelado.

— Parece que é terra em todos os lugares, mas não é. Eu lembro quando ele construiu. — Jack pegou a pá. — Acho que a mala pode estar enterrada. Tenho que tentar.

— Está bem.

— Tenho que continuar tentando.

Ele teve uma ideia. Foi até a porta e pegou o machado de gelo. Deixou a pá com ela.

— Se não quiser cavar, tudo bem.

— Eu cavo.

Ele tentou primeiro no lugar onde ficava o sofá. Levantou o machado de gelo e começou a bater na terra dura.

Levanta, bate. Cava.

Cavou e continuou cavando. Batida do machado na terra. As lembranças tentando voltar. A pá, o machado. *Ela está embaixo da neve. A alguns metros.*

Cava.

Mas não tinha nada. Ele empurrou a estante para longe da parede. O frio queimava a pele. A dor de um lado do corpo. Cava.

Você tem que continuar.

Depois de um tempo, estava em um buraco de uns sessenta centímetros de profundidade. Olhou para Ava. Ela havia parado de cavar e segurava a pá.

— Tudo bem, vamos descansar um minuto — ela disse.

Sentou na beirada do buraco. A escuridão se aproximando. O chão aberto. Terra preta. No buraco, ele viu uma madeira compensada clara. Aproximou a vela.

Uma tampa de madeira.

Afastou a terra e cavou até expor a parte de cima de um caixote.

247

Encaixou a garra do martelo e arrancou os pregos. Pedaços de terra caindo. Ele pegou a vela da mão de Ava e a aproximou do buraco.

— Olha — disse.

Ele estendeu a mão, segurou a alça e puxou a mala.

Ela assistia a tudo com os olhos arregalados.

Vinil azul coberto de lama. Duas fivelas. Um fecho de metal.

Jack sentiu uma vertigem.

O coração rasgando. Estava se preparando para levantar, quando ouviu um rangido de metal. Muito baixo.

A porta do celeiro se abriu.

Um dos traficantes passava pela porta. O menino de olhos vivos. A bandana em torno do pescoço. Todos ficaram paralisados.

Nesse momento, Jack se deu conta de que o garoto não estaria sozinho. Ele ia sair. Ia chamar os outros. E quando isso acontecesse, eles viriam, e tudo estaria acabado, e eles morreriam. Tarde demais para voltar para Matty. Tarde demais para fazer qualquer coisa.

— Não vira — Jack falou, segurando o martelo. — Continua entrando.

Ansel não se moveu. Tinha uma pistola em sua cintura. Ava recuava para a janela e segurava a vela. Luz trêmula. A mala ali na terra. Jack a pegou.

— Fecha a porta — disse. — Não vira.

Ansel olhava para Jack. Olhos escuros. O cabelo enrolado.

— Tira a arma da cintura e joga no chão — Jack ordenou.

Ele não cumpriu a ordem. Balançou a cabeça e olhou para a mala.

— Não olha para isso — disse Jack. A distância entre eles era de mais de três metros. — Olha para mim. Por que está aqui?

— A vela. Eu vi a luz. — Ansel olhava para Ava.

Ela soprou a vela.

Escuridão.

Ele ouviu Ava inspirar.

Quão bela e brutal é a vida

Jack saiu do buraco, mantendo os olhos atentos à porta. Somente a luz das estrelas. A sombra de Ansel — ele não se moveu.

— Eles estão com você?

— Dentro da casa. Ficamos vigiando, caso você voltasse.

Jack se aproximou da janela. Levando a mala. As veias pulsando. *Você é muito burro. O que foi que fez?*

Ava se jogou pela janela e caiu na neve do lado de fora. Jack virou e encarou o menino. Tudo frio e quieto. Muito firme. Sólido. Como uma montanha.

— Eles ainda não sabem — disse Ansel. — Logo vão saber.

Os dois ficaram se encarando.

Jack jogou a mala pela janela e pulou. Dor, o estômago revirando. Ele caiu. Nos galhos, a coruja abriu as asas prateadas e alçou voo.

Jack se levantou cambaleando.

A mala.

Estava com a mala.

— Corre — disse Ava.

Ele sentiu alguma coisa cortar o ar, passar perto de sua cabeça e entrar na árvore atrás dele. O tiro foi um estalo fraco, abafado na escuridão da noite. Ele virou a tempo de ver o flash do segundo tiro de pistola.

— Corre.

Mas Ava estava paralisada de terror, e, quando olhou, ele os viu saindo da casa, correndo pela neve. Dois homens. Dentes dourados. Cartola preta.

Jack segurou a mão de Ava.

— Esconde — disse. — Esconde.

Eles correram pela neve e para o campo atrás do celeiro. Ava escorregou, e ele a pôs em pé. Olhou para trás. Estavam parcialmente escondidos pelas árvores, mas ele sabia que seriam vistos em minutos. Talvez menos.

Tinha a mala na mão.

Eles seguiram por uma fileira de bétulas brancas e entraram em uma vala escura. Jack puxou Ava para o chão e sufocou a tosse com o braço. Uma coceira nos pulmões. Ouviram vozes abafadas, depois o silêncio, ainda mais sinistro. Não tinham como chegar ao carro. Se eles encontrassem as pegadas na neve...

Jack puxou Ava para perto dele.

— Vamos esperar — sussurrou.

Silêncio. Deitaram na neve tentando ouvir alguma coisa. Tremiam. Jack estava molhado de suor. O ferimento sangrava de novo. Ele se concentrou para sufocar a tosse e soube que não seria capaz de correr para muito longe. Levantou o queixo, estreitando os olhos para tentar ver alguma coisa. Escuridão total. Arranhões de galhos mortos. Por quanto tempo conseguiria correr?

— Eles vêm vindo? — ela sussurrou.

— Não sei.

No frio cortante, ele ficou de joelhos. Só conseguia ouvir o próprio coração. Olhou para a casa, mas não via nada. O martelo continuava em sua mão. Se encontrassem as pegadas...

— Escuta aqui — ele disse —, se eles encontrarem a gente, você vai correr. Não olha para trás. Entendeu?

— Por quê?

— Só fala que vai fazer o que eu disse.

Ela o encarou. Cabelo coberto de neve, lábios azuis.

— Não. Não vou.

— Você tem que ir.

— Não vou te deixar.

Ficaram ali por um bom tempo, mas estavam congelando, e finalmente saíram da vala. Só havia a noite e a neve. Campo sombrio, sombras azuis. A silhueta da casa além do campo. O celeiro. Ele pensou em Matty no hotel. Sozinho.

— Não podemos ficar aqui — disse. — Temos que ir.

Ele agarrou a mala, e os dois foram andando, afastando-se da vala. Um momento depois, percorriam o corredor de bétulas. Escorregavam e tropeçavam. No limite do campo, pararam para ouvir. Dor intensa em um lado do corpo.

Ele olhava para as pontas quebradas dos galhos.

Pegadas.

Quietude.

Foram andando, contornando o campo. Luz cinzenta surgindo. Ele teve que parar para recuperar o fôlego. Os dois abaixaram, observaram. Não viram nada.

Eles tinham ido embora, então.

Ou... Estavam armando uma emboscada.

— Vamos esperar um pouco. Vamos ver — ele murmurou.

Ava disse alguma coisa. Talvez tenha feito uma pergunta.

Era difícil ficar em pé. Muito frio. Sangue correndo mais devagar. Ele pensou em Matty. Tentou decidir o que fazer, mas a cabeça girava. Toda essa ideia de correr. Não conseguia correr.

— Só precisamos chegar ao carro — disse.

— Levanta, Jack. — Ava pegou a mala da mão dele. — Você precisa se levantar.

— Se eles acharem a gente, estamos mortos.

— Eu sei.

Ela o conduzia pela neve. Pegadas por todos os lados. Quando chegaram ao carro, ela abriu a porta e o empurrou para dentro, para o banco do passageiro, e correu para entrar do outro lado. Jogou a mala no banco de trás. A casa estava silenciosa. Envolta pelo amanhecer relutante. Ele começou a pensar que tinham uma chance.

Ela ligou o motor e ele olhou para trás, procurando algum sinal deles, mas não viu nada além das marcas no chão. Flocos de neve começaram a cair, e ela ligou o para-brisa. Os olhos de Jack insistiam

Cory Anderson

em fechar. Quanto tempo uma pessoa podia ficar sem dormir? *Estou indo, Matty. Aguenta firme.*

Seus olhos estavam meio fechados quando a luz invadiu o carro vindo de trás. Jack se encolheu quando a luz ofuscante os alcançou. Protegeu os olhos e virou com dificuldade para olhar pelo vidro de trás.

Era a F-150.

Ava não olhou para ele. Olhando para a frente, pisou no acelerador.

XXIII

Você não pode dizer às pessoas que elas são senhoras do próprio destino e depois deixar que acreditem nisso. Elas vão pensar que fizeram alguma coisa errada durante a vida inteira.

Seguiam em alta velocidade pela estrada secundária, rumo ao sul para Rexburg. A F-150 reduzia a distância atrás deles. A Ford era rápida, mas Ava conhecia melhor as estradas.

Eles perderam terreno na rodovia. Quando saíram na Sage Junction, Jack viu os raios amarelos da F-150 passando pela beirada da janela de trás. Metros distante, se aproximando depressa. Barulho dos limpadores. *É o fim.* Ele olhou para trás.

— Vira aqui.

Ava apagou os faróis e virou o volante para a esquerda bruscamente. A traseira do carro derrapou e ameaçou deslizar para a direita, mas Ava controlou o automóvel, tirando o pé do acelerador até voltar ao comando. Jack olhou para trás e viu a caminhonete tentar imitar a manobra, mas ela derrapou no cruzamento e bateu na cobertura de uma parada de ônibus. Rangido de metal. Fumaça brotando do capô amassado. Um dos ocupantes desceu. Ava entrou em um beco, enquanto Jack continuava olhando para trás. Um segundo, dois. Ninguém os seguiu.

Ela olhou para ele.

Cory Anderson

— Vamos pegar o Matty.

Seguiram pela fileira de edifícios até o fim do quarteirão, fizeram o retorno e voltaram. O hotel sob a luz pálida era como uma última parada na beirada do mundo. Neve caindo. Um véu cinzento. Um breve gemido do vento, depois silêncio. Finalmente, eles entraram no estacionamento e pararam.

Ele abriu a porta. O hotel ficava a algumas quadras de onde a caminhonete tinha batido, e temia que os homens logo estivessem vasculhando as ruas.

— Eu entro — disse. — Se eles aparecerem, você vai embora. Entendeu? Você tem que ir embora.

Ela assentiu olhando para ele. Com frio. Cansada. Com medo.

Ele atravessou o estacionamento. Sombras longas. Luminosidade das lâmpadas nos postes da rua ao longe. Sua respiração rasa, áspera. Ele subiu a escada de metal até o segundo andar e passou pelos quartos. Nenhuma luz através das cortinas de renda. A TV desligada. Na porta, ele parou para pensar. *Ele está dormindo. Vou ter que carregá-lo. Com cuidado, para ele não acordar.* Inseriu a chave e abriu a porta.

Escuridão. Um cheiro de terra. Estranho. Como óleo de barbear. Uma coluna de luz sobre a cama... A cama vazia. Ao lado dela, um ganido. Muito suave. Tinha alguém ali. No fundo do quarto.

Ele pensou: *O que você fez?*

Um homem sentado na cadeira contra a parede, de cabeça baixa. Cabelo escuro e botas *wingtip*. Uma espingarda sobre os joelhos.

Matty. Onde está Matty?

Jack deu dois passos para o interior do quarto e fechou a porta. O sangue pulsando. Sentia-se instável. Era a sensação de escorregar em gelo fino. O homem não se mexia. Nem levantava a cabeça. Talvez estivesse cochilando.

— Cadê meu irmão?

O homem não respondeu.

254

Quão bela e brutal é a vida

Segundos se passaram. Jack continuava parado. O quarto todo oscilava. Uma mudança de voltagem no ar. O homem a três metros dele. Calmo, as mãos descansando sobre a espingarda. Parecia imperturbável. Como se nem notasse Jack. *Faça alguma coisa*, Jack pensou. *E o Matty? Onde está o Matty?*

— Cadê meu irmão?

Jack recuou e acendeu a luz. Sentia-se desequilibrado. Não se atrevia nem a piscar. A espingarda era uma Humpback Browning Auto-5. Antebraço curto para um giro rápido.

— Olha para mim — Jack falou.

O homem levantou a cabeça e olhou para Jack com seus olhos azuis. Uma cicatriz profunda cortava seu rosto. E Jack percebeu quem ele era, e pensou: *Você vai morrer.*

O quarto girou.

— Conheço você — Jack disse.

Bardem encostou na cadeira e olhou para ele.

Explosões solares cintilavam nos limites das pálpebras de Jack. A luz acesa o ofuscava. Tudo muito brilhante. Conseguia ouvir a própria respiração, irregular. Debaixo da cama cachorro olhava para ele. O focinho apoiado nas patas. Ele tremia. *Encontra Matty, encontra Matty, pega ele, leva para algum lugar seguro. Pensa em um jeito.*

Havia um copo de água sobre a mesa, na ponta. Bardem estendeu a mão para o corpo. Bebeu um gole e devolveu o copo à mesa.

— Se você me conhece, sabe que devia ir com calma — disse.

— O que você quer?

— Você tem uma coisa que é minha.

— Cadê meu irmão?

— Essa não é a pergunta. Essa é a resposta.

Jack ficou parado, olhando para Bardem. Imobilidade: aqueles olhos eram feitos disso. A quietude de uma floresta. De um gato à noite.

— Eu sei qual é a pergunta — disse Jack.

— Ah, é?

— Onde está a mala?

Cory Anderson

— Você acha que é muito esperto. Não acha? — Bardem inclinou a cabeça. — Pensa que tem uma causa. Por isso fez tudo o que fez? Agora olha para você. Perdeu aquilo que considera mais importante.

Jack pôs a mão na parede. As veias em seu corpo começaram a tremer.

— Sabe, estou aqui para ajudar — disse Bardem.

— Ajudar.

— Sim. Ajudar você a ver o que é mais importante.

— Acho que posso fazer isso sozinho.

— É mesmo?

O cachorro ganiu. Jack sentiu um espasmo. *Encontre o Matty*.

— Sua situação não parece boa — Bardem apontou. — Não acha?

— Acho que tenho algo que você quer.

Bardem inclinou-se para a frente, apoiou o queixo nos nós dos dedos.

— Você me decepciona, Jack. Esperava mais de você.

— Cadê meu irmão?

— Está em algum lugar, com frio. E cada vez mais frio.

Ar, vibrando. Jack continuava no mesmo lugar, apoiado à parede. Sentia o corpo suado por dentro. Ouviu alguma coisa do lado de fora da porta. A voz de um homem. Suave. Um estalo na escada de metal. Depois ouviu o som longo e agudo de uma buzina. Ava.

— Fala onde está Matty — Jack insistiu.

A mão de Bardem deslizou para o cabo da espingarda. Era como se nada o perturbasse.

— Vou te dar um dia. Você traz a mala. Entrega para mim. Põe na minha frente. Se não, eu mato seu irmão. Entendeu?

— Como eu vou te encontrar?

— Pergunta para Ava. Ela sabe.

Silêncio completo. Os lábios de Jack formando a palavra. Ava.

— Melhor se mexer — Bardem falou.

Jack apagou a luz e saiu de perto da porta quando ela foi aberta. Na escuridão, o homem dos dentes de ouro invadiu o quarto com uma arma. Bardem atirou duas vezes. Parte do homem se espalhou pela parede.

256

Quão bela e brutal é a vida

Os ouvidos de Jack apitavam, mal conseguia ficar em pé. Sangue em seu casaco. Parte do batente desprendeu-se da parede. Ele passou pela porta, andando de costas, olhou pela última vez para Bardem, que olhava para ele de dentro do quarto. Depois Jack virou e correu, passou pelos quartos e desceu a escada.

Quando chegou à calçada, começava a ouvir mais que o apito nos ouvidos. *Encontre o Matty*. Não conseguia pensar tão longe, ainda não. *Pergunta para Ava. Ela sabe*. Da calçada, ele viu a F-150 estacionada na rua. Algo puxou seu casaco na altura do ombro. O tiro de pistola foi só um lampejo rápido na luz rosada da manhã. Ele virou e correu. Escorregando no gelo. Não sabia para onde ia. Quando estava quase do outro lado da rua, toda a vitrine da loja diante dele se estilhaçou. Ele girou. O homem de cartola abandonou a proteção da caminhonete e abriu fogo.

O profundo e pesado som da espingarda parecia uma tosse brotando dos prédios. O homem de cartola caiu instantaneamente. Sangue para todo lado. Respingando na neve. Jack nem viu de onde partiu o tiro. Olhou para cima. Bardem estava no corredor do hotel, acima dele. Com os cotovelos apoiados na grade, os olhos atentos. A espingarda na mão. Ele tocou o chapéu em um cumprimento para Jack, depois voltou para dentro do quarto.

Jack ficou onde estava, balançando. No ar frio pairava um cheiro de pólvora. Silêncio em todos os lugares. *Vai*, ele disse a si mesmo. *Não fica aí parado. Vai procurar Matty*.

Ele virou e desceu a rua, deixando pegadas vermelhas na neve. Quando chegou ao estacionamento, viu Ava esperando no carro. Abriu a porta e entrou.

— Dirige — disse.

XXII

Quando olha para ele, você vê. O diabo é só um homem.

Quando Bardem saiu do hotel, levava a espingarda pendurada no ombro e a bolsa fechada em uma das mãos. Agora havia luzes acesas em alguns quartos, e uma mulher espiava pela fresta da porta na recepção. Ele seguiu para a caminhonete preta. Estava a alguns quarteirões da delegacia do xerife de Madison County, logo os agentes da lei chegariam.

Quando alcançou o homem contra o qual tinha atirado do corredor do hotel, Bardem parou e olhou para ele no chão. A cartola tinha sido arrancada de sua cabeça, e ele estava de bruços, caído em uma poça de sangue, ainda com uma pistola na mão. Foi alvejado no pescoço e no peito, e faltavam algumas partes. Bardem abaixou, revistou o homem e encontrou um pente de UZI e vários cartuchos .300 de Winchester Magnum. Jogou o pente na neve e guardou os cartuchos no bolso do casaco. Depois olhou para a caminhonete.

Foi até lá, abriu a porta e examinou o interior. Havia um garoto na parte de trás da cabine, olhando para ele. Devia ter dezesseis anos. Usava uma bandana no pescoço. O menino desviou o olhar. Uma bolsa militar de lona em cima do banco. Uma lata de Mountain Dew.

— Estava com aquele homem?

O menino assentiu.

Quão bela e brutal é a vida

— Não balança a cabeça. Quero que responda para mim.

— Sim.

Bardem olhou para a rua e escutou o uivo baixo de uma sirene da polícia. Um novo dia nascia. Ele olhou para o garoto.

— Já sei — ele disse. — Vou contar. Polichinelos. Eu faço cinco.

O menino o encarava confuso.

Bardem levantou a alavanca para abaixar o encosto do banco.

— Bom, é uma chance, não é?

O menino não se moveu.

— Você tem que correr — disse Bardem. — Não posso ficar esperando.

O garoto desceu da caminhonete. Bardem via o terror nos olhos dele. Deixou a bolsa fechada em cima do banco da caminhonete, afastou-se e começou a pular. Abria as pernas e levantava os braços, unindo as mãos sobre a cabeça. Fechava as pernas e abaixava os braços.

— Um — disse.

O garoto começou a correr.

Os polichinelos eram defeituosos, porque a espingarda balançava a cada salto. Quando Bardem contou até cinco, o menino havia atravessado o estacionamento e estava quase na esquina. Bardem tirou a espingarda do ombro e levantou o cano. Atirou quando o garoto virava na esquina. Pedaços de tijolos explodiram da parede, caíram na neve.

Ele abaixou a arma.

— Muito bom — disse. — Correu bem.

Olhou para a rua mais uma vez. Havia um pandemônio de sirenes se aproximando. Ele pegou a bolsa e foi para onde tinha deixado seu veículo. Abriu o porta-malas, guardou a espingarda lá dentro. Bateu na tampa da caixa de alumínio com a mão aberta. Depois fechou o porta-malas.

Limpou as botas na neve para tirar o sangue. Quando entrou no Land Rover, limpou o rosto e as mãos com um lenço umedecido do pacote que estava no console. Depois foi embora.

XXI

Os homens na F-150 chegaram. Viram Jack subir a escada do hotel e passar pelos quartos. Viram quando ele parou e abriu a porta. Viram quando entrou.
Eu vi tudo isso.
Não fui embora.
Tentei avisá-lo.

Eles seguiram para o norte pela Rota 20 em direção a Ashton. Viajavam em silêncio. Flocos de neve caíam sobre o para-brisa. Depois de um tempo, Ava murmurou:

— Cadê Matty?

Jack não olhou para ela.

— Está machucado?

Ele não respondeu. Apoiou a cabeça no encosto e olhou para a estrada. Tentava respirar. Seu casaco estava coberto de sangue, as mãos também estavam sujas.

— Fala comigo — ela pediu.

Ele virou a cabeça no encosto e olhou para ela. Sentia-se envolvido por um distanciamento. Como se olhasse para ela através de vários metros de água. Brilho de luz, frio cortante. Sangue impulsionado pelas batidas do coração em seu peito. *Você não consegue suportar a verdade.*

— Você é filha dele.

Quão bela e brutal é a vida

Ela olhou para ele. Só olhou.

— É filha dele, porra — ele repetiu.

Ava pisou no freio e saiu da rodovia para uma estrada deserta. Celeiro caído. Neve profunda nas valas laterais. Ela passou sobre valetas fundas, atravessou um campo e parou derrapando no alto de uma colina. Uma planície branca se estendia por quilômetros.

Samambaias mortas. Vento se movendo em correntes sobre a estrada.

Ela olhou para ele. Com raiva, com medo.

— Cadê Matty?

— Você não sabe?

— Não sei... — Ela balançou a cabeça, confusa.

— Fala onde ele está.

Ela o encarava. O cabelo volumoso se rebelando em ondas e dobras. O olhar firme. Os olhos cintilantes.

— Não sei do que está falando.

— Não mente, Ava. Não para mim.

O carro continuava ligado. Ela ia chorar. Não fazia a menor diferença para ele.

— Fala alguma coisa — disse Jack. — Fala a verdade. Uma vez, pelo menos.

Ela fechou os olhos. Ele sentiu muito ódio dela.

— Ele pegou Matty! Por sua causa.

— Não fala isso — ela pediu. — Não fala isso.

— Onde ele está?

— Não sei. — Ela balançava a cabeça.

— Você é uma mentirosa.

Luz cinzenta. Um uivo fino do vento. Ela abriu os olhos, mas não olhou para ele.

— Sinto muito.

— Ah, sente.

— Eu falei quando a gente se conheceu. Eu disse para você ficar longe de mim.

Ele começou a rir como um louco.

261

— É, Ava. E depois você foi à minha casa.

— Queria te ajudar.

Jack olhava para ela. Cada vez que Ava respirava, era um ato de traição.

— Ah, é mesmo?

— Sim. Tentei ajudar.

— E como ele encontrou a gente?

— Você não sabe de nada. — Ela respondeu. — Não sabe.

— Esquece. Sei como ele nos encontrou.

— Está enganado.

Ele não respondeu.

— Eu não faria nada para te magoar.

— Não me interessa. Pode falar o que quiser... Não significa nada para mim.

Ela virou a cabeça e olhou para ele. Seus olhos cor de avelã. Eles diziam: "Você está me traindo."

— Bom. Que bom para você.

Jack virou para o outro lado, olhou para a janela. Tentava se acalmar. Respirar. Encher os pulmões, esvaziá-los. Alguma coisa quebrada, que ele não conseguia consertar. Abriu a porta do carro e desceu.

A neve soprava de lado e castigava seu rosto. Ele virou de costas para o vento, levantou o capuz do casaco.

— Para onde vai?

Ela também tinha descido do carro. Flocos de neve, trazidos por uma rajada, se enroscaram em seu cabelo. Ava continuava parada, olhando para ele. Ferindo-o com os olhos. O casaco tremulando. *Meu peito*, ele pensou. *Meu peito*. Estremeceu.

— Não faz isso — ela falou com tom hostil. Frio.

— Você fez isso. Não eu.

Ele virou e começou a andar. A porta do carro abriu e fechou, uma batida forte.

— Jack!

Quão bela e brutal é a vida

— Para com isso.

Ele olhou para trás e a viu parada na estrada, o corpo tenso, pronto para a guerra. A mala aos pés dela.

— Você esqueceu isso aqui.

Ela empurrou a mala para ele pela neve.

Os dois ficaram se encarando. Tudo muito quieto. Tudo era como um sonho antigo se repetindo. Construído de ar, para logo desaparecer.

Que seja.

Ele pegou a mala. Depois se afastou andando pela estrada.

XX

Não sou como William Ernest Henley.
Minha cabeça sangra,
mas está curvada.

XIX

Meu pai estava certo sobre uma coisa: O que você guarda no coração, causa dor. Neste momento, este coração está sangrando.
 E dói, dói.

Mas eu sou uma pedra. Regular.
 Vou rolando, me adaptando.

Ava está no carro com o motor ligado, vendo Jack afastar-se pela estrada, para a neve. Levando a mala. Os campos ondulantes além dele mudam de forma, se deformam sob a neve que cai. Árvores aqui e ali nos campos. Imóveis ao vento. Ela fica olhando até não poder mais vê-lo.

Continua sentada por um bom tempo, olhando diretamente para a estrada por onde ele havia desaparecido. Ninguém aparece. O ar no carro é frio. As janelas embaçam. Ela ameaça engatar a marcha, mas desiste. Abre o porta-luvas e conecta o cabo de bateria no celular. Tem dois risquinhos. Ela espera, com o telefone na mão.

Quando liga, ele atende no primeiro toque.

— Oi, passarinho.

Ela não fala nada.

— Está aí?

— Estou.

Segundos se passam. Ele diz:

— Acho que você quer me fazer uma pergunta.

— Cadê Matty?

— Ele está comigo.

— Vai matar ele?

— Depende de você.

— O que você quer?

— Você sabe.

Ela se debruça sobre o volante, apoia a testa no punho. Murmúrio do motor. Uma luz nebulosa. Os flocos de neve caindo nas janelas.

— Não fala — ele diz.

— Falar o quê?

— Aquela coisa que as pessoas sempre dizem.

— O que elas dizem?

— Elas dizem: "Estou implorando."

Silêncio. Ela ouve a respiração do outro lado.

Espera.

— Você é melhor que isso — ele diz.

— Vai matar ele, não vai?

— Sinto muito.

— Se matar o garoto, não vai ter o dinheiro.

— Eu não me preocuparia com isso.

— Fala o que você quer.

— Não preciso dizer o que você já sabe.

Ela espera. Jogos. Sempre jogos.

— Conheci seu amigo Jack. Ele tem um rosto bonito. Não tem? Acha que o rosto dele vai continuar bonito?

Ela liga o limpador. Vê a neve deslizar para fora do para-brisa. Olha para a estrada. Como se tivesse alguma coisa para ver. Mas não tem.

— Mesmo assim, devia tentar salvá-lo — ele fala.

Quão bela e brutal é a vida

— Você quer o dinheiro. Mas tem algo que quer ainda mais.

— Passarinho esperto. Fala. O que eu quero? — A voz dele é mansa. Muito cheia de necessidade. — Nós éramos amigos — ele continuou. — Não somos mais. Por quê?

— Nós nunca fomos amigos.

— É por sua causa. Você fez uma escolha. Não posso tirar isso de você.

— Não. Não pode.

— A vida é um labirinto. Você entende? Cada momento é uma curva. O padrão já está lá. O caminho de uma pessoa pelo mundo. Os ângulos e as curvas. Becos sem saída. Você está nesse emaranhado desde que nasceu. Pode se perder. Não pode? Fim, começo, meio. Você pode se desviar.

— E talvez você escape — ela diz.

Uma pausa.

— Não, você não escapa. Não, não.

Ela não responde.

— Você é minha, Ava. Você é minha.

Ela não responde.

Morde o lábio, sente o gosto de sangue.

— Onde você está? Fala para mim onde você está. Fala.

Ela observa a estrada. Respira fundo. Faz a pergunta:

— Onde você está?

— Onde eu estou não importa. O que importa é onde estarei.

— Onde você estará?

— Pensa um pouco. Você sabe.

Depois que ele desliga, ela continua ali. Olhando para a estrada. Neve descendo, girando no ar. Nenhum sinal de vida. Ela desliga o motor. Tem pouco combustível. Fecha os olhos, solta o ar e espera Jack. Ele vai voltar. Se Ava sair dali, ele não vai saber onde encontrá-la. Ela não vai sair dali.

Porque ela sabe onde Bardem vai estar.

267

XVIII

Esta é uma pequena história em um número infinito.
   Mas é minha.

Doyle chegou ao quarto de hotel em cerca de dez minutos depois do telefonema. Havia duas viaturas com as luzes ligadas no estacionamento. Vidro quebrado na calçada. Um agente estava fazendo perguntas a uma mulher sentada na parte de trás de uma ambulância aberta.

Midge o encontrou.

— O xerife de Madison County ligou. É sério, Doyle. Temos pessoas mortas por todo o local.

— Verificou a identidade?

— Não achei nada.

Depois de pôr as luvas, ele se aproximou do corpo caído ao lado da caminhonete, abaixou e limpou a fina camada de neve. O homem levou tiros no peito e no pescoço, mas o rosto estava praticamente intacto.

— Tem algum cartucho vazio?

— Sim, de espingarda, e duas nove milímetros.

Ele olhou para a grade do segundo andar. Calculou a distância. O ângulo. Um luminoso néon cor-de-rosa sobre o prédio tinha a letra "O" queimada. Estava escrito: CHUVEIR S QUENTES.

Quão bela e brutal é a vida

— Lá em cima tem outra vítima — disse Midge. — A imagem é feia.

— Espingarda?

— Sim.

— O que essa mulher diz?

— Viu um homem fazendo polichinelos, antes de atirar em alguém. Só isso.

— Encontrou alguém com vida?

— Ainda não.

Ele fez uma careta.

— Onde se meteu a DEA?

— Chega em uma hora — ela respondeu. — Tem mais, Doyle. Vamos lá em cima.

Eles subiram a escada. Alguém tinha isolado o que restava da porta. Havia uma trilha de pegadas sobre o sangue.

— É o Armagedon — Midge falou. — Uma carnificina.

Ele passou por baixo da fita. Não havia como desviar do que restava do corpo, e ele passou por cima dele como pôde. A primeira coisa que viu foi uma caixinha de suco em cima da mesa de cabeceira. Roupas de cama reviradas. Ficou ali por um minuto. Depois viu algo no chão e foi pegar. Um carrinho de brinquedo. Virou o carrinho na mão.

— Talvez os meninos Dahl tenham estado aqui — Midge falou. — O que acha?

Doyle abriu as gavetas da cômoda. Caixa de cereal. Baralho de UNO. Ele se aproximou da cama, abaixou e olhou embaixo dela. Estrado de madeira empoeirado. Poeira. Uma silhueta escura no canto. Olhos.

Tinha um animal ali.

Ele afastou a cama da parede, e o cachorro correu. Midge deu um pulo.

— Não deixa ele sair.

O cachorro era pequeno. Estava encolhido ao lado da televisão. Assustado. Doyle aproximou-se devagar e abaixou. Não tinha coleira. Ele estendeu a mão.

O cachorro não se moveu. Depois lambeu seus dedos.

— Hum — disse Midge.

Ele pegou o cachorro, o braço sob as costelas dele, segurando-o desajeitado. Quando eles desceram, um paramédico media a pressão arterial da testemunha. A mulher parecia muito abalada.

Doyle tirou o chapéu com uma das mãos, ainda segurando o cachorro com a outra.

— Senhora, será que posso lhe fazer umas perguntas?

Ela assentiu e limpou o nariz com um lenço de papel.

— O homem que viu fazendo polichinelos... Será que se lembra de alguma coisa sobre ele? Quantos anos acha que ele tinha?

— Meia-idade, acho. Ele estava bem longe.

— Cabelo escuro?

— Talvez.

— Alguma cicatriz? — Doyle ajeitou o cachorro no colo.

— É, acho que sim. Atravessando o rosto.

— Muito bem. — Ele pôs o chapéu. — Agradeço por ter falado comigo.

Ele e Midge foram para a caminhonete. Ele pôs o cachorro no banco do passageiro, pensou naqueles meninos. Talvez machucados. Ou talvez pior. Olhou para Midge.

— Ele está por aí. Bardem. Queria que não estivesse, mas está.

— E aquelas crianças também. Elas precisam de nós.

— Emite um boletim geral sobre Bardem — Doyle ordenou. — E avisa a imprensa sobre as crianças.

XVII

Às vezes, você percebe que as coisas que achava saber sobre o mundo talvez sejam uma mentira. Você para e vê onde está, e tudo fica confuso, e entende que tudo é caos. A coisa toda.

A neve cobria a estrada e criava montinhos sobre a vegetação morta dos dois lados, e Jack deixava esses montinhos servirem de guias. Ia andando, abrindo o caminho diante dele. Seus passos eram silenciosos. A neve caía flutuando. Ele não sabia para onde ia.

Andou por um tempo, depois saiu do caminho e subiu a encosta com uma camada de neve ainda mais profunda do outro lado do campo, subiu um riacho estreito. Árvores. Céu cinzento. Ele viu um coelho que não tentou correr, e parou para olhar até o coelho se afastar, saltitando. Ficou parado olhando para os rastros, depois olhou para trás, para o caminho que tinha percorrido. Virou e começou a voltar, mas não voltou. Pôs a mala no chão e sentou-se sobre um toco de árvore para pensar.

Matty podia estar em qualquer lugar.

Precisava de café — era disso que precisava. Matty podia estar em qualquer lugar, podia estar em algum lugar frio, em algum lugar ficando mais frio. Se queria encontrá-lo... Ele engoliu e respirou com dificuldade. Só havia uma pessoa no mundo que podia dizer a ele.

Jack apoiou a cabeça nas mãos e aceitou esse fato como um ferimento. Ava já devia ter ido embora, provavelmente. Não havia chance de reconciliação. As coisas que ele tinha dito. Ela nunca o perdoaria. Já tinha ido embora. Ele falou em voz alta:

— Ela mentiu para mim.

Mas não mentiu. No fundo, sabia disso.

Sentado no toco de árvore, sentiu uma onda de tontura e esperou que ela passasse. Depois de um tempo, a neve, os galhos brancos, a mala e o toco voltaram a ficar nítidos. Por quanto tempo uma pessoa podia ficar sem dormir? O sangue escorria de seu ombro. Não tinha Ava para fazer curativo. Não tinha Ava para conversar.

Ele levantou a cabeça, gemeu baixinho. A garganta doeu.

Você sabe. Todas as coisas que ela fez por você. Tudo o que ela arriscou.

Os olhos ardiam, e ele os fechou.

Encontrou a única pessoa na Terra com quem podia contar, e a deixou.

De olhos fechados, viu Ava em pé na estrada diante dele. Seu olhar firme, o cabelo ao vento. As coisas que ela o fazia sentir. Não gostava disso.

Ele ficou em pé e pegou a mala, a alça como uma pedra em sua mão. Seguiu suas pegadas entre as árvores rumo à estrada. Ela não estava mais lá. Mas tinha que tentar. *Tudo que ela fez foi ajudar, e você a deixou. Você a deixou. E Matty pode estar em qualquer lugar.*

Ele continuou andando, sentindo uma tremedeira estranha. Havia fileiras de árvores à esquerda, e quilômetros de neve à direita. Parou e olhou para trás, para a trilha que deixava, mas o toco de árvore tinha desaparecido. Quando virou de novo, ele viu o carro parado no fim da estrada.

Começou a correr. Quando chegou lá, abriu a porta e entrou.

Silêncio.

— Oi — disse Jack.

— Oi.

— Desculpa por ter deixado você aqui.

— Desculpa por ele ter encontrado a gente.

Quão bela e brutal é a vida

— Não vou te deixar de novo.

Olhou para ela, e ela sustentou seu olhar. Precisava chorar, mas não chorou.

— Eu sei onde Matty está — ela disse.

Seu coração não aguentava tudo isso. Queria perguntar se ela achava que Matty estava vivo, mas não conseguia. Em vez disso, respirou com dificuldade.

Ela ligou o carro.

— Temos que ir buscar ele agora.

— Certo.

XVI

Eu acreditava em segundas chances.
   Em terceiras chances.
   Em quartas, em quintas.

Eles seguiram para o norte pela Rota 20 em direção à Floresta Nacional Caribou-Targhee. A rodovia branca. Além das janelas, só a neve.
   — Respeita o limite de velocidade — disse Jack. — Fica atenta.
Ela assentiu.
   — Os policiais devem estar em todos os lugares.
Ela concordou, atenta à estrada. As mãos agarravam o volante.
   — Você está bem? — ele perguntou.
Ela olhou para Jack. Sua pele pálida. Os olhos cor de âmbar à luz do crepúsculo.
   — Ele tem uma casa na montanha — disse Ava —, perto de Island Park. É um lugar aonde ele vai sozinho. "Viver a vida na floresta," sabe? Como se acreditasse que é Thoreau, ou alguma coisa assim.
   — Estamos indo para lá?
Ela não respondeu. Seus pensamentos estavam em outro lugar.
A neve caindo. O chiado suave do aquecedor do carro. Jack estremeceu. *Você só precisa ficar calmo.*
   — Então vamos fazer uma troca. O dinheiro por Matty.

Quão bela e brutal é a vida

— Ele vai descobrir o que é importante para você — ela disse. — Vai tentar tirar de você.

Jack mal a ouvia.

— Estamos bem. Só temos que ir até lá e fazer a troca.

— Ele não tem ponto fraco.

— O quê?

— Não é como as pessoas. Ele não tem pontos fracos. Exceto um.

— O que quer dizer?

Ela virou a cabeça e piscou para ele. Parecia atordoada, como uma pessoa puxada de algum lugar distante por uma corda esticada.

— É — ela disse. — Quero dizer, mais ou menos isso.

— Está tudo bem. Temos uma saída.

— Você está sangrando. Seu ombro.

— Nada sério.

Ela segurou o volante com mais força. Jack podia ouvir seu medo.

— Só temos que manter a calma — ele disse.

Eles seguiram em frente. Olhavam para fora pelas janelas, para a estrada. Os bosques lá na frente. Um vento que começava a balançar o topo das árvores, e era como ver o despertar de alguma criatura sonolenta se erguendo em meio aos penhascos de floresta e neve. A neve mudou — só havia o subir e descer do vento.

— Está tudo bem — disse Jack. — Certo?

— Está tudo bem.

— Vamos pegar ele de volta.

Ela o encarou de repente.

— Pode segurar minha mão?

Jack segurou a mão dela.

A sensação era boa. Ele conseguiu respirar.

Os bosques eram somente árvores. Não havia mais nada.

— Estamos bem — ela disse.

— Estamos bem.

— E sempre estaremos.

— Sim. Sempre estaremos.

XV

Quando você tem medo de alguém, você odeia a pessoa, mas não consegue parar de pensar nela. Tenta conhecê-la. Sentir seus pensamentos. Você quer ver através dos olhos dela para saber o que ela vai fazer.

Por muito tempo, pensei sobre o que Bardem ia fazer.

Pensei nisso durante toda a minha vida.

Sentada naquele carro, não precisei nem tentar.

Eu o conhecia. E me conhecia.

Bardem olhou pelo retrovisor. As luzes amarelas de um removedor de neve limpando a rodovia. Longe, no vale. Ele entrou em uma estrada invisível pela neve acumulada e derrapou ao pisar no acelerador. Quando parou na frente do galpão de aço, não havia marcas de rodas na estrada, além das dele.

Ele desceu e ficou olhando para o leste. Os pinheiros espalhados pela paisagem. O topo dos pinheiros coberto de neve, o movimento das árvores escuras.

Ele calçou as luvas e se dirigiu à porta da garagem. O vento sacudia o aço. A neve estava muito alta. Ele abaixou, girou a chave no cadeado e levantou a porta, a respiração formando nuvens.

O interior do prédio estava escuro. Ele tirou a cobertura do trenó e verificou a manopla. O óleo e o filtro eram novos. Ele montou no

Quão bela e brutal é a vida

assento, segurou o guidão e virou a chave. Quando o trenó pegou, ele abriu o afogador. Uma partida a frio precisava de tempo para estabilizar, e ele esperou dez minutos.

Saiu da garagem e parou para trancar a porta. Depois montou no trenó e parou ao lado do Land Rover. Pegou o rifle e a bolsa de zíper da cabine e levou a bolsa para o trenó. Ele pendurou o rifle atravessado nas costas. Deu a volta no automóvel e abriu o porta-malas. A caixa tinha se mexido um pouco durante a viagem. Nenhum ruído lá dentro. Ele tirou a caixa do porta-malas e a soltou no chão. Peso morto. Silêncio total.

Ele abriu o compartimento de carga e pegou uma corda de náilon de trança dupla. Era muito resistente e um pouco elástica. Passou a corda pelo para-choque traseiro do trenó, levou a outra ponta até a alça da caixa e amarrou com um nó duplo. Depois examinou a extensão da corda. Rajada de neve. O vento uivando entre os pinheiros. Ele se aproximou do trenó ligado, montou e seguiu para a floresta, rebocando a caixa.

XIV

Às vezes, eu observava Jack.

Olhava sem ele saber. Acho que não havia na Terra uma pessoa que entendesse a solidão melhor que ele.

Eles chegaram ao Last Chance General Store e pararam na frente de uma bomba de gasolina. Jack ficou olhando para fora. O estacionamento estava vazio, exceto por uma caminhonete: uma Ford velha com um adesivo no para-choque. "Perdeu seu gato? Experimenta olhar embaixo das minhas rodas". Neve acumulada no para-brisa. Camadas pulverizadas deslizando para baixo. O posto de gasolina no véu branco e silencioso, e o solo imaculado. Na vitrine tinha uma placa: Cerveja.

— Precisamos de gasolina. — Ava desligou o motor.

Ele assentiu.

— Você está coberto de sangue — ela disse.

Ele olhou para baixo. Era verdade.

— Entra e faz um curativo no seu ombro, enquanto eu abasteço. Tenta não deixar ninguém te ver. E a gente devia pegar alguma coisa para comer.

Ele olhou para ela.

— É que... Você está se comportando de um jeito meio esquisito — ela insistiu.

Quão bela e brutal é a vida

— Quero encontrar Matty.

— Eu também. Mas, se você desabar antes disso, não vai ajudar em nada.

Fazia sentido.

— Tudo bem.

Ele abaixou, abriu a mala e pegou uma nota de cem dólares. Pôs no bolso. Depois entrou. O cheiro de comida frita pairava no ar. O homem no caixa assistia à televisão. Jack entrou em um dos corredores. Encontrou uma supercola e um frasco de água oxigenada. Uma camiseta dobrada no alto de uma pilha. Guardou tudo dentro do casaco quando o balconista não estava olhando.

Foi ao banheiro e deixou tudo em cima da pia. Jogou o casaco no lixo. Tirou a camiseta ensanguentada. O ombro pulsava. O ferimento ainda sangrava, e agora era roxo e preto. Ele abriu a torneira, molhou um pedaço de papel-toalha e abriu a embalagem de água oxigenada. Despejou o líquido no papel-toalha e limpou o sangue. O ferimento queimava como fogo. Depois de secar o ferimento, ele abriu o tubo da cola com os dentes e o apertou em cima do corte, depois juntou as beiradas e apertou com os dedos. Contou até dez. Funcionou.

Vestiu a camiseta, lavou o rosto e as mãos. Fez tudo isso muito depressa. Sem grande cuidado. Ele se viu no espelho. A camiseta tinha uma estampa, o Pé-Grande andando na floresta. Embaixo da ilustração, estava escrito Nunca Pare de Procurar.

Quando ele saiu do banheiro e voltou à loja, Ava estava parada junto do balcão. Ele percorreu o corredor na direção dela e pegou uma embalagem pequena de donuts cobertos de açúcar e uma garrafa de Coca. Procurou ibuprofeno, mas não achou. A televisão pequena pendurada na parede exibia um *game show*. O balconista cobrava o combustível de Ava. Jack olhou para fora pela janela e viu um carro da polícia estadual se aproximar e parar na bomba de gasolina.

— Para onde estão indo?

— O quê?

— Ah, eu vi que estão naquele carro.

Jack pôs as coisas em cima do balcão. Olhou para Ava. Ela olhou pela janela, depois para Jack.

— Tem uma frente fria a caminho, só isso — o balconista explicou. — Vocês não parecem preparados para o que vem por aí.

— Estamos de passagem — disse Jack.

— Não é uma boa época do ano para viajar, se me permitem dizer. A maioria das estradas está fechada. Sabem? São só vocês e os animais.

Jack olhou para as bombas de gasolina. O policial lá fora. Seu ombro doendo.

Ele conseguia ver a mala no banco do passageiro?

— Bom, os ursos estão hibernando. — O balconista continuou falando. — Mas tem alces, e eles são bem perigosos, e tem lobos, pumas. Para onde vão, exatamente?

— Quanto é? — Jack perguntou.

— Um dólar e quarenta e nove, e o refrigerante custa dois. Vocês moram por aqui?

— Por que faz tantas perguntas?

O balconista pigarreou.

— Bem, você não está de casaco, só isso. Precisa estar agasalhado fora daqui. — Ele olhou para um casaco impermeável pendurado em um cabide atrás do balcão. Devia ser do próprio balconista, Jack presumiu.

Jack se moveu incomodado.

— Queremos uma porção grande de fritas também — disse Ava.

O balconista olhou para eles. Vestia uma camisa grossa de sarja e o colete da loja. Seu nome estava bordado no colete: Ed Tom. Ele virou, abriu a porta da estufa, serviu as fritas em uma embalagem de papel e deixou sobre o balcão.

— Não se anda por aqui sem casaco — disse.

— Está no carro — Jack respondeu.

— Pode pôr tudo em uma sacola? — Ava pediu.

Ed Tom empacotou os donuts e o refrigerante. Uma lata de Pringles. Duas garrafas de água. Lá fora, o carro de polícia partia, voltava à estrada. Jack olhou para Ava, que sustentou seu olhar.

Quão bela e brutal é a vida

— Bom, é melhor a gente ir...

— Ah, é. De volta à estrada...

Jack desdobrou a nota de cem e a colocou sobre o balcão. O balconista olhou para ela, depois para Jack.

— Não aceitamos notas de cem. Viu o cartaz?

Por um segundo, Jack ficou parado. *Merda. Merda.* Se fossem pegos por isso...

— É muito dinheiro para dois garotos da idade de vocês.

— Não pode abrir uma exceção? — Ava sorriu.

Um boletim de notícias começou na TV. "Dois adolescentes são procurados por terem relação com um tiroteio que aconteceu no início desta manhã nesse hotel..."

Jack virou e olhou. Uma mulher na neve, segurando um microfone. Luzes da polícia brilhando atrás dela. Depois, duas fotos na tela. Fotos da carteirinha da escola. Ava e ele.

O balconista arregalou os olhos.

— Hora de ir — disse Ava.

Ela jogou as fritas no balconista, que desviou surpreso, protegendo o rosto com as mãos. Ela pegou a sacola de compras de cima do balcão e correu para a porta.

— Vamos.

Jack ficou ali, parado, olhando para ela.

"Ela é incrível", disse a si mesmo.

Jack estendeu o braço por cima do balcão, pegou o casaco impermeável do balconista e o pendurou no ombro.

— Ei! — O balconista reagiu.

— Desculpa — ele disse. — Sinto muito.

Ele foi andando de costas para a porta, enquanto o balconista pegava o telefone, e depois Jack virou-se e correu para a neve.

Chegaram a uma estrutura de aço onde o Land Rover estava estacionado e se aproximaram dele lentamente. Vários centímetros de neve fresca cobriam o para-brisa. Ava ficou olhando para a caminhonete, depois desligou o motor.

Jack abriu a porta e desceu. Flocos de neve flutuavam no ar. Um vento da montanha. Ava desceu, deu a volta no carro e abriu a porta de trás para pegar o pacote com a comida e as bebidas. Jack fechou o casaco, que era do balconista, e calçou as luvas.

Depois pegou a mala e fechou a porta. Encaixou o martelo na cintura.

Ava levava o pacote sobre os ombros.

— Vamos — ela disse.

— É aqui? — Jack olhou em volta.

— Não. A estrada está fechada. Vamos ter que ir a pé.

— O que tem lá? — Jack estudou a estrutura.

— Um trenó. Ele o levou.

— Não devemos dar uma olhada?

— Está trancado.

— Talvez não esteja.

— Pode ir ver. Mas está.

Jack assentiu.

— Certo.

Eles olharam para as marcas do trenó. Uma fina camada de neve cobria os sulcos mais fundos. Retangulares. Ava ficou olhando para eles com uma expressão confusa. A voz era um sopro.

— Ele está rebocando alguma coisa.

— O que pode ser?

Ela balançou a cabeça.

— Vamos.

Eles seguiram as marcas de Bardem para a floresta de pinheiros. Entre elas, a névoa se erguia do chão em um vapor branco. Fileiras de árvores finas nas encostas, e, além delas, os picos alpinos se estendiam para o alto. Vento do leste. A neve pairando de lado e as coníferas balançando. Parando. Balançando de novo. A luz se despedindo, o frio. Os dois andando lado a lado.

Quão bela e brutal é a vida

. . .

Esforço. A mala pesada. O ombro doendo. Se corresse, só conseguiria ficar tonto. Eles comeram dois donuts e beberam água, que estava começando a congelar na garrafa. A neve agora caía, formando uma cortina. Era impossível enxergar qualquer coisa muito à frente. Eles subiram uma encosta, chegaram ao cume e viram a escuridão lenta descer sobre tudo. As árvores silenciosas brilhando. Nenhum rastro, exceto a longa faixa do trenó. A estrutura de aço perdida atrás deles. Ele tossia de novo, e ela tremia. Jack olhou para Ava.

— Temos que continuar — ela disse.

— Eu sei.

— Quer descansar?

— Não.

— Podemos descansar.

— Não. — Ele balançou a cabeça. — Temos que chegar lá.

— Eu sei.

Eles continuaram andando, a noite caía depressa. O vento do ártico. Ele ficava para trás a todo instante, e ela o esperava. Chegaram a um bosque de abetos subalpinos. Os galhos mais baixos eram rígidos e escuros. A luz da lua projetava as sombras finas dos galhos na neve. Pedra e vegetação rasteira embaixo dela. Por fim, Jack parou. Respirava com dificuldade. O ar ardia no peito. Não tinha ideia do quanto estavam longe da casa. Estava tropeçando nos próprios pés. "Precisa continuar andando", disse a si mesmo. "Aguenta. Só mais um pouco."

Ele derrubou a mala.

Dobrou o corpo para a frente, apoiou as mãos nos joelhos e tossiu.

A neve. O vento e os estalos longos e secos de membros gelados.

Quando ele olhou, o veado estava a pouco mais de cinco metros. No escuro entre as árvores. Era um macho, e estava de cabeça erguida, olhando para ele. Era enorme, magro como treliça e com o corpo coberto de cicatrizes de muitas batalhas. O couro castigado e uma longa cabeça branca que revelava sua idade. Os chifres eram pesados.

No momento seguinte, ele desapareceu.

A neve entrou nos olhos de Jack. Ele levantou o corpo e olhou para Ava. Ela estava parada na neve, olhando para ele, com o cabelo escapando do capuz. E falava para ele:

— Fica comigo.

Eles voltaram a andar. Quase se arrastavam. Seguiam os rastros do trenó. Em pouco tempo, ele parava para descansar em intervalos de poucos metros. Parava e olhava para trás, para o contorno escuro das árvores ao luar, porque o veado podia aparecer de novo. Mas não apareceu.

Estavam em terras mais altas. Mas agora a neve tinha sessenta centímetros de profundidade. O ar era mais rarefeito. O vento tinha parado, e a neve também. Luz de estrelas, lua. Nada se movia no mundo alto e frio. Jack se esforçava para continuar andando entre as árvores, afastando galhos mortos quando surgiam da neve, as mãos entorpecidas. A cada passo que dava, a neve engolia suas pernas até os joelhos. Ah, estava cansado. Em cada curva, tinha a sensação de que a casa podia aparecer logo ali na frente, mas seus olhos o enganavam, não havia nada.

— Estamos perto — Ava falou.

Eles chegaram a uma clareira larga e alta onde alguém tinha feito uma fogueira algum tempo atrás. O aglomerado de pinheiros era escuro e não muito fechado, mas forte o bastante para suportar a neve. O cedro era quase preto. Jack reduziu a velocidade, soube que não poderia mais continuar. Olhou para o campo com a luz pálida da lua de inverno pintando a neve e tingindo os galhos finos de pinheiro, e, no escuro, com tons em violeta, ele viu os rastros do trenó, que tinha feito uma curva e subido a encosta, e eles continuaram em frente. *Mas você não está indo em frente. Você está chegando ao fim.*

Ele parou.

Sentou-se na neve.

— Ele é a melhor criança — disse Jack.

Quão bela e brutal é a vida

Ava tropeçou e caiu ao lado dele, encolhida dentro do casaco.

Eles ficaram em silêncio. A neve fraca agora sussurrava. Ele tentou pensar em alguma coisa para dizer, mas não conseguiu. Conhecia essa sensação. De tempo. A realidade do mundo. Tudo nela errado. Como podia ser chamada? O pensamento na parte mais sombria dele. A coisa que ele acreditava ser verdade.

— Isso não é bom.

— O quê?

— Não ter um plano. Não temos um plano.

Ela abriu os botões do casaco no pescoço e abaixou o capuz. Olhou para ele sem dizer nada.

Jack tentou pensar em palavras para descrever aquilo. Acender uma vela na escuridão.

— A sensação nunca desaparece de verdade. Este... sentimento de alguma coisa errada. Como quando você está sonhando, e acha que está acordado, mas sabe que tem alguma coisa estranha. Em algum lugar, a vida saiu dos trilhos. Não está certa. É uma farsa. Você não consegue se convencer de que está tudo bem, apesar de tentar. Você só... sabe. Esta vida não é como deveria ser.

O silêncio, o frio. Seu coração batendo.

— E você tem que fazer alguma coisa — ele continuou. — Porque sabe que ela está lá... Sua vida certa. A verdadeira. Mas não consegue encontrá-la.

Ele a observou, enquanto ela o observava. Seu rosto tenso e aqueles olhos. Nunca mais haveria alguém como ela.

— Eu vou encontrar — ela disse.

Jack acreditava nela.

Ava levantou-se, puxou-o pela mão e pegou a mala. Eles seguiram em frente. Neve caindo na terra como cinzas espalhadas por uma mãe em luto.

XIII

A luz está morrendo agora, mas eu não vou pegar leve. Vou pegar pesado.
    A vida deve brilhar e arder como meteoros e acabar do mesmo jeito.
    Queimar como chamas quentes.
    Eu vou arder.
    E você, destino: me amaldiçoe, me abençoe. Faça todas as coisas que você faz.
    A noite está próxima e a escuridão vem vindo.
    Mas eu vou brilhar, queimar e incendiar.
    Eu vou pegar pesado, vou pegar pesado.

O primeiro carro da polícia parou ao lado do depósito, seguido pelo segundo e pelo terceiro. Estava quase escuro. Um crepúsculo boreal de luzes vermelhas de emergência brilhava na neve. Doyle saiu da caminhonete, vestiu a calça de neve e apertou o coldre de ombro. Midge saiu pela porta do passageiro e puxou o chapéu de pele sobre as orelhas.

— Quando pretende falar com eles? — ela perguntou.

— Quando souber o que vou dizer.

Quatro homens e uma mulher desceram dos outros veículos. O oficial da lei na Floresta Nacional Caribou-Targhee pisou na neve com seu sobretudo gasto, olhos velhos espiando de trás da balaclava preta. Cinto com cantil e pistola e bainha de couro com uma faca.

Quão bela e brutal é a vida

Sua aparência era tão rústica quanto a da região rural. Os outros vestiam coletes Kevlar e parca preta com a identificação em letras brancas bordadas, DEA. A mulher carregava um kit de primeiros socorros pendurado no ombro, e todos portavam pistolas Glock 17. Levavam lâmpadas de cabeça e pacotes táticos.

Doyle olhava para os rastros do trenó. As pegadas fracas que os seguiam. Dois pares. Nevava fraco, e o vento fazia as árvores estremecerem. Os outros descarregavam trenós da parte de trás das caminhonetes e esperavam.

— A cabana — Doyle começou — fica cinco quilômetros montanha acima. O balconista da loja no posto de gasolina identificou Bardem e confirmou a localização da cabana. Alguma pergunta?

O chefe da equipe da DEA levantou a mão.

— Xerife Doyle, o que sabemos sobre o sr. Bardem?

— Se ele apontar para você, provavelmente não vai errar.

O agente sorriu. Como se fosse uma piada, ou alguma coisa assim. Doyle o encarava com firmeza.

— Temos adolescentes lá em cima — ele disse. — Não quero que se machuquem. Entenderam?

— Eles estão com o dinheiro? — perguntou um dos homens.

Doyle olhou para os agentes. Depois disse:

— Vou falar uma vez só. Se algum de vocês tocar em um fio de cabelo desses garotos, torçam para eu ter morrido antes.

Rajada de neve. O vento sacudindo o alto dos pinheiros.

Eles ligaram os trenós e partiram na direção das árvores, os faróis brilhando e correndo na neve e na noite adentro. Iluminando os rastros do trenó de Bardem. Midge montou no trenó que restava, atrás do de Doyle.

— Belo discurso. Foi muito inspirador.

— Engraçadinha.

Eles começaram a subir.

— Vamos buscar esse bastardo filho da mãe — ele gritou mais alto que o barulho do motor.

— Agora está falando a minha língua.

Além das árvores e através da neve, Jack e Ava podiam ver a silhueta da cabana. Tábuas de madeira cinza e o ângulo do telhado de vigas. Uma luz suave na janela. Estranha e silenciosa. Envolta em névoa. A luz era do fogo. Jack sentia o cheiro de fumaça. Ele se endireitou e tentou dar uma olhada no entorno. O ombro formigava como se fosse perfurado por agulhas quentes. Ava segurava a mala, olhava para ele.

— Fica perto de mim — disse.

Os rastros do trenó seguiam para a parte de trás da cabana, mas Ava deu a volta por dentro da proteção das árvores e aproximou-se lentamente pela lateral. Atravessou a varanda. Não havia marcas na neve da porta. Eles foram até a janela e olharam para dentro.

— Não tem ninguém aqui.

— Escuta. — Ela levou um dedo aos lábios.

Mas não havia nada. O vento soprando nos pinheiros. Um estalo distante de madeira.

— É melhor a gente não entrar.

— Temos que entrar — ele protestou. — Estamos congelando.

— Acho que ainda não devemos.

— Precisamos encontrar Matty.

— Vamos só observar por um minuto.

— Vai ficar tudo bem. Vamos.

Ele tirou o martelo da cintura com uma das mãos e girou a maçaneta com a outra. Ela abriu com um gemido. Como um urso despertando da hibernação. Eles ficaram parados, ouvindo. Um fogo crepitava na lareira, as chamas iluminando as paredes. O vidro escurecido da janela. Jack sabia que devia pensar naquele fogo, em seu significado. Ava não tinha se movido. Eles entraram na salinha. Rangido das tábuas do assoalho. Cheiro de carne cozinhando. À esquerda havia uma mesa e uma cadeira. A casa estava perfeitamente arrumada. Um baú de roupas. Do outro lado da sala, uma bancada de cozinha feita à mão, e sobre a tábua

Quão bela e brutal é a vida

de corte... Três batatas. Cenouras, aipo. Um pote de vidro aberto. Sobre o fogão, uma panela com alguma coisa fervendo.

— Fica perto de mim — ela repetiu.

Jack abriu a porta do banheiro. Boxe de azulejos, toalha branca dobrada. Pia de metal. Tudo espartano. Exato. Cheiro fraco de terra. Óleo de barbear, talvez. Ele voltou ao espaço principal, mas não havia outros cômodos.

— Matty? — chamou.

Nada.

Tirou a touca. Na cozinha, levantou a tampa da panela. A carne ensopada cozinhava em caldo. O cheiro era delicioso. Ele devolveu a tampa à panela e se sentiu oscilar. Sobre o console da lareira havia uma fileira de livros arrumada com cuidado. Platão, Kant. Uma foto com moldura de bronze sobre pernas de metal mostrava uma menina pequena. Nariz coberto de sardas, uma coroa de flores do campo nos cabelos castanhos. Ava. Ela estava na cozinha abrindo e fechando gavetas. Ele a viu pegar uma faca de carne de uma delas. Abaixou e a escondeu na bota. Jack viu, mas não enxergou. Ficou tonto, olhou pela janela. As árvores sem folhas no cume da colina. Frio e escuridão.

Ele se sentou à mesa e apoiou a cabeça nas mãos, os olhos transbordando. Ava o observava. *Ai, Matty*, ele pensava. *Ai, meu Matty.*

— Eles não estão aqui — disse Jack.

Ava o observa alerta, sem dizer nada.

— Foram embora.

Ela balançou a cabeça e falou em voz baixa.

— Ele está aqui. Está brincando com a gente — disse.

Silêncio total. A panela borbulhava.

— Você vai ficar bem — ela disse. — Vocês dois. Tem que ser assim.

O vento sacudia as janelas nas molduras, e no peito de Jack algo acelerou. Ele olhou para ela. Por que disse isso?

Seu rosto à luz do fogo. O cabelo iluminado, os olhos.

— Você tem todo o meu coração — ela disse.

Alguma coisa apitou. Jack pulou da cadeira e ouviu. Agudo, o apito soou de novo. Eletrônico. Pulsando como um alarme. Ava não se movia. Olhava para o chão atrás dele com uma expressão de repentina compreensão, e ele se virou. Entre as tábuas, embaixo da cama, uma luz pulsava.

Ava empurrou a cama. Havia uma porta no chão, um alçapão, e ele estava fechado com uma argola de aço.

Jack pegou o martelo de cima da mesa. Ajoelhou-se ao lado da argola, bateu e usou o lado do gancho na madeira em torno da fechadura; finalmente enganchou a garra do martelo embaixo da fechadura e a arrancou dos parafusos. Todo o mecanismo de fechadura se soltou da madeira com a argola. O ferimento pulsava. Ele levantou a porta do alçapão. Tinha uma luz azulada lá embaixo. Escada. O bipe soou mais alto.

— Jack — Ava sussurrou, ajoelhada ao lado dele.

Ele a encarou.

— Você vai ficar bem — ela falou.

Ele puxou a porta do alçapão e a deixou cair no chão com um estrondo.

Começou a descer os degraus de laje rústica. Um frio cortante. Ele via o chão de terra. Abaixou, continuou descendo e segurou o martelo com força. No teto, o gelo cintilava. O frio era brutal. A luz era um telefone brilhando no escuro, apitando, produzindo o som que ecoava nas paredes de pedra. Contra a parede do fundo havia uma caixa grande de alumínio. O telefone acendeu e vibrou sobre a tampa.

Ele desceu os últimos degraus, aproximou-se do telefone e desligou o alarme deslizando o dedo na tela. Desconfiado, pegou o aparelho. Era só um celular. Nada mais. Virou a tela para longe, usando seu brilho para enxergar. Fileiras de furinhos perfeitamente redondos na tampa da caixa.

Buracos de ar.

Jack não conseguia respirar.

Quão bela e brutal é a vida

— Matty — ele sussurrou.

Tentou levantar a tampa, mas a caixa estava trancada.

— Jesus — disse. — Ai, Jesus.

Jack levantou o martelo e bateu em uma das presilhas de metal. O aço tilintou. Ele arfou tentando respirar. A fechadura quebrou e derrapou no chão, no escuro. Ele ia vomitar.

— Deus, por favor.

A luz insignificante. Ele derrubou o celular. Não tinha tempo para procurar. Bateu com o martelo na segunda presilha e encaixou a garra embaixo dela até ouvir o estalo. Abriu a tampa.

Matty olhou para cima, seu rosto molhado e sujo.

Jack encaixou o martelo na cintura e abaixou para pegá-lo.

— Jack — Ava sussurrou.

Ele virou e a viu abaixada no quadrado de luz, observando-o do cômodo de cima. A mala perto dela. Atrás dela, botas de caubói. Calças jeans. Um homem. Ava não sabia que ele estava lá, e ele levantou o rifle e bateu com o cano em um lado de sua cabeça. Ela caiu no chão de madeira e ficou imóvel.

Bardem abaixou-se e olhou para Jack. Depois levantou a porta do alçapão e a fechou.

XII

*As cores desapareceram de tudo
e o mundo flutuou para longe.*

Preto.

Breu.

Ele se atirou para a caixa e pegou Matty nos braços. Temperatura baixa, as batidas esquálidas de seu coração. Matty não se mexeu. Jack abriu o zíper do casaco e segurou Matty contra o peito.

Escuridão impenetrável. Frio como túmulo. Ele abaixou com Matty no colo e deslizou as mãos pelo chão, procurando o telefone. Em nenhum lugar. O brilho monótono do gelo.

— Tudo bem — disse. — Tudo bem.

Olhou para cima, para a porta, na escuridão sem dimensões. *Não tem jeito. Você vai cair. Vai derrubar ele.* Tentava respirar, mas o peito era uma prensa. *Ava, ai, Ava!*

A voz dela no carro: "Ele não tem pontos fracos. Exceto um."

Os dedos tocaram o telefone, e ele apertou um botão.

Luz espectral.

O pé no degrau. Matty caído em seus braços, sem nenhuma expressão no rosto. Acima deles, alguma coisa pesada raspando no chão. Depois, silêncio.

Quão bela e brutal é a vida

Jack sentia a pulsação latejando. Segurou Matty com mais força e tentou ouvir alguma coisa. Passos pesados. Pararam. Depois se afastaram. Bardem não disse uma palavra, o que era o mais inquietante de tudo. O celular sem sinal. Inútil. Inútil. A cabeça de Matty caída contra o peito de Jack.

Matty se moveu.

— Está tudo bem — disse Jack.

Jack não conseguia ouvir nada, e estavam congelando. Ele massageou os braços e as pernas de Matty. Tirou o casaco e cobriu Matty com ele. Não havia janelas. Não havia outro lugar, só lá em cima. Não conseguia ouvir Ava — não a ouvia.

— Temos que subir — disse. — Tudo bem?

Ele carregava Matty, seguia em frente, tropeçando. O telefone ficou escuro. Ele apertou o botão de novo e apontou a luz para a escuridão, começou a subir a escada. Matty continuava encolhido, de olhos fechados. Quando Jack alcançou a porta, pôs o telefone no chão e a empurrou. A madeira rangeu, mas não cedeu. Ele empurrou com mais força, o que provocou uma onda de espasmos de um lado do corpo. Mas a porta não se mexeu.

Não havia nenhum ruído do outro lado.

Não conseguia ouvir Ava.

Olhou para Matty. Encolhido sob o casaco. Jack beijou sua testa imunda.

— Está tudo bem — disse. — Estamos bem.

XI

Aqui está a verdade, finalmente.

Quando ela acorda, o calor está rugindo. O topo dos pinheiros brilha à luz alaranjada, o escuro do bosque e da lua. Está deitada sobre uma lona. O trenó ali perto. A mala. O homem em pé ao seu lado tem um rifle pendurado no ombro e está de braços cruzados. Ele a observa.

— Estou cansado desta vida — diz Bardem.

O sonho se dissolve neste mundo desperto. O calor é do fogo. Uma fogueira construída sobre neve petrificada em um círculo de galhos mortos, empilhados. As beiradas de carbono. As chamas lambem o ar, brilhando de um jeito estranho. Centelhas de futuros desconhecidos levadas lentamente para longe na noite. Ela sente, e a cabeça lateja.

— Vamos para algum lugar — diz Bardem.

Ele não tira os olhos dela. Ava toca a cabeça e vê as centelhas subirem e desaparecerem. O mundo perdendo a forma e voltando ao foco. O bosque e os galhos escuros. Não consegue ver a cabana. Cai deitada de novo na lona. As estrelas lá no alto giram devagar. Ele a trouxe para este lugar. O lado direito de sua testa está molhado. *Levanta*, ela pensa. *Levanta*.

Bardem não se move.

— Podemos recomeçar.

Quão bela e brutal é a vida

O fogo arde. Tudo muito quieto. Não tem sequer uma brisa. *Talvez eles estejam olhando*, ela pensa. *Estão vigiando para ver se você entende, aqui, no fim. O que tudo isso significa.*

— Eles estão mortos? — Ela levanta com esforço.

— Provavelmente. Agora, ou em breve.

Uma onda negra a envolve, e ela espera passar.

— Tenta não se preocupar com isso — ele diz.

Tudo se contorce dentro dela. *Não faz isso. Não chora.*

No ar, alguma coisa tremula. A borboleta pousa na mão dela. A vibração das asas finas como papel. A borboleta vai embora.

As árvores de sentinela. O vasto céu congelado.

Ela olha para o próprio pulso. O coração nele. Preto.

— Pensei que fosse como você — ela diz. — Sem sentimentos.

Ele desvia o olhar para a escuridão.

— Última chance. Você precisa escolher.

— Quando eu era pequena, ficava vendo você se barbear. Lembra? No dia em que você a matou. Você me disse para não chorar. Disse que as coisas com as quais eu escolhesse me importar me fariam sofrer. Disse para tomar cuidado com minhas escolhas. Eu fui cuidadosa.

— Agora tem que fazer uma escolha.

Ela o encara. Continua como se ele não tivesse falado nada.

— Fui muito cuidadosa. Naquele tempo, eu só pensava no que eu não queria em meu coração. Você. Qualquer coisa que pudesse me machucar. Qualquer pessoa. Não pensava no que eu queria. Agora eu sei.

— Você não sabe nada.

— Sei. Você acha que não. Mas eu sei.

Ele a observa, não fala nada. Olhos serenos iluminados pelo fogo. Abaixo da superfície existe uma coisa dilacerante. Mantida afastada.

— Somos diferentes — ela diz. — Você e eu.

— Não fala isso.

— Você machuca as pessoas.

— Não você. Eu nunca te machuquei.

A risada dela soa estranha no silêncio. As árvores vigilantes. *Está tudo bem*, ela diz a si mesma. *Você precisa manter a calma. Seja firme. Último dia na Terra.*

— Eu sonhava o tempo todo. Sonhos terríveis. Sabe o que eu aprendi? Tem sempre um monstro no fim do sonho.

— Você escolheu o caminho, passarinho. Não eu. E o seguiu até isso aqui.

Ela escuta alguma coisa se aproximando na escuridão. Trenós.

— Eu não escolhi antes — Ava diz. — Mas estou escolhendo agora.

Ele sorri. A boca é tensa. Balança a cabeça muito devagar.

— Eu poderia ter avisado como tudo isso ia acabar, mas quero que você lembre que eu lhe dei essa última chance.

— Você é um assassino.

— Se tem alguma coisa a dizer, não seja sutil.

Silêncio. O som dos motores desapareceu.

O fogo estala. Chia.

— Tenho vergonha de você — ela declara.

— Finalmente, a verdade.

— A verd... — A voz dela falha. — A verdade que parte meu coração.

Alguma coisa se move atrás dela. Ela sabe porque, de repente, ele inclina a cabeça e olha para alguma coisa à sua direita. Tenso, passa por ela e caminha alguns metros, tirando o rifle do ombro e preparando-se para atirar. Ela vira. Três homens se aproximam. Luzes de capacete balançando na escuridão. A cabana está ao longe. É para lá que eles vão.

Agora.

Ela se abaixa e tira a faca da bota, se levanta, ergue a mão com a faca e ataca. Ele já disparou o rifle, e vira cambaleando para encará-la com o cabo da faca plantado no lado esquerdo do pescoço. Olha nos olhos dela. Não fala nada. Não faz nenhum ruído, puxa a faca do pescoço. A lâmina brilha. Ela vira e começa a correr para o bosque. Para longe de Bardem, para longe da cabana. Para longe de Matty e de Jack.

Enquanto corre, a mente está quase quieta. Quase calma.

X

Eu corro.

Sei que ele virá atrás de mim.

Corro pela neve para um aglomerado de árvores e passo por galhos, para um campo aberto e mais árvores do outro lado. Os sulcos profundos. Olho na direção da cabana, mas não consigo ver nada. Se eu correr, ele virá atrás de mim. Não vai para a cabana atrás de Matty e não vai atrás de Jack. Se estiverem vivos, eles têm uma chance. Em um banco de neve mais alto, deito no chão e levanto o queixo acima do relevo para ver.

E estou certa. Ele vem vindo.

IX

Jack empurrava a porta, usava o peso do corpo como alavanca, mas ela não cedia. Uma luz miserável. Alguma coisa pesada do outro lado, bloqueando a porta. Ele ouvia, segurando Matty com dificuldade. Dor no ombro. Sob os pés, a escada se movia. Não conseguia ouvir nada. *Onde está Ava, onde está ela?* Sentou Matty no concreto e tentou pôr o martelo na mão dele.

— Segura — sussurrou. — Segura.

Matty balançou a cabeça. Estava quase caindo.

Jack ouviu o som do tiro de rifle como se estivesse submerso, vários metros embaixo d'água. Passou um braço em torno de Matty e o segurou.

— Não tenha medo — disse. — Tenho que procurar alguma coisa para abrir a porta. Eu volto. Entendeu? Se a porta abrir, você usa o martelo e bate nele. Bate com força. Entendeu? Não pode hesitar.

Matty não respondeu. Jack apontou o celular para Matty. Seu rosto pálido.

— Tudo bem. Vamos juntos.

Pôs o martelo na cintura e desceu a escada segurando Matty. O porão tinha paredes de pedra. O celular começava a apagar, e ele apertou o botão de novo. Não conseguia ver nada além da caixa de alumínio. Barulho baixo de ar. O frio. Ele abaixou e tossiu, o peito se enchendo de raiva. *Não tem nada. Não tem nada. Ela está bem*, pensou. *Ela está bem.*

Quão bela e brutal é a vida

Ela está bem.

Começou a andar de volta à escada apontando a luz. Tinha uma pá apoiada na parede, em um canto. Ele mudou Matty de posição, apoiou-o no quadril e pegou a pá pelo cabo, subiu a escada. Matty imóvel, quieto como uma pedra.

— Está tudo bem — disse Jack. — Olha o que eu encontrei.

Ele deixou o celular no degrau. Logo ele apagaria. Pôs Matty no chão, levantou a pá e encaixou o canto da lâmina na fresta da porta. Empurrou. Rangido e gemido. A porta se ergueu alguns centímetros. Ele sentiu alguma coisa enorme mudar de lugar. Usou o peso do corpo para impulsionar a pá, e a abertura se alargou. Luz da lua. Uma fresta de esperança.

VIII

Corro.

Escuridão e lua. As árvores. Neve nos galhos. Não olho para trás. Eu o sinto ali, apontando o rifle. Seu olho na mira. *O que você põe nesse círculo, é seu.*

Tropeço e caio no meio das árvores, a escuridão por todos os lados, até que me abaixo em uma vala e espero, arfando para recuperar o fôlego. Dor nos pulmões. Entre as costelas. A temperatura do ar está caindo rapidamente. Atrás de mim, em algum lugar, um galho estala. Recuo, saio da vala e corro. Céu escuro. Estrelas. Minha cabeça, o latejar surdo e a sede. Árvores saltam diante dos meus olhos e ficam desfocadas, até passarem, desaparecerem. Lá na frente, o terreno avança na escuridão como o limite irregular de uma boca.

Tropeço em uma pedra, noto o brilho do luar e caio, rolo pela neve com as mãos estendidas, tentando me segurar, tentando agarrar os galhos que passam.

O que eu lembro?

Meu rosto na neve. Meus lábios secos. Calor aqui. O latejar na cabeça desapareceu. Onde está a cabana, onde está a estrada, onde estão as luvas que eu usava? Diminui a pulsação. Flexiona as mãos.

Espera a terra voltar.

Por um momento, Jack está deitado ao meu lado, o luar ilumina seu rosto. A respiração dele em minha pele. Doce Jack, meu tímido Jack. Seu toque como um dia claro, amarelo. Estou segurando a mão dele. *Quanta beleza tem neste mundo.*

Levo a mão à cabeça. O sangue escorre da testa para um olho. O mundo parou de se mover, mas o sol tranquilo persiste: o ruído de vozes ecoando na floresta, muito baixas.

— Você está aqui? — pergunto, mas não ouço minha voz perguntando. E não ouço uma resposta.

Eu me mexo e sorrio. Calor, calor aumentando. A sugestão de uma canção. Talvez eles estejam perto. Procuram uma coisa que nem mesmo a morte pode quebrar, e talvez a vejam. Que histórias vão contar?

Espero que gostem da nossa história.

Eu sei que gosto.

Alguma coisa me puxa de volta para a floresta.

O canto de uma coruja.

Um galho quebra. Levanto o rosto.

As vozes sumiram. Silêncio, nem um sussurro. Limpo o olho com a manga do casaco e a pressiono contra a cabeça. *Tenho uma ideia. Por que você não levanta?*

Pernas duras.

Você precisa se mexer.

As árvores me observam solenes. Fico em pé cambaleando e olho para um pico nevado. Eu o vejo lá em cima. Duas mãos. Um rifle. Seu rosto.

O que você põe nesse círculo é seu.

Viro e corro para o bosque de pinheiros, para a proteção.

Corro.

Corro.

Atravesso uma área de galhos caídos, mortos, os galhos estão presos na neve, e eu estou livre, correndo embaixo das árvores. *Para longe da cabana, procure a estrada, descubra qual é o problema com sua cabeça.* Essas são as coisas a fazer. Cheiro de pinheiro. Frio. Um instante ou uma hora. Calor, muito calor. À minha direita, uma criatura escura se encolhe entre as árvores e corre para longe. Puma, ou lobo. Desvio dela correndo. Não consigo ouvi-lo, nada.

Silenciosos, esses bosques profundos, a noite toda. Teias e redes. Você pode ficar desnorteado. Chego ao topo de uma encosta e vejo que estou no limite de um campo aberto. Território iluminado pela lua. A neve dura. Não consigo sentir minhas pernas. Meu chapéu desapareceu. Quando estou na metade do campo, ele está atrás de mim, no limite das árvores. Alguma coisa passa zunindo perto da minha orelha, e olho para trás a tempo de ver o luar refletido no vidro de sua mira.

Eu o vejo abaixar o rifle.

O longo estrondo do tiro vem em minha direção e rola pelo campo azul e congelado, para as árvores. Montanhas se erguendo ao longe. *Quanto você se afastou?*

Viro e respiro fundo.

E então não tenho mais peso, estou voando sobre a neve. Nada sob meus pés senão ar. Tempo. A realidade do mundo. Tudo se quebra em pedaços.

Não lembro o resto.

VII

Para vocês, meninas, eu quero dizer.
    Alguns homens vão trancafiar vocês.
    Vão esconder uma garota do mundo.
    Mas você.
    Inteligente.
    Corajosa, bonita.
    Seu lugar não é em uma caixa.
    Arrombe a porta.
    Vai.
    Ande no sol.

VI

Jack projetou todo o seu peso na pá, e o peso sobre a tampa tombou, ficou equilibrado no ar por um segundo, depois caiu no chão. Ele levantou Matty para a abertura e o colocou ao lado do baú de roupas caído. Em pé, empurrou a porta e a deixou cair com um estrondo. Na janela, o luar. O fogo na lareira, agora apagado. Ava em lugar nenhum.

Ele a levou.
Ele a levou.

Jack pegou Matty com um braço e o martelo com a outra mão. Abriu a porta da frente. Viu um casaco do uniforme da polícia, uma fileira de botões dourados, um revólver, chapéu de pele. Um distintivo em forma de estrela.

— Onde ela está? — Jack gritou. — Onde ela está? Onde ela está?

A mulher do lado de fora olhava para Jack com uma mistura de confusão e desconfiança. Atrás dela havia dois homens e uma mulher com equipamento tático, todos armados. Na linha das árvores, mais alguém segurava uma arma de cano longo.

A policial abaixou o revólver.

— Tudo bem — ela disse. — Só... Larga o martelo. Você está bem.

Ele continuou segurando o martelo. Matty estava caído em seu peito, um braço em volta de seu pescoço, os olhos fechados. A mulher levantou a mão e, atrás dela, todos baixaram as armas.

— Ele está com ela — disse Jack.

Quão bela e brutal é a vida

A mulher empurrou para trás o chapéu de pele e olhou nos olhos de Jack — olhou de verdade. Seu rosto era bondoso. Ela olhou para Matty. Falou em voz baixa.

— Por que não larga o martelo?

— Certo.

Ela assentiu, como se ele houvesse dado a resposta certa para uma pergunta.

— Esse é seu irmão?

— Sim. É o Matty.

— Ele parece machucado.

— Não sei o que fazer.

— Acho que devia deixar a gente dar uma olhada nele.

— Não leva meu irmão.

— Não queremos levá-lo. Só queremos ver se ele está bem.

— Certo.

— Tem mais alguém lá dentro?

— Não.

Ela repetiu o movimento com a cabeça. Outra mulher se aproximou segurando um pacote com uma cruz branca e tirou Matty do colo dele. Ela o levou para dentro da cabana, e dois homens a seguiram. Luzes coloridas brilhando. Jack piscou e olhou para trás. Matty estava deitado na cama, seu corpinho coberto por uma manta térmica, a médica debruçada sobre ele, falando.

— Pequenos cortes e respiração rasa. Temperatura corporal, 34 graus. Preciso de uma sonda, fluidos. Matty? Se você me ouve, aperta minha mão. Você está seguro agora. Se consegue me ouvir, aperta minha mão.

Jack moveu a língua inchada pela boca. Conseguiu falar:

— Caixa de alumínio.

A policial olhou imediatamente para ele.

— Me mostra.

Ele não se moveu. Ela o observava.

— Tudo bem — ela disse. — Fica aqui, só isso. Você está bem.

305

Cory Anderson

— Ele levou Ava.

— Nós sabemos. Doyle está atrás deles.

Outros oficiais apareciam na sala. Um homem vestido de preto disse:

— Pedimos um transporte médico. Deve chegar em dez minutos.

Jack balançou.

— Senta — disse a oficial.

— Quero ir procurá-la.

— Você não pode ir.

— Eu tenho que ir.

— Não pode. Está machucado, não está?

— Não.

— Talvez um pouquinho?

— Sim.

Ela o pôs sentado em uma cadeira e abaixou-se ao seu lado. Segurou sua mão e a afagou.

— Olha, você não está muito bem. Se sair para ir atrás dela, vai morrer. Entende? Precisa ficar aqui com seu irmão. Doyle está lá. Se tem alguém que pode encontrá-la, esse alguém é Doyle. Ele é o melhor. Ele vai encontrá-la.

— Ele está procurando?

— Está.

— E vai encontrá-la?

— Sim. Ele vai encontrá-la.

Jack ficou vendo a médica atender Matty. Tudo se movia lentamente. Ele balançou a cabeça.

— Desculpa. Eu tenho que ir atrás dela.

Ele a empurrou e saiu correndo para a neve.

V

Na última vez em que tive o sonho, a escada subia mais alto que nunca. E elas eram altas. Tortuosas escadas. O corredor era mais comprido. Mais estreito, se alongando.

Estou correndo. Posso ouvir minha respiração. Corro tanto que quase desisto, mas não paro. Chego lá, ao topo. A escada acaba, do alto dá para ver a noite. Estrelas e céu negro. E eu congelo olhando para aquela escuridão. Ele me segue. E está bem atrás de mim. Respirando em minha alma.

Eu pulo.

E não caio.

O

Quando Bardem saiu do bosque, já havia rasgado a camisa e enrolado o pedaço de tecido no pescoço e no ombro, amarrando as pontas sob o braço do outro lado, como uma tipoia. A camisa estava molhada de sangue. Sua cabeça estava confusa. Ele tentava pensar. A faca tinha rasgado o músculo perto do pescoço, uns dez centímetros de profundidade, talvez. Não devia ter encontrado nenhuma artéria vital.

Ele parou e apoiou as costas em uma árvore, respirou. Tirou a alça do rifle do braço e ficou parado na neve. *Só fica aqui um minuto.*

A dor tirava o fôlego. E cuspiu, fios de sangue ficaram pendurados na boca. Vermelho intenso. Virou e olhou pela última vez para as árvores que se erguiam da neve cinzenta, sabia que ela estava em algum lugar no meio daquelas árvores, à noite, e só ficou olhando. A lua de inverno. Nada se movia. O silêncio.

Devia tê-la encontrado. Mas não a encontrou.

Ele levantou a cabeça e deixou o rifle cair na neve. Ainda estava escuro para enxergar, mas conhecia o contorno escuro da rodovia, e começou a andar na direção dela. O amanhecer se aproximava. O tom de granito iluminando o horizonte. Alguma coisa imponderavelmente quieta na noite. *Onde você está? Para onde você foi?* Os rastros dela. Simplesmente sumiram.

Seu pescoço doía.

O peito. O coração.

Devia tê-la encontrado. Mas não a encontrou.

Quando chegou à rodovia, esperou até um Lincoln Navigator último modelo se aproximar com um motorista solitário. Andou até o meio da pista e parou na frente dos faróis. O SUV freou, parou no meio da faixa com o motor ligado. O homem olhava pelo para-brisa. Bardem se adiantou mancando e levantou as mãos em súplica.

A porta abriu, o homem desceu.

— Ei, você está bem?

Bardem abaixou os braços. Sangue escorrendo pelas costas.

— Você vai ter que se afastar do carro, e preciso da sua camisa.

O homem ficou parado, olhando para ele.

— Tira a camisa — disse Bardem.

Ele desabotoou a camisa.

— Pega. Leva o que quiser.

Bardem estendeu o braço e pegou a camisa, fazendo uma careta de dor. O homem viu o revólver preso na cintura da calça.

— Por favor... Não faça nada comigo. Eu tenho família.

— Que bom — Bardem assentiu. — Vá para casa, para sua família.

O homem viu Bardem entrar no Navigator e fechar a porta. Viu o carro passar por ele na rodovia. Ficou ali parado, vendo as luzes traseiras se afastarem até sumirem na neve.

IV

Doyle seguiu os rastros da menina por seis quilômetros, e fazia muito frio. Colinas repletas de árvores com picos brancos. O caminho continuava em frente. As pegadas na neve. A garota e, atrás dela, o homem. Pai dela: Bardem. Ela havia corrido, muito e para longe. Ele encontrou uma luva vermelha e seguiu os rastros por uma área intocada, até os passos da garota ficarem mais rasos e desaparecerem. Nenhum sinal. Bardem havia revirado tudo atrás dela, mas não havia nada. Ele estava sangrando. Tinha desistido. A neve havia endurecido durante a noite, e ela era leve. Doyle voltou e examinou as pegadas da menina onde elas paravam. Continuou procurando.

Foi o chapéu que ele viu primeiro. Caído na colina isolada. Subiu mais um pouco e encontrou o casaco. As árvores eram silenciosas em torno dele. O céu clareando. Quando a viu, ele tossiu.

Seu cabelo castanho espalhado na neve.

Ele parou.

Caiu de joelhos e abaixou a cabeça.

III

Deixaram Jack ir atrás dela e sentar-se ao lado dela na neve. Só ela e ele. Ela havia tirado o casaco, e seu cabelo estava embaraçado e congelado na neve, a pele era azul, mas ela ainda era Ava. Sua Ava. Ele respirou fundo algumas vezes e ficou ali, segurando a mão dela. O sol se erguia sobre o cemitério de árvores e a luz cintilante se espalhava em torno dela. Essa dor insuportável no peito.

— Não estou preparado — ele disse. — Não estou preparado.

Ficou ali por muito tempo. Quando parou de chorar, ele se levantou para ir embora, mas virou e voltou. Deitou ao lado dela. Afastou a neve de seu cabelo e beijou sua testa. O sangue seco. O vácuo de espaço silencioso. Quando a divindade entra em algum lugar e você a sente. Fechou os olhos e falou com ela. Coisas nunca ditas. "Amo você. Meu coração é todo seu." Continuou de olhos fechados e ouviu. *Ela sabe. Ela sabe*.

— Está tudo bem — ele sussurrou. — Está tudo bem, está tudo bem. — Segurou a mão dela e continuou ali. — Não vou esquecer. Juro.

"Todas as coisas que você fez. Você me mostrou.

Não vou esquecer."

II

Ele estava certo.

O que você guarda no coração causa dor. Mas é o mais espetacular tipo de dor. Ela vai te iluminar e te queimar. Vai te nocautear. Vai te arrebentar.

E vai te fazer diferente.

Doyle tirou a mala do trenó de Bardem e a deixou na neve.

— Tem sido duro demais com você mesmo — disse Midge.

Ela esperou uma resposta, mas ele não falou nada. Ficou parado, as mãos cruzadas diante do corpo. Olhou para ela.

— Vamos encontrar Bardem — ela disse.

Eles continuaram ali. A luz do sol nas árvores, ricocheteando na neve. A pilha fria de lenha e carvão. Depois de um tempo, Doyle disse:

— Sempre pensei que podia consertar as coisas. Resolver qualquer problema que surgisse neste mundo. Bom, eu estava errado.

— Não conseguiu resolver esse.

— Eu podia ter seguido as pegadas dela com mais atenção.

— Talvez deva ser mais paciente com você mesmo.

Ele olhava para a mala a todo instante. Sentia um tremor no peito. A cabeça estava entorpecida. Olhou para as árvores com uma expressão distante.

— Ela o despistou. Como conseguiu?

— Eu não sabia que havia um jeito.

A mala estava entre eles. Na neve, o rastro de sangue e as marcas no chão levavam para a floresta. Depois de um tempo, Doyle falou:

— Entendi por que ele deixou o trenó. É barulhento. Fácil de ouvir. Mas e o dinheiro?

Midge ajeitou o chapéu.

— Talvez não tenha sido intencional. Talvez fosse pesado demais para carregar. Ele sangrava muito.

— Ou pode ter sido outra coisa.

— Que coisa?

— Bom, às vezes, você percebe que aquilo que queria o tempo todo não era o que realmente queria.

Ela o observou por um momento. Depois falou em voz baixa:

— Acho que todo mundo chega a essa conclusão. Em algum momento. Cada um de nós.

I

As pessoas dizem que você não deve olhar para trás.
 Mas eu olho para trás,
 e fico feliz.

Eles passaram três dias no hospital. Quando Jack empurrou a cadeira de rodas de Matty pela porta da frente, olhou para a rua, depois para trás, para o hospital. Uma caminhonete se aproximava. Nevava fraco, e Jack ficou parado na calçada, esperando, segurando a cadeira de rodas. Doyle desceu, deu a volta no veículo e abriu a porta do passageiro.

— Bem, entra — ele disse.

Jack colocou Matty na caminhonete. O cabelo dourado do menino formava alguns ângulos, em pé. Matty olhou para o sol que espiava entre as nuvens no céu. E disse:

— É um bom dia.

É? Jack esperava que sim.

Seguiram por um caminho onde a neve havia sido removida. E Doyle estacionou na frente da casa. A neve caindo sobre o carro. Doyle desceu. Jack pegou Matty enrolado no cobertor e o pôs em pé.

— Segura minha mão — disse.

Eles pararam na frente da casa, olharam para ela. Um caminho limpo e uma varanda de tijolos. Janelas grandes. Além da casa, um celeiro vermelho. Doyle abriu a porta, pegou os casacos deles e os pendurou em cabides na parede. Uma sala de estar e uma lareira acesa. Jack sentiu cheiro de carne assada.

— Suas coisas estão no quarto lá em cima — Doyle avisou. — Guardei na cômoda. Podem lavar as mãos, depois vamos comer. Tem uma regra: Você cuida do cachorro.

O cachorro latiu e correu para Matty.

Era o filhotinho do hotel. Matty puxou a manga de Jack e se ajoelhou. O filhote lambeu a mão dele. Ele olhou para cima, para Jack.

— Ele tem nome?

— Ainda não — Doyle respondeu. — Vai ter que dar um a ele.

— Eu vou cuidar dele.

— Sim.

— Ele pode dormir comigo?

— Sim, ele pode.

Jack arriscou a pergunta, a única que importava.

— Por quanto tempo podemos ficar?

— Podem ficar o tempo que quiserem.

A policial chamada Midge abaixou-se ao lado de Matty e o abraçou.

— Oi — ela disse. — Estou muito feliz por te ver.

Ela o visitava de vez em quando e levava livros que lia para Matty, ou fazia pão. Na primavera, ela ajudou a plantar uma horta. Midge contou para eles coisas sobre Doyle e a vida dele. Disse que, às vezes, uma pessoa que sobrevive depois de ter perdido tudo constrói a casca mais dura sobre a alma mais terna.

Havia campos atrás da casa e riachos com trutas que exibiam as barbatanas prateadas na correnteza branca; às vezes, no outono, um veado

Quão bela e brutal é a vida

descia das colinas. O ar tinha cheiro de trigo. Você ficava sentado por um bom tempo e, se ficasse quieto, conseguia ver um. Os olhos mansos, a cabeça erguida. As orelhas macias. Uma vez, um macho e uma fêmea. Jack levava Matty para lá e, às vezes, eles se lembravam e falavam sobre ela. Outras vezes, Matty corria atrás do cachorro, e Jack deitava na grama de olhos fechados, o coração buscando. E buscando. E ele falava com ela e ouvia, e ele não esquecia.

Quebrei a promessa que fiz a Matty.
Mas a cumpri, de certa forma.
Eu sempre volto.

Do lado de fora, o céu se tingia de azul, gelado e sem nuvens. Jack se despiu e se limpou com o pano e a chaleira de água, depois refez os curativos nas mãos. Pegou um jeans limpo e um agasalho cinza da gaveta e os aqueceu diante do fogão. Estava abotoando o jeans quando ouviu alguma coisa do lado de fora, na frente da casa, um som que parecia ser o de um motor. Ele vestiu o agasalho e disse a Matty:

— Fica atrás do sofá.

Matty não se moveu. Ficou olhando pela janela. Falou com uma voz de pura admiração.

— É uma garota — falou com uma voz de pura admiração.

Quando Jack olhou, a garota estava descendo de um carro azul.

Não era uma garota qualquer. Era Ava.

— Merda — ele sussurrou. Abaixou-se e continuou olhando pela janela. Ela caminhava em direção a casa, abrindo caminho entre a neve até chegar onde estava limpo. Jack fez sinal para Matty abaixar, mas o menino continuou parado, olhando para fora.

Matty sorriu. Depois acenou.

Quão bela e brutal é a vida

Os passos dela esmagavam a neve endurecida, até que pararam.

Jack abaixou ainda mais. Esperando. Silêncio. Estranhamente silencioso. Então, ela bateu na porta.

— Abaixa — Jack cochichou.

Quando se deu conta, Matty já estava com a porta aberta. Jack se levantou de trás do sofá e, vermelho, andou até a porta. Ela estava a três metros dele, não mais do que isso, com o rosto vermelho pelo frio. Usava uma touca de tricô, da qual o cabelo escapava em uma confusão esvoaçante. O casaco cobria até um pouco acima dos joelhos e era feito de lã gasta, era verde com botões de metal manchado. Parecia uma relíquia da Segunda Guerra Mundial. Ele notou esses detalhes de um jeito meio atordoado. Ela cheirava a alguma coisa quente: noz-moscada ou gengibre.

— Oi — disse Ava.

— Oi.

AGRADECIMENTOS

Uma das maiores alegrias de escrever *Quão bela e brutal é a vida* é chegar ao ponto em que posso, finalmente, agradecer. Então, obrigada a todos os leitores que viram alguma coisa de si em Ava, e em Jack e Matty, que abriram a mente e o coração para essa experiência. A história é importante por causa de vocês, e por isso sou abençoada.

Um agradecimento especial a Lindsay Auld da Writers House, que encontrou *Quão bela e brutal é a vida* em sua pilha de bobagens e viu potencial, que defendeu meu trabalho com entusiasmo e habilidade incansáveis. Sou grata por ter Lindsay como minha agente.

Muita gratidão também à minha editora e *publisher*, Jeniffer Besser, da Roaring Brook Press. Lembro-me da minha resposta eufórica quando soube que Jen tinha solicitado o livro: "Jen Bresser! Isso não é pedir demais ao universo?". Jen tem sido uma editora tão fantástica quanto imaginei que seria, e mais...

Meu sincero reconhecimento às equipes da Macmillan e da Roaring Brook Press que trabalham discretamente nos bastidores. Mary Van Akin, ganhei na loteria com seu conhecimento sobre publicidade. Luisa Beguiristaín, você orientou esta novata nos momentos mais complicados com talento e bondade. Meu maior elogio vai para a equipe de generosos heróis da Macmillan Children's, com gratidão a Morgan Kane, Katie Quinn, Kenya Baker, Gabriella Salpeter e Kristen Luby.

Quão bela e brutal é a vida

E obrigada aos muitos editores e tradutores — com um agradecimento especial a Anthea Townsend na Random House UK —, que trabalhou para levar *Quão bela e brutal é a vida* ao público do mundo inteiro. Obrigada pelo esforço. Muito obrigada.

Muitos trabalham em silêncio, sem serem vistos, para levar livros ao mundo. Lembro-me de um momento muito difícil quando estava escrevendo, e recebi um bilhete que dizia: "Fé, como o amor, é um raio de luz na escuridão. Eu acredito em você." Eu seria negligente se não destacasse os raios de luz que trabalharam me apoiando infinitamente e com muitas xícaras de chá, gente como Marion Jensen, Margot Hovley, John Dursema, Josi Kilpack, Jennifer Moore, Nancy Campbell Allen, Mette Harrison, Christy Monson, Kenneth Lee, Shanna Hovley, Steven Jensen, meu sempre fiel grupo de escritores e meus pais, Garald e Eileen Anderson.

E, finalmente, meus filhos, Brady e Kate. Escrevi esta história para vocês: início, fim e para sempre. Vocês me ensinaram sobre o amor, e têm todo o meu coração.

Primeira edição (agosto/2022)
Papel de miolo Pólen natural 70g
Tipografias Fournier e Penumba flare
Gráfica LIS